Katherine V. Forrest

SELTSAMER WEIN

Daphne Verlag

Titel der amerikanischen Originalausgabe

CURIOUS WINE

By Naiad Press Inc.
Tallahassee, Fl. USA 1983

1. Auflage 1985	Göttingen
Copyright (C)	1983 by Katherine V. Forrest
Copyright (C)	1985 der deutschen Übersetzung by Daphne Verlag, Susanne Amrain
Umschlagentwurf	Daphne Verlag
Druck	Fuldaer Verlagsanstalt, Fulda
Satz	Daphne Verlag
Vertrieb	Frauenliteraturvertrieb, Schloßstr. 94 6000 Frankfurt am Main 90

ISBN 3-89137-002-4

KATHERINE V. FORREST

Seltsamer Wein

Übersetzung aus dem amerikanischen Englisch

HEIDI BALLSCHMIEDE

DAPHNE VERLAG

Für Sheila,
durch die alles möglich wurde.

I had been hungry, all the Years -
My Noon had Come - to dine -
I trembling drew the Table near -
And touched the Curious Wine - *

Emily Dickinson (1830-1886)

* Hungrig war ich gewesen, all die Jahre -
  Fand, in der Lebensmitte, die Speisen mir bereitet -
  Zitternd zog den Tisch ich nah -
  Und berührte den seltsamen Wein -

1. KAPITEL

Warmes, helles Licht schien aus der Berghütte. Schon von ferne, auf der gewundenen, steilen Gebirgsstraße hatten Diana Holland und Vivian Kaufman es leuchten sehen - freundliches, gelbes Licht, das in die dunkle Nacht hinausstrahlte und auf den glitzernden Schnee fiel.

Liz Russo öffnete die Tür, begrüßte die beiden überschwenglich, lautstark. Sie umarmte Vivian und nahm die Mäntel in Empfang. Um ein flackerndes, knisterndes Kaminfeuer versammelt saßen vier Frauen. Eine von ihnen erregte sofort Dianas Aufmerksamkeit. Sie saß auf dem Kaminvorsprung und erhob sich, als Liz die Frauen einander vorstellte.

Lane Christianson, die Frau, die Diana aufgefallen war, gab erst ihr, dann Vivian die Hand. Groß und schlank stand sie vor ihnen und schüttelte sich das blonde Haar aus der Stirn.

"Elaine?" fragte Vivian lächelnd und hielt einen Augenblick ihre Hand fest, ehe sie sie wieder freigab.

"Lane," berichtigte sie. "Die Abkürzung für Mar-le-ne, wie Dietrich. Meine Mutter war eine begeisterte Dietrich-Anhängerin. Es ist ihr nie in den Sinn gekommen, wie rücksichtslos es war, mir auch noch im Vornamen drei Silben aufzupacken."

"Lane gefällt mir gut," sagte Vivian und strich sich die Jacke glatt.

Lane Christianson trug gut geschnittene dunkelgrüne Hosen und einen weich fallenden Kamelhaarpullover. Unwillkürlich hatte Diana ihren eigenen Pullover zurechtgezogen und lachte in sich hinein, als ihr bewußt wurde, wie eine ungewöhnlich attraktive Frau andere Frauen immer ein wenig unsicher und abwehrbereit zu machen schien. Bewundernd, aber auch neugierig betrachtete sie Lane; die anderen Frauen trugen Jeans oder Trainingsanzüge.

"Wahrscheinlich kann ich für Marlene noch dankbar sein. Meine Mutter hätte ja auch ein Fan von Hedy Lamarr oder Pola Negri sein können," sagte Lane zu Vivian gewandt. "Wie würde Hedy oder Pola klingen?"

Die Frauen lachten, und Lane lächelte; Diana empfand dieses Lächeln als kühl und ganz fern.

Vivian fragte, "Kennt ihr eigentlich alle Liz' Mädchennamen?"
"Klar. Taylor," sagte Madge Vincent.
Diana kicherte. "Du warst also Liz Taylor?" Lane lachte hellauf.
"Paß bloß auf, Kaufman," sagte Liz, "Sonst reiß ich dir noch deine falschen Wimpern ab." Mit einem entschuldigenden Blick auf Diana, der auch Lane einschloß, lenkte sie ein: "Stell dir doch mal vor, du mußt mit dem Namen Liz Taylor aufwachsen. Ich wollte schon mit zwölf Jahren heiraten, bloß um diesen Namen loszuwerden."
Die Frauen lachten. Liz fragte Diana, "Was möchtest du trinken? Wodka haben wir keinen mehr, dafür aber reichlich Bourbon, Scotch und Gin. Auch ein bißchen Wein."
"Hast du Weißwein?"
"Weißwein schon. Aber nicht unbedingt einen, den du im Beverley Hilton serviert bekämst. Meine Söhne halten sich hier immer einen Vorrat davon. Mach's dir gemütlich, Herzchen. Wenn du den Wein nicht magst, kannst du immer noch zu den harten Drinks übergehen. Komm, Viv, wir gehen in die Küche; ich möchte gern ein bißchen mit dir quatschen."
Um den Kamin herum standen ein breites Sofa, zwei Sessel und ein runder, niedriger Tisch mit Getränken und einer Käseplatte. Große Cordkissen lagen überall im Raum verstreut. Diana beschloß, sich in der Nähe des Feuers niederzulassen.
Madge Vincent sagte, "Gehen wir recht in der Annahme, daß Vivian und du gute Gründe dafür habt, freiwillig in eurer grauenhaften Stadt zu leben?" Madge, eine Frau um die fünfunddreißig, mit wirren, schulterlangen Haaren, sah angespannt aus. Sie saß auf dem Sofa, rauchte und klopfte die Asche ihrer Zigarette in einen Aschenbecher, der schon von langen Kippen überquoll.
Diana rückte sich ein paar Kissen zurecht. Sie schmunzelte und streckte die Hände zu einer versöhnlichen Geste aus. "Ich verneige mich vor der Erhabenheit eurer prächtigen Stadt. Besonders auch deswegen, weil ich gegen euch fünf keine Chance habe, wenn Viv nicht dabei ist. Aber eigentlich trifft mich keine Schuld. Ich kann doch nichts dafür, daß ich dort geboren bin, in unserem wunderbaren Burbank, genau im Herzen der Stadt."
Chris Taylor sagte, "Wußtest du, daß Viv in San Francisco zur Welt gekommen ist?" Chris war etwas untersetzt. Ihr Haar begann bereits grau zu werden; ihre blauen Augen blickten schüchtern und furchtsam.

Diana hatte bei der Begrüßung mitbekommen, daß sie Liz' Schwester war.

"Ja, ich habe schon viel gehört von dir und Liz und Viv, und wie ihr alle zusammen aufgewachsen seid. Zum ersten Mal gesehen habe ich Liz Weihnachten vor einem Jahr. Sie verbrachte die Ferien bei uns, mit ihrem Mann." Sie lächelte. Ihr war wieder eingefallen, wie sehr sie die Russos gemocht hatte. Liz, so groß und stattlich und warmherzig. Ihr Ehemann, ein lauter, zigarrerauchender, sanfter Bär.

"Du weißt, daß sie inzwischen geschieden sind?"

"Ja, Viv hat es mir gesagt. Es hat mich sehr getroffen."

"Zwanzig Jahre," seufzte Chris. "Bitte sprich nicht von George, wenn Liz in der Nähe ist."

Diana sah zu, wie Millie Dodd, die mit gekreuzten Beinen auf dem Boden saß, aus einem samtgefütterten Kasten eine Gitarre herausnahm, die unverkennbar den Glanz des Kostspieligen ausstrahlte. Millie nahm das Instrument auf die Knie und intonierte, fast unhörbar flüsternd, "George und Liz", schlug dann unvermittelt einen dröhnenden Akkord an, der theatralisch das Endgültige hörbar machte. Mit einer heftigen Geste fuhr sie sich durch ihre wasserstoffblonden Kräusellocken, lächelte mit blauen, treuherzigen Kinderaugen, begeistert von ihrem musikalischen Effekt. Diana dachte, sie könnte genausogut fünfundzwanzig wie vierzig sein.

Millies Gitarre klimperte leise und wohltönend weiter; Liz brachte Diana ihren Wein und verschwand wieder in der Küche. Diana nahm vorsichtig einen Schluck aus dem kleinen, schweren Weinglas und schüttelte sich angewidert. Als sie aufschaute und das Glas zurückstellte, begegnete sie dem belustigten Blick von Lane Christianson.

"Nicht unbedingt Qualitätswein."

"Eine Spur zuviel Weinessig," witzelte Diana und bemerkte neben Lane das gleiche, fast volle Glas.

"Schmeckt eher nach der ganzen Essigflasche. Möchtest du lieber einen Schnaps?"

"Ich mag nur Wodka."

"Ich auch."

"Ich bring uns welchen mit, wenn ich in die Stadt fahre."

Selbstvergessen ruhte Dianas Blick auf Lane Christianson. Die züngelnden Flammen des Kaminfeuers warfen goldene Lichtpunkte auf ihr blondes, seidiges Haar, das bis zum Nackenansatz reichte, ihr Gesicht einrahmte und leicht in die Stirn fiel. Das Haar war in Stufen geschnitten, deren Muster sich bei jeder Bewegung des Kopfes veränderten. Es erinnerte

Diana an Herbstbäume, die sie einmal in Utah gesehen hatte, mit Blättern, die wie sonnenbeschienene Münzen in wechselnden Goldfärbungen im Winde wehten. Im Schein des Feuers ließ die warme Tönung ihrer Haut die goldbraun schimmernde Farbe ahnen, die sie unter der Sommersonne annehmen würde. Diana wußte nicht genau, ob ihre Augen grau oder blau waren. Lane saß entspannt, mit anmutig untergeschlagenen Beinen da; sie hielt ihren schlanken Körper aufrecht, die Schultern sehr gerade. Diana fand sie schön.

Millie fragte, "Was bist du von Beruf, Diana?"

"Ich bin in der Personalabteilung bei West Coast Title and Trust." Diana, die sich nur widerstrebend von Lanes Anblick löste, wandte sich den anderen Frauen zu.

"Du arbeitest mit den Kunden?" fragte Chris.

"Nein, ich stelle Leute ein. Ich arbeite viel mit Viv zusammen. Wußtet ihr, daß sie leitende Angestellte ist? Ich hab schon eine ganze Menge Computerfachleute für sie angeheuert."

"Stellst du auch manchmal jemanden ein, den sie nicht ausstehen kann?" fragte Chris.

"Ja, ab und zu tobt sie. Aber meistens liege ich nicht so falsch mit meiner Auswahl."

"Das schwierigste Problem wird wohl sein, die Leute in dem Beruf zu halten," meinte Lane.

"Ja, das ist richtig." Diana blickte sie wieder an. "Es ist erstaunlich, wie planlos die Leute sich heutzutage von einem Job zum nächsten treiben lassen. Ich führe Gespräche mit Leuten Anfang zwanzig, die schon ein Dutzend Jobs hinter sich haben und die überhaupt nicht einsehen, warum das anders sein sollte. - Und was machst du, Lane?" fragte Diana erwartungsvoll.

"Ich bin Rechtsanwältin."

"Das ist gut." Voller Genugtuung hörte sie, daß diese außergewöhnliche Frau ihren Verstand und ihre Erscheinung für eine solch anspruchsvolle Tätigkeit einsetzte.

"Eine nette Zugabe für mich als Rechtsanwältin ist, daß ich einmal nicht die Bezeichnung 'weiblich' hinzufügen muß. Bei der Arbeit bin ich die Anwältin. Was für schmückende Beinamen mir die Leute hinter meinem Rücken geben, weiß ich natürlich nicht."

Die Frauen kicherten. "Hast du eine eigene Kanzlei?"

"Nein, ich arbeite in einem Anwaltsbüro. Mit vier anderen zusammen. Ich geb dir meine Karte, falls du einmal Hilfe brauchen solltest." Sie sagte es leichthin, mit einem Lachen um die Augen.

"Hast du ein besonderes Fachgebiet?"

"Ich bearbeite hauptsächlich den blöden Mist, den unsere lieben Klienten bauen, wenn sie mit den Bürgerrechtsgesetzen in Konflikt kommen."

"Das ist sicher irrsinnig aufregend."

"Nein, es ist absolut frustrierend. Etwa so wie der Versuch, die Gezeiten ändern zu wollen. Die Bürgerrechtsgesetze gibt es jetzt seit Vierundsechzig, und es ist erschreckend, wie wenig sich seither verändert hat - allen Lippenbekenntnissen, allem Wind, der darum gemacht wurde zum Trotz. Das ist sehr schlimm für die Frauen, aber viel schlimmer ist es noch für die Schwarzen. Ich kenne eine Menge Geschäftsleute, die sie am liebsten zurück auf die Baumwollfelder schicken würden."

"Was die Frauen anbetrifft, da kann ich dir voll zustimmen," sagte Chris, "Aber manchmal wünschte ich - natürlich möchte ich gleiches Recht für alle - aber ich wünschte es eben manchmal doch, daß die Schwarzen dort geblieben wären, wo sie herkommen. Und diese anderen Leute, die heutzutage in San Francisco einfallen, diese . . . diese . . ."

"Chris, steig aus dem falschen Jahrhundert aus," sagte Madge, "Wir haben jetzt Neunzehnhundertachtundsiebzig. Jeder Mensch muß sich frei bewegen können."

"Na, du hast leicht reden! Sie kaufen wie die Verrückten das ganze Land auf, diese . . . Perversen."

"Chris -"

"Madge, ich habe keine Lust, mit dir zu streiten," sagte Chris.

"Ich auch nicht," murmelte Lane und lächelte müde. "Ich bin nicht hierhergekommen, um ausgerechnet darüber zu reden."

Diana unterbrach das verlegene Schweigen. "Du bist im Immobilienhandel, Madge?"

"Mehr oder weniger ja, so kann man es nennen. Ich bin eine Art Umherreisende, Vertreterin." Sie nahm einen tiefen Zug aus ihrer Zigarette und griff nach dem Aschenbecher.

"Ihr habt alle viel solidere Berufe als ich."

"Ich dachte immer, der Immobilienhandel floriert im Moment. In Los Angeles doch bestimmt."

"Das ist es ja gerade." Madge drückte die Zigarette aus und fuhr sich durchs Haar. Sie steckte die nächste Zigarette zwischen ihre schmalen Lippen und lächelte spitz, als Diana ihr ein kleines goldenes Feuerzeug entgegenstreckte.

"Es ist die reine Vetternwirtschaft. - Ich habe Lane übrigens kennengelernt, als ihre Firma einen Fall für meine Agentur bearbeitete. Sie ist eine ausgezeichnete Anwältin, aber sie ist zu genau, sie arbeitet viel zu viel."

"Immobilien gehören eigentlich nicht zu meinem Gebiet; ich habe nur einer Kollegin geholfen, mußte die ganze Nachforschungskleinarbeit machen. Leider gab ich als Anwältin keine besonders gute Figur ab, habe entschieden zu lange für alles gebraucht," sagte Lane und grinste freundlich zu Diana hinüber.

"Sie kam erst zwei Stunden vor dir an," sagte Madge zu Diana, "Und muß schon am Mittwoch wieder fahren. Und dabei wollte sie bereits vor zwei Tagen mit mir hierherkommen, um mal eine ganze Woche auszuspannen und Ski zu fahren."

"Im letzten Augenblick gab's noch Komplikationen, Madge, das kommt vor."

"Na, bei dir immer, Lane."

Diana fragte, "Was machst du von Beruf, Millie?"

"Ich bin Krankenschwester," antwortete Millie und nippte an ihrem Martini. "Chris und ich wohnen in der gleichen Straße. Chris ist übrigens nicht ganz so engstirnig, wie es vielleicht scheinen mag."

Chris bemerkte bissig, "Ich arbeite für einen Vizepräsidenten von Shell. Ihr solltet erstmal seine Ansichten hören."

"Bist du schon lange bei Shell?" fragte Diana dazwischen, ängstlich bemüht, das Thema zu vermeiden.

"Letzten Monat waren es genau vierundzwanzig Jahre."

"Oh, wirklich? Du hast sicher einen sehr verantwortungsvollen Posten."

"Naja, ich habe mich hochgearbeitet. Bin mein ganzes Leben lang Sekretärin gewesen und hab das keinen Tag bedauert."

"Warum solltest du denn das auch? Es gehört eben zu deinem Skript, deinem inneren Drehbuch," sagte Madge.

Diana unterdrückte ein Lächeln.

Liz und Viv kamen Arm in Arm aus der Küche, beide mit einem Glas in der Hand.

Diana hatte das Interesse an dem Gespräch verloren und hörte nur noch aus Höflichkeit mit einem Ohr zu. Sie begann, ihre Umgebung genauer in Augenschein zu nehmen.

Den Mittelpunkt des Raumes bildete der Kamin, vom Boden bis zur Decke aus Felsbruchstein gebaut; um ihn herum gruppiert standen die wichtigsten Möbelstücke. Die dunkelglänzende, warme Holztäfelung der Wände ging über in einen tiefbraunen Fransenteppich. Eine leicht gerundete Frühstückstheke teilte die Küche vom Wohnraum ab. Diana staunte über die ungewöhnlich üppige Küchenausstattung dieser Gebirgshütte: große Geschirrschränke und Anrichten, ein geräumiger Kühlschrank und ein riesiger Herd. In der Eßecke standen Rohrstühle um einen ovalen Tisch, darüber hing eine Tiffanylampe.

Auf einem Bücherbord lagen Spiele, Karten und Puzzles; daneben standen Taschenbücher und eine ganze Reihe Bücher, die alle den gleichen Ledereinband hatten, - klassische Werke, wahrscheinlich.

Hinter der Eßecke führte ein Flur zu den kleineren Schlafzimmern und dem Badezimmer. An einer Wand lehnte eine massive Leiter, die bis zur Decke hochreichte und geradewegs in eine geöffnete Falltür führte.

Diana blickte lange auf diese Tür und malte sich aus, wie schön die verschneiten Bäume von dort oben aussehen würden.

Doch plötzlich, völlig überraschend, durchzuckte sie ein scharfer, schmerzhafter Stich. Jack . . . die Kraft, die Wärme seiner Umarmung, inmitten dieser Kälte und des Schnees . . .

Sie schreckte auf, als sie Lane sagen hörte, "Warte, bis du das da oben siehst."

"Kann man aus dem Fenster viel erkennen?"

"Nur das Universum." Sie lächelte und schüttelte leise den Kopf. "Liz sagt, daß niemand gern mit dem ganzen Gepäck die Leiter hochklettert. Deshalb ist Hüttenregel Nummer eins: wer zuletzt ankommt, muß dort oben schlafen. Du machst dir keine Vorstellung davon, wie unglaublich schön es ist."

Von Vorfreude erfüllt schaute Diana wieder zu der Falltür empor.

Lane sagte, "Möchtest du dein Gepäck hinaufbringen und es sehen? Komm, ich helfe dir."

"Diana, mein Liebling," rief Vivian, "Es ist Zeit, Vivian ihrem unausweichlichen Schicksal zuzuführen."

Diana winkte ihr zu. "Ich muß Viv schnell in die Stadt fahren. Sie wohnt mit jemand im Hotel dort unten."

"Warum denn das? Warum wohnen sie denn nicht hier? Ach so, der Jemand ist männlichen Geschlechts."

Diana lächelte. "Du hast es erraten."

Lane zuckte die Achseln. "Ich bin in die Berge gefahren, um auch davon eine Weile weit weg zu sein. Gut, wir steigen also erst hoch, wenn du wieder zurück bist. Oder willst du unten in der Stadt bleiben und dich in der Spielbank amüsieren?"

"Nein," sagte Diana schnell entschlossen, "Ich bin gleich zurück.

Liz half Vivian in den Mantel. "Auf geht's, in deinen Sündenpfuhl. Ich mach jede Wette, John ist so aufgeregt, daß er seine weitesten Hosen anziehen mußte. Ist er überhaupt gut im Bett?"

"Für ein paar Stunden reicht's," krähte Vivian vergnügt. Sie zog übermütig an Liz's hellbraunen Locken, die schon silbergraue Strähnen zeigten.

"Blödsinn! Nimm nur den Mund nicht so voll. Du könntest doch keine Viertelstunde mehr durchhalten, alte Schlampe." Liz knuffte Vivian in die Seite.

"Sollen wir mal um die Wette vögeln? Laß es mich nur wissen, du verkalkte Schnalle," grölte Vivian.

Chris seufzte resigniert. "So reden die beiden immer. Es war schon so, als wir noch ganz klein waren - schlimmer noch!"

Diana verkroch sich lachend in ihre Jacke und bemerkte, daß auch Lane breit grinste.

Vivian sagte, "Und Liz, sei ja lieb zu meiner Diana. Sie ist im Moment sehr empfindlich."

Diana starrte sie wütend an.

Liz schaute von einer zur anderen, zog amüsiert eine Augenbraue hoch und fragte trocken, "Was meinst du mit 'empfindlich'? Ist sie schwanger?"

Diana mußte unwillkürlich lachen. Vivian warf ihr einen besänftigenden Blick zu. "Sie braucht einfach Ruhe und Entspannung von all ihren Sorgen und Nöten." Sie wandte sich den anderen zu. "Und euch werde ich alle in den Spielkasinos wiedertreffen?"

"Wir bleiben hier oben," sagte Chris.

Vor der Hütte stürzte sich Diana schimpfend auf Vivian. "Wie konntest du es wagen, mir das anzutun? Diese Liz kenne ich kaum, die anderen überhaupt nicht. Ich hätte es besser wissen müssen und gar nicht erst hier raufkommen sollen; ich wußte, daß was faul war. Hätte ich nur nicht auf dich gehört; es war eine idiotische Idee. Warum habe ich mich nur von dir überreden lassen . . ."

"Aber Engelchen, ich hab doch so gut wie nichts gesagt."

"Nichts gesagt?? Du hast mit Liz am Telefon gesprochen und dies hier angezettelt. - Was hast du ihr von mir erzählt?"

"Überhaupt nichts, du." Vivian setzte sich ins Auto. "Jetzt sei nicht böse mit der kleinen Vivian, die doch nur dein Bestes will. Du darfst das alles nicht so eng sehen. Mach's dir doch einfach gemütlich. Die Hütte ist einmalig. Meine Güte, wenn John nicht hier wäre, könnten wir beide diesen tollen Kamin, die fantastische Landschaft voll genießen. - Und Liz, lieber Himmel! Jemanden wie sie triffst du wirklich nicht alle Tage."

"Und alle sind sie begeisterte Skifahrerinnen," sagte Diana unwirsch und knallte beleidigt die Autotür zu. "Sie werden keine Ruhe geben, bis ich's auch wieder versuche. Skifahrer sind so. Ich hasse Leute, die Ski fahren."

Vivian nahm sacht ihre Hand. "Wenn du sie wirklich so wenig ausstehen kannst und wirklich nicht - "

Diana drückte ihre Hand und ließ sie wieder los. "Das habe ich nicht gesagt. Ich meinte nur . . . "

"Ich finde sie ganz in Ordnung. Diese Lane zum Beispiel ist eine absolute Klassefrau. Vorausgesetzt, man hat was übrig für tolle schlanke Frauen," fügte sie gutgelaunt hinzu.

Diana lachte in sich hinein. "Sie ist Rechtsanwältin."

"Igitt! Das ist ja noch widerlicher."

Diana ließ den Motor an. "Madge und Millie scheinen okay zu sein, aber Chris - ich kann so intolerante Menschen immer weniger ertragen."

"Laß nur unsere gute Chris. Sie ist eben so. Eine freudlose alte Jungfer, verdorrt an Leib und Seele. Sie war schon mit Neun ein langweiliges altes Weib, glaub's deiner Vivian. Schade, daß du's mit dem Skifahren nicht wenigstens versuchen willst. Wenn ich deine Figur hätte, würde ich nur in Skianzügen durch die Gegend rennen. Und außerdem ist es auf den Pisten viel einfacher, Männer zu angeln, als auf diesen dusseligen Golfplätzen."

Diana widersprach verdrossen, "Golf spiele ich auch nicht mehr." Sie wechselte das Thema, "Mein Gott, ist das finster hier oben."

Vivian ließ nicht locker. "Um genau zu sein, du hast jetzt sechs Wochen lang nicht mehr Golf gespielt. Aber irgendwann ist es Zeit, die Klostermauern wieder zu verlassen, mein Liebling. Du darfst die körperlichen Bedürfnisse nicht ganz vergessen. Was meinst du - wie lange hältst du es ohne Sex aus?"

"Bis zum Ende meiner Tage," erwiderte Diana grimmig.

"Ausgerechnet du! Nein, nein, zu dieser Sorte Frau gehörst du nun ganz gewiß nicht. Du brauchst jemanden, der dich liebt."

"Das ist nicht wahr. Nachdem es mit Tommy aus war, habe ich monatelang, länger als ein Jahr sogar, mit niemandem geschlafen. Ich hatte nicht das geringste Bedürfnis danach. Es war in der Zeit, als ich mit Barbara zusammenwohnte. Ich bin damals viel mit Männern ausgegangen, aber nur so, zum Essen oder ins Kino."

Diana blickte angestrengt in die dunkle Nacht; im Licht der Scheinwerfer glitzerten weiße Wälle, die an den Straßenrändern von Schneepflügen aufgehäuft worden waren; dahinter glänzten schwarz die symmetrischen Silhouetten der Kiefern.

"Es wundert mich nicht die Bohne, daß du nach diesem Saufkopp keine Lust mehr auf Sex hattest. Bei mir war es genau das gleiche nach Joe. Aber glaub mir, mit Zwanzig ist es leichter, ohne Sex auszukommen. Frauen brauchen's einfach mehr, je älter sie werden. Zweiundvierzig ist übrigens gar kein so schlechtes Alter, laß dir's von mir gesagt sein. Obwohl ich natürlich nichts dagegen hätte, nochmal dreiunddreißig zu sein."

"Vierunddreißig."

"Vierunddreißig. Du bist trotzdem ungeheuer attraktiv. Ich laß dich ehrlich gesagt auch nur ungern in Johns Nähe. Obwohl er mir immer erzählt, er ziehe mollige Frauen vor. - Und was Jack anbetrifft, jetzt, wo ihr Schluß gemacht habt - ich hoffe wenigstens, daß es endgültig aus ist - kann ich's dir ja sagen: ich habe nie so recht verstanden, was du an diesem eingebildeten Würstchen so anziehend gefunden hast. Er sieht gut aus, ja, aber das ist auch alles. Und jetzt hat er sich ja, weiß Gott, auch kein Bein ausgerissen, um dich zurückzubekommen. Das ist typisch für ihn. Aber so eine Frau wie dich findet er im Leben nicht mehr."

Diana unterbrach sie, "Ich möchte jetzt nicht mehr darüber reden." Sie lenkte das Auto vorsichtig um die engen Kurven, achtete auf eisglatte Stellen.

"Nicht mehr darüber reden! Du hast noch kein einziges Wort dazu gesagt. Was denkst du eigentlich, wozu Freundinnen da sind? Deine Trauerarbeit muß mal ein Ende finden. Sechs Wochen sind wirklich mehr, als er verdient hat. Aber nein, wir fahren neun Stunden lang nach Tahoe, und alles, was ich zu sehen bekomme, ist deine gramzerfurchte Leichenbittermiene. Ich war nahe dran, das Auto anzuhalten und dir den Gnadentod zu geben."

Diana lachte.

"Na also. So ist's recht. Sie lacht wieder. Nimmst du noch die Pille?"

"Ja, Viv. Jawohl, Mutter."

"Dieser Jason im Betrieb ist ja ganz schön hinter dir her."

Diana zuckte die Achseln.

"Warum magst du ihn nicht?"

"Er langweilt mich."

"Aber, meine kleine Klosternonne, warum schluckst du dann die Pille?"

Diana schwieg irritiert.

"Ist ja auch ganz richtig, egal, was für Gründe du hast. Wer weiß, vielleicht begegnet dir hier oben jemand."

"Und selbst wenn das so wäre, würde ich sicher nicht gleich mit ihm ins Bett hüpfen."

"Pfui, schäm dich. Ich bin mit John gleich im Bett gelandet, zwei Stunden nachdem wir uns kennengelernt hatten."

Diana warf ihr einen amüsierten Blick zu. "Immerhin, deine Beziehung mit John dauert schon länger als irgendeine deiner vorherigen . . . Lieben."

"Warum sollte ich nicht tun, wonach mir zumute ist? Die Männer haben das schon immer getan. Meine biologischen Pflichten habe ich brav erfüllt: ich habe ein Kind in die Welt gesetzt. Und nun ist meine Vagina nur noch zum Vergnügen da. Nichts ist von Dauer, soviel wenigstens hat Vivian aus ihren zwei Katastrophen gelernt. Von den Freuden einer Scheidung nach San Francisco-Manier wird dir Liz noch genug erzählen. Zwanzig Jahre, verdammt nochmal. Liz und George waren eins der seltenen Paare, von denen jeder dachte, sie würden noch gemeinsam in den Sarg steigen. Bis diesem Arschloch George eines schönen Tages nichts Besseres einfiel, als in seinem Büro eine scharfe Blonde über den Schreibtisch zu legen. Großer Gott! Dieser verwichste Drecksack. Männer können so miese Schweine sein."

Diana hatte die Einfahrt zum Highway 50 erreicht und wartete darauf, sich in die Samstagabendschlange der Wagen einzufädeln, die alle auf dem Weg zu den Kasinos waren.

"Du brauchst eine Liebesaffäre. Eine richtige, gute Liebesaffäre."

"Ich hatte eine. Mit Jack war es besser als mit irgend jemand je zuvor. Bei ihm war ich nie sicher, was er im nächsten Moment tun würde. Unberechenbar. Wie ein kleines Kind. Mann und Kind in einem."

"Das glaub ich dir gern," sagte Vivian mit unverhohlenem Sarkasmus, "Aber ich spreche von einer wirklichen Liebesaffäre. Sex, bei dem dir Hören und Sehen vergeht; nur Vögeln, Vögeln, bis du dich durch und durch wie ein einziger Wackelpudding fühlst."

Diana lachte. "Viv, du bist unmöglich."

Vivian grinste unverschämt. "Ist der Ruf erst ruiniert, lebt sich's völlig ungeniert."

"Unglaublich, wie zugebaut hier inzwischen alles ist," sagte Diana und betrachtete die glitzernde, blinkende Neonmeile, die den Highway 50 säumte.

"Mir war schon immer so, als hättest du für Jack eher mütterliche Gefühle gehabt. Jedenfalls kann ich mir kaum vorstellen, daß er die Laken qualmen läßt."

Diana seufzte. "Du hast heute wirklich nichts anderes im Kopf."

"So nicht, meine Liebe. Ich durchschaue inzwischen deine kleinen Tricks, mit denen du ständig vom Thema ablenkst."

"Du wirst mir ein bißchen zu persönlich, das ist alles. Ich hab wahnsinnig gern mit Jack geschlafen," fügte sie liebevoll hinzu, "Aber ich bin eben nicht so ein Plappermaul wie du."

"Woher kannst du denn beurteilen, ob er gut war? Für heutige Verhältnisse hast du nicht gerade viel Erfahrung."

"Viv, das haben wir jetzt zur Genüge durchgekaut. Ich glaube nicht, daß Erfahrung so entscheidend ist. Ich glaube es einfach nicht. Ich hätte die drei Männer vor Jack nicht gebraucht, um zu wissen, wie gut es mit ihm war."

Der dunkle Turm von Harrahs riesigem Gebäudekomplex kam in Sicht. Diana schaute neugierig hinaus. Das Hotel hatte bei ihrem letzten Besuch noch nicht existiert.

"M ä n n e r nennst du sie? Deine Ehe zählt ja wohl kaum. Es ist ein reines Wunder, daß dich dieser ewig besoffene Idiot Tommy überhaupt entjungfert hat. Und dieser McDonell-Douglas Maschinenbauer . . . sag mal, Diana, war Jack eigentlich wirklich so gut im Bett?"

"Ja, für mich ja, wirklich."

"Männer sind nur gut im Bett, wenn sie mehr wollen als nur ihr eigenes Vergnügen. Wenn sie die Frauen wirklich, wirklich lieben. Das macht sie einfühlsam."

"Jack war einfühlsam. Er liebte Frauen."

"War es das, Diana?" fragte Vivian leise, "Gab es andere Frauen?"

"Ich möchte nicht darüber reden." Diana biß sich auf die Zunge.

"Du bist die aufrichtigste Person, die ich je gekannt habe. Viel zu aufrichtig. Du ersparst dir nichts, aber auch gar nichts. Du bist ganz ruhig, siehst nur immer furchtbar müde aus. Ich weiß, du mußt das alles erst verarbeiten, aber du solltest dich nicht ganz verausgaben. Du hast doch Freunde, die dich lieben und die für dich da sind."

"Ich dank dir, Viv," sagte Diana, den Tränen nah.

Sie hatte keine Wahl, sie mußte schweigen. Wie hätte sie irgend jemand ihre Gefühle erklären, sich rechtfertigen können? Irgend etwas stimmte nicht mit ihr. Wie sonst sollte sie sich erklären, daß sie Jack Gordon fünf Jahre lang geliebt hatte und jetzt nichts mehr fühlte außer Kälte und Gleichgültigkeit?

Sie konnte ihm nicht verzeihen. Selbst nach sechs Wochen konnte sie es noch nicht einmal in Betracht ziehen, ihm zu verzeihen. Immer, wenn er fortgegangen war, hatte sie Todesängste ausgestanden, aber sobald er auftauchte, war sie mürrisch gewesen und äußerst gereizt. Er hatte immerfort angerufen, an der Wohnungstür Sturm geklingelt, hatte ihr nachgestellt im Treppenhaus, sogar im Büro. Sie verschloß sich ihm gegenüber, dachte erbittert an die Verletzung, die er ihr zugefügt hatte. Sie hatte sich geweigert, ihn anzuhören, hatte sich angewidert abgewandt, wenn er versuchte, sie zu berühren. Sie hatte diesen Mann mehr als irgend einen anderen Menschen in ihrem Leben geliebt, und nun war ihr Gefühl wie ausgelöscht, war spurlos verschwunden.

Und es gab noch weitere Beweise für ihre Schuld. Sie setzte ihre Selbstanklage fort: Kinder hatte sie nie haben wollen. Gut, Tommy war Alkoholiker gewesen, aber das hatte sie auch als Ausrede für sich selbst benützen können. – Und sie war glücklich gewesen, als Jack ihr erklärte, er wollte nur mit ihr zusammensein; die Ehe ohne Trauschein hatte ihr als Entschuldigung gedient. Jede Diskussion hatte sich damit erübrigt, und sie mußte sich auch nie eingestehen, daß sie eigentlich keine Kinder wollte, daß in ihrem Inneren ein kalter, liebloser Kern steckte, daß etwas mit ihr nicht in Ordnung war.

Vivian übergab ihr Gepäck dem Portier. Diana küßte sie zum Abschied auf die Wange. "Bis morgen, mach's gut."

Vivian hielt sie am Arm fest. "Willst du denn nicht hierbleiben? Im Spielkasino? Komm, sag wenigstens John guten Abend."

"Ihr beide habt alle Hände voll damit zu tun, euch selbst guten Abend zu wünschen," frotzelte Diana, "Ich komm morgen früh vorbei."

"Liz hat kein Telefon da oben, meint, es sei zünftiger ohne. Aber es ist unpraktisch, sonst nichts."

"Keine Sorge, ich werd dich schon finden."

"Warum bleibst du denn nicht und spielst?" Vivian gab noch nicht auf. "Du lernst sonst garantiert niemand kennen – ich meine, du mußt unter Menschen gehen, wenn –"

"Das mit der Hütte war deine Idee, hast du das schon vergessen? Wenn ich die nächsten Tage da verbringen will, muß ich auch ein wenig Geselligkeit an den Tag legen, oder?"

"Du hast ja recht, Engelchen. Aber geh an die frische Luft, sooft du kannst. In einem Haus voller Frauen kann beim besten Willen nichts Interessantes passieren . . ."

2. KAPITEL

"Was ist da drin? Das sieht nach was Gutem aus." Lane hatte die Küche betreten und sah zu, wie Diana eine große Einkaufstüte auspackte. "Wodka . . . und - der beste gekühlte Wein, den ich auftreiben konnte."

Lane warf einen prüfenden Blick auf die Etiketten der beiden Weinflaschen. "Hervorragend."

Sie kramte in der Schublade nach einem Korkenzieher. "Welche sollen wir zuerst öffnen?"

"Das kannst du entscheiden. Ich verstehe nicht viel von Wein. In meiner Familie war Vater der Weinexperte. Meine ganzen Kenntnisse auf diesem Gebiet stammen von ihm."

"Verstehst du dich gut mit deinem Vater?"

"Ja, wir mögen uns sehr." Diana sah zu, wie Lane geschickt die Flasche entkorkte.

"Spricht etwas dagegen, jetzt das Gepäck hochzutragen?"

"Überhaupt nichts. Ich freu mich schon die ganze Zeit darauf."

Diana warf den anderen Frauen, die um das Feuer herumsassen und sich angeregt unterhielten, ein paar erklärende Worte zu, nahm ihre Reisetasche und folgte Lane beschwingt die Leiter hinauf.

Der Raum war vom Fenster her in silbernes Licht getaucht. Im Halbschatten sah Diana ein Messingbett, eine schräge Giebeldecke, eine kleine Kommode und einen Kleiderschrank. Auf dem Nachttisch stand eine Petroleumlampe. Lane hob den Glaskolben hoch und zündete mit einem Streichholz den Docht an.

In dem honigfarbenen Lichtkegel sah Diana weitere Einzelheiten: eine bunte Baumwollsteppdecke und prallgefüllte Federkissen, einen rundgewobenen Teppich, die rohgezimmerten Holzbalken der Dachschräge.

"Du mußt unbedingt die Lampe ausmachen und hier herüber ans Fenster kommen."

Diana blies die Flamme aus; der Raum lag wieder in silbrigem Licht. "Oh," hauchte sie, als sie am Fenster stand.

Der Nachthimmel war sternenübersät, ein funkelnder, unendlicher Teppich. Die starren, schwer mit Schnee bedeckten Bäume ragten majestätisch in das Himmelsgewölbe. Berge von Schnee formten bizarre Gebilde, riesige Schneeverwehungen warfen ungeheure, gewaltige Schatten.

"Unglaublich," murmelte Diana. Sie legte einen Arm um Lane, suchte ganz unwillkürlich körperliche Nähe und Wärme inmitten dieser weißeisigen Pracht.

Sie standen schweigend beieinander. Nach einer Weile sagte Lane, "Es tut gut, all dieses Neue und diese Schönheit mit dir zu erleben."

"Du bist nie zuvor hier gewesen?"

"Nein, obwohl Madge mich oft eingeladen hat. Sie ist die einzige, die ich hier kenne."

Diana lächelte. "Was meinst du, wirst du der Versuchung widerstehen können, dieser Chris an die Gurgel zu gehen?"

Lane lachte gelassen. "Menschen wie Chris begegne ich jeden Tag. Aber es ist sehr angenehm, jemanden um mich zu wissen, der so rasch das Thema wechseln kann."

Diana verzog den Mund. "Ich weiß, darin bin ich gut. - Wir sollten jetzt wohl besser runtergehen, wegen der Geselligkeit, meine ich." Voll Bedauern blickte sie noch einmal aus dem Fenster und löste sich langsam von Lane.

"Komm, ich zeig dir noch die restliche Einrichtung."

Ein Teil der Fichtenholztäfelung entpuppte sich als Schiebetür, die in einen schmalen Raum mit zwei Betten und einem kleinen Schrank führte.

Lane sagte, "Wir könnten eine Münze werfen, zur Entscheidung, wer wo schläft. Und dann wechseln wir uns ab, damit jede einmal etwas von dem großen Raum hat."

"Aber warum denn, Lane? Hier drin ist doch nur ein winziges Fenster. Das Messingbett drüben hat Königinnenformat. Oder schnarchst du?"

Lane grinste. "Bis jetzt hat sich noch niemand beschwert."

"Knirschst du mit den Zähnen? Trittst du um dich? Wandelst du im Schlaf? Nein? Gut, damit wäre dann alles geklärt."

Sie stiegen die Leiter hinunter. Liz erwartete sie, die Hände in die Hüften gestemmt. "Ist da oben alles in Ordnung?"

"Es ist absolut fantastisch," sagte Diana.

Liz lächelte dünn. "Ganz gemütlich, ja. Und gut isoliert. Wenn man die Leiter hochzieht und die Falltür schließt, hält sich die Kaminwärme die ganze Nacht durch. Aber macht ruhig die Heizung an, falls euch kalt wird."

"Womit haben wir soviel Glück auf einmal verdient?" fragte Diana.

"G l ü c k ist etwas übertrieben. Da oben ist kein Klo, das Gepäck muß mühselig raufgeschleppt werden; ich find's manchmal scheißlästig."

"An deiner Stelle würde ich nur dort oben schlafen."

"Millie," sagte Liz unvermittelt, "spiel uns ein bißchen was auf deiner Gitarre vor."

"Diana, ich schenke uns Wein ein," sagte Lane und behielt dabei Liz im Auge.

Millie klimperte sachte, stimmte die Saiten, summte dazu; das Klimpern wurde zur Melodie; sie sang "If I were a carpenter" mit heller, klarer Stimme.

Madge und Chris applaudierten. "Hey, Millie, das klingt wunderschön," sagte Diana sanft. Liz stimmte zu. "Klingt hübsch."

"Ja, wirklich," murmelte Lane.

"Möchtet ihr was Bestimmtes hören? Lane, hast du einen besonderen Wunsch?"

"Du machst das gut. Spiel einfach alles, was dir gefällt."

"Und du, Diana?" fragte Millie, "Welche Art von Musik magst du am liebsten?"

"Sinatra, Ella Fitzgerald, sowas in der Richtung. Peggy Lee ist meine Lieblingssängerin."

"Wie kann jemand in deinem Alter so altmodisches Zeug mögen?" fragte Millie ehrlich erstaunt.

"Es ist klassisches Zeug," sagte Lane frostig.

Diana lächelte Millie freundlich zu. "Mein Vater ist schuld daran. Diese Vorliebe für altmodische Leute hab ich von ihm."

Lane sagte, "Ich hab zu Hause ein wundervolles Peggy Lee-Album. Es ist nirgends mehr zu bekommen, und ich hab weiß Gott danach gesucht. Es heißt 'Pretty Eyes'."

Diana sah sie ungläubig an. "Du hast dieses Album? Ich habe es auch! Die Rillen sind schon völlig ausgeleiert vom vielen Abspielen."

"Bei meiner Platte ist es genauso. Ich hab sie jetzt auf Kassette überspielt, sicherheitshalber. Wirklich eins der besten Peggy Lee-Alben. Wunderschön. Romantisch."

"Also, ich spiel jetzt ein paar Folksongs," brummte Millie verdrossen.

Diana nippte an ihrem Wein und blickte in die Runde. Liz hatte die Ärmel ihres kastanienfarbenen Sweatshirts bis zu den Ellbogen hochgekrempelt; ein blaues Jeansbein baumelte lässig über die Sofalehne. In der Hand hielt sie ein beschlagenes Glas mit goldbraunem Bourbon. Neben ihr saß Madge, zupfte unruhig an ihren angeknabberten dunklen Haarspitzen und klopfte mit ihrer Zigarette unaufhörlich auf den Rand des schweren Glasaschenbechers auf ihrem Schoß. Chris hockte in einem Sessel, ganz in sich zusammengekauert; sie beobachtete

Lane, die vor dem Kamin stand. Lane schürte das Feuer, bis es aufflammte. Sie suchte einen besonders großen Holzklotz heraus, nahm ihn hoch, ohne Rücksicht auf ihre Kleidung zu nehmen und warf ihn geschickt in die Glut; mit einer raschen Handbewegung säuberte sie ihre Kleidung und sah zu, wie die Flammen sprangen.

"Möchtest du noch etwas Wein, Diana?" fragte Lane.

"Danke, im Moment nicht."

"Da hat sich aber ein feines Mickertrinkerpärchen gefunden!" Liz musterte sie verächtlich und nahm einen großen Schluck Bourbon. "Wie wär's mit einer Runde Scrabble? Wir losen die Parteien aus."

"Ich spiele lieber noch ein bißchen Gitarre," sagte Millie.

"Und ich hätte Lust, deine Bücher anzuschauen," meinte Lane.

Liz lachte schrill und sagte in scharfem Ton, "Das einzige, was George aus der Hütte mitnehmen wollte, war die Büchersammlung da drüben, die mit dem Ledereinband. Er verschlang sie jedesmal, wenn wir hier waren. War ganz versessen darauf. Er bettelte darum, wollte sie unbedingt haben. Scher dich zum Teufel, hab ich ihm gesagt."

Sie setzten sich zum Scrabblespiel um den kleinen runden Tisch auf den Boden. Diana und Madge spielten zusammen gegen Liz und Chris. - Diana hatte in der Zeit, als sie mit Barbara zusammenwohnte, oft Scrabble gespielt; sie ließ sich rasch anstecken von Liz' Kampfgeist, lieferte ihr ein gutes Match und hatte großen Spaß an dem Spiel. Kurz vor Ende der Partie gesellten sich Millie und Lane als Zuschauer hinzu. Lane kniete sich neben Diana. Liz und Chris lagen mit drei Punkten vorne, und Liz rief fröhlich, "Wurde aber auch verdammt Zeit, mal wieder einen adäquaten Spielpartner zu haben. Das letzte Mal ist schon 'ne Ewigkeit her - es war mit George."

Liz räumte das Spiel weg. "Wir sollten zu Bett gehen. Morgen wird's sonnig. Ideales Skiwetter; es lohnt sich, früh aufzustehen." Sie wandte sich an Diana und Lane. "Ich muß euch noch in die Hausordnung einführen. Das Badezimmer wird in alphabetischer Reihenfolge benützt. Also, Christianson, du gehst zuerst."

Lane erhob sich gehorsam und verließ schmunzelnd den Raum.

Liz schaute ihr nach, bis sie im hinteren Teil der Hütte verschwunden war. "Ausgesprochen cool und hochnäsig," sagte sie zu Madge.

"Jetzt wart's mal ab. Ein bißchen Zeit zur Eingewöhnung

mußt du ihr schon geben."

"Sie hält sich für was ganz Besonderes," sagte Chris vorwurfsvoll.

"Mit einer wie mir redet sie erst gar nicht. Sie hat's mit den besseren Leuten," stänkerte Millie.

Madge schüttelte den Kopf. "Besonders gut kenne ich Lane auch nicht, aber ich habe das Gefühl, sie ist momentan sehr erschöpft."

"Ich mag sie gern," ließ Diana deutlich vernehmen und ging, ihren Ärger verbergend, zum Fenster. "Ich bin noch nie im Winter hier oben gewesen," sagte sie, "Wie hoch wird der Schnee?"

"In manchen Wintern ist die Hütte völlig zugeschneit," antwortete Liz. "Die Schneewehen sind so hoch, daß man die Tür freischaufeln muß. Tja, das ist Naturgewalt, meine Liebe." Sie lächelte über Dianas ehrfurchtsvollen Blick. "George mochte das wahnsinnig gern. Zu schade," sagte sie boshaft, "jetzt gehört alles mir allein, und er ist unerwünscht, sogar als Besucher. - Küß es zum Abschied, George, hab ich ihm gesagt. Keine Hütte mehr, George. Ich weiß nicht, ob er sich wirklich eingebildet hat, ich würde je zulassen, daß er mit seinem kleinen Flittchen hier zum Bumsen rausfährt, an unseren Ort, wo wir zwanzig Jahre lang gemeinsam waren. Eher hätte ich's in die Luft gesprengt."

"Zwanzig Jahre," sagte Millie. "Ihr hattet dieses Haus eure ganze Ehe über."

"Länger sogar. Wir haben hier unsere Flitterwochen verbracht."

Lane trug einen blauen Seidenpyjama; sie half Diana, die Leiter hochzuziehen und die Falltür zu schließen. Dann standen sie in dem silbernen Licht, sahen am funkelnden Himmel die Blinklichter eines Flugzeugs dahingleiten.

Lane sagte versonnen, "Einen Nachthimmel wie diesen kenne ich nur aus meiner Kindheit in Oklahoma. Als ich zehn war, sind wir von dort fortgezogen."

"Als ich klein war, nahm Vater mich oft mit in die Berge zum Camping. Wir blieben nachts immer lange auf und schauten in den Himmel."

"Damals war diese Art von Schönheit für mich ganz selbstverständlich. Heutzutage muß ich Gedichte lesen, um diese Gefühle wieder lebendig werden zu lassen."

"Welche Art von Lyrik magst du?"

"Ich bin eine unverbesserliche Romantikerin. Shelley, Keats, Dylan Thomas. Emily Dickinson lese ich am liebsten."
"Ich auch." Diana schüttelte lächelnd den Kopf. "Wir haben seltsame Dinge gemeinsam."
"Seltsame?"
"Ungewöhnliche," verbesserte Diana, "Überraschende."
"Mich überrascht es nicht, daß du Lyrik magst."
"Ich bin damit aufgewachsen. Mein Vater zitierte immerfort Kipling und Robert Burns."
"Auf deinen Vater werde ich immer neugieriger. Er muß wirklich ein interessanter Mensch sein."
"Ja, das ist er," sagte Diana mit ruhigem Stolz. "Er ist Professor für Anglistik am Cal State Northridge - und dazu ein wundervoller Vater."
"Das hört sich gut an. - Dabei fällt mir ein, Robert Burns habe ich seit Jahren nicht mehr gelesen; noch ein Romantiker. Meine Emily Dickinson-Ausgabe ist in etwa demselben Zustand wie die Peggy Lee-Platte."
"Ich lese immer nur ein paar einzelne Gedichte. Zu viel auf einmal vertrage ich nicht. Es berührt mich zu sehr. Sie ist eine Dichterin der Trauer, des Verlusts."
"Das ist wahr." Mit leiser Stimme, so leise, daß Diana sich vorbeugen mußte, um etwas zu verstehen, begann Lane zu rezitieren:

>"There is a pain - so utter -
>It swallows substance up -
>Then covers the Abyss with Trance -
>So Memory can step
>Around - across - upon it. . . ." *

Welch quälendes Erlebnis mochte Lane veranlaßt haben, sich diese Zeilen einzuprägen? Diana war von den Worten tief betroffen und starrte schweigend in den Schnee hinaus.
"Ich wollte dir nicht die Stimmung verderben," murmelte Lane.
Diana erwiderte langsam,"Die Worte sind so übermächtig,

*"Es gibt einen Schmerz - so unermeßlich tief -
Der alles Sein verschlingt -
Dann den Abgrund überdeckt mit Trance -
So daß die Erinnerung wandeln kann
Um ihn her - darüber hin - darauf . . ."

so bedrohlich. Durch den Schnee, die Kälte wird ihre Wirkung noch viel stärker spürbar." Nachdenklich fuhr sie fort, "Merkwürdig, ich erinnere mich an keines ihrer Naturgedichte, das irgendwie Eis, Schnee oder die Sterne zum Gegenstand hat."

"Sie hat dies alles als Metapher verwendet." Lane wies auf die Landschaft in der Ferne. "Es steht für Tod, für die Unsterblichkeit. Die andere Seite, ihr Humor, ihre Heiterkeit kommt am besten in den Sommergedichten zum Ausdruck."

"Die mag ich am liebsten." Diana überlegte, ob sie dem Gespräch eine andere Richtung geben sollte, da es offenbar für Lane sehr schmerzlich war, darüber zu reden. Zögernd sagte sie, "Das Sternbild des Orion habe ich viele Male gesehen, aber noch nie in einer solchen Konstellation."

"Wo ist es?"

"Dort. Es ist wie ein Rechteck angeordnet; in der Mitte stehen drei Sterne dicht nebeneinander." Diana rückte näher zu Lane hin, zeigte ihr die Blickrichtung. Sie spürte den feinen, angenehmen Duft ihres Parfums. "Siehst du, dort oben?"

"Oh ja. Es sieht wunderschön aus."

"Der hellste Stern, rechts unten, ist Rigel."

"Kennst du noch andere Sternbilder?"

"Einige."

"Magst du sie mir zeigen?"

Diana ließ einen Arm um Lane gleiten, fühlte die Wärme ihres Körpers unter dem kühlen Seidenpyjama und zeigte ihr erneut die Blickrichtung.

"Da drüben, Kassiopeia, in der Form eines großen W. Du mußt, von der Wagendeichsel des großen Bären aus, der Linie genau durch den Polarstern folgen."

"Ja, ich sehe es."

Diana zeigte Lane weitere Sternbilder und Fixsterne. Plötzlich sagte sie schwärmerisch, "Es war immer ein Traum von mir, einmal das Kreuz des Südens zu sehen. Das sind vier Sterne, die zusammen ein Kreuz bilden. Man sieht es nur in der südlichen Hemisphäre. In meinem Traum liege ich immer auf dem Deck eines Schiffes, schwimme auf einem endlosen dunklen Meer, über mir der warme schwarze Tropenhimmel mit vier glitzernden Diamanten."

Sie kam sich mit einem Mal schrecklich albern vor und brach verlegen ab. Schüchtern fügte sie hinzu, "Normalerweise wandern ja wohl nur Betrüger nach Südamerika aus, hauptsächlich jedenfalls. Ich habe starke Zweifel, ob schon jemals ein Mensch dorthin gezogen ist, nur um das Kreuz des Südens zu sehen."

"Dann mußt du den Anfang machen," antwortete Lane ernsthaft. "Die Menschen sollten viel mehr solche Dinge tun. Weißt du, was ich mir immer vorstelle? Ich laufe nackt durch den Regen. Ich weiß, das klingt pubertär, aber ich denke immer, es muß ein ungeheuer befreiendes Gefühl sein, mehr noch - ein Gefühl der reinen Ekstase."

"Es muß ein wunderschönes Gefühl sein."

Lanes Stimme klang warm und belustigt, als sie nach einer Weile sagte, "Laß uns zusammen nach Südamerika gehen. Du kannst mich auf einer hübschen tropischen Insel, auf der es natürlich viel regnen muß, absetzen, und du fährst dann weiter und meditierst unter dem Kreuz des Südens."

Diana lachte in sich hinein, schaute nachdenklich auf den Schnee. Sie stellte sich Jack in derselben Situation vor. Er wäre bereits tödlich gelangweilt gewesen; wahrscheinlich hätten sie auch schon miteinander geschlafen, um diese Zeit. Sie fragte, "Fühlst du dich unbedeutend, wenn du die Sterne siehst?"

"Nein, sie sind zu weit entfernt," antwortete Lane. "Die vielen Ereignisse hier auf der Erde reichen mir völlig aus, um mich nicht allzu bedeutend zu fühlen." Sie trat einen Schritt zur Seite. "Wir sollten langsam zu Bett gehen. Ich bin froh, daß es hier oben so schön warm ist. Die Zeit hat nicht mehr gereicht, sonst hätte ich mir einen Flanellschlafanzug besorgt."

"Daran habe ich überhaupt nicht gedacht. Schlafanzüge aus Flanell sind scheußlich. Und außerdem: sind sie in Südkalifornien zu irgend etwas nütze?"

Sie waren begeistert von der riesigen Steppdecke, den Daunenkissen, die so weich waren, daß Diana genüßlich aufseufzend gleich drei davon aufeinanderhäufte.

"Ein ungewöhnlich romantischer Raum," sagte Lane. "Ich kann gut verstehen, daß Liz nicht mehr hier oben schlafen will. Sie hat sicher ihre Hochzeitsnacht hier verbracht. Und vermutlich noch viele andere Nächte."

"Du hast recht. Ziemlich unsensibel von mir, gar nicht daran zu denken. - Für das Lesen im Bett scheint der Raum nicht unbedingt bestimmt zu sein, oder? - Wo wir gerade von Liz sprechen, was hat dich an ihrer Büchersammlung eigentlich so amüsiert?"

"Ach du Schande, das hast du bemerkt? Ich mußte mich fürchterlich zusammennehmen, sonst hätte ich laut losgeprustet. Versprichst du mir, niemand etwas zu verraten?" Lanes Augen blitzten fröhlich; sie hob ihren Kopf aus dem Kissenberg und wandte sich zu Diana. "Diese Lederbände, die so aussehen wie Klassiker, sind in Wirklichkeit eine Sammlung pornographischer

Werke!"

Sie schüttelten sich vor Lachen; Diana schnappte mühsam nach Luft. "Und sie weiß nichts davon?"

"Ganz gewiß nicht. Wahrscheinlich dachte sie immer, es wäre die Hüttenatmosphäre, die ihren George so romantisch werden ließ."

Sie brachen erneut in Gelächter aus, bis Diana sich langsam beruhigte und sagte, "Eigentlich ist es gar nicht komisch, Lane."

"Das stimmt, Diana. Aber ich glaube nicht, daß Liz jemals dahinterkommen wird. Die Klassikerecke eignet sich vorzüglich, um dort Pornographie zu verstecken. Kein Mensch rührt diese Bücher je an." Sie lachte und fuhr dann in ernsterem Ton fort, "Aber ich rate dir, schau lieber gar nicht erst rein. Das Zeug ist schlichtweg zum Kotzen."

"Okay." Diana machte es sich auf dem Kissen bequem, kroch unter die Decke. "Wie bist du darauf gekommen, Jura zu studieren?"

"Ich trat in die Fußstapfen meines Vaters. Er hat mich angesteckt mit seiner Leidenschaft für die Rechtssprechung."

"Er muß sehr stolz auf dich sein."

"Ja, ich glaube, das war er. Ich hoffe es jedenfalls. - Er starb vor zwei Jahren an einem Herzschlag."

"Das tut mir wirklich leid," sagte Diana betroffen. Sie erinnerte sich an Lanes dunkle, ruhige Stimme, als sie das Gedicht von Emily Dickinson gesprochen hatte.

"Ich danke dir. Ich weiß, du meinst es ernst, du verstehst es, da dein eigener Vater dir so nahe steht."

"Die Arbeit macht wohl einen Großteil deines Lebens aus?"

Ihr war aufgefallen, daß Lane eine winzige Golduhr und einen Armreif trug, aber keine Ringe.

"Es ist mir bisher gelungen, der Ehe zu entkommen - falls du darauf anspielst. Und du?"

"Ich war verheiratet, aber das ist lange her. Ich kann mir kaum vorstellen, wie du es fertiggebracht hast, eine Heirat zu umgehen. Es sei denn, du hältst grundsätzlich nichts davon. Ich halte nichts mehr davon. - Wenigstens glaube ich das," fügte sie hinzu.

"Was gibt es dagegen einzuwenden? Die Bindung? Die Verpflichtung?"

"Nein, das nicht. Aber ich hasse die Besitzansprüche."

"Ah ja. - Ich hatte einige ernstgemeinte Anträge, aber . . manchmal denke ich, ich sollte mir die Haare färben. Blondes Haar erzeugt in Männerhirnen sofort die Klischeevorstellung vom dummen, frivolen Weibchen. Von mir fühlen sich immer die falschen Männer angezogen. Im Moment ist es ganz gut so - ich arbeite sehr viel. Für mich ist es sehr wichtig, meine Arbeit gut zu machen. Die meisten Männer, mit denen ich zusammenarbeite, denken, daß alle Rechtsanwältinnen . . .Verzeih, ich wollte dir keinen Vortrag halten. Soll ich weiterlabern bis du eingeschlafen bist?"

Diana lachte. "Ich finde dich ausgesprochen interessant."

"Ich dich auch. Ich rede sehr gern mit dir."

Diana wollte noch mehr über Lanes Arbeit wissen, aber Lane streckte müde ihre Glieder aus und richtete sich unter der Bettdecke ein. "Gute Nacht, Diana."

"Gute Nacht, Lane."

Diana fand lange keinen Schlaf, versuchte, ihre Gedanken abzulenken von der Frau, die ruhig atmend neben ihr lag. Und doch war sie froh darüber, daß sie nicht alleine war in diesen Nachtstunden, die in der letzten Zeit oft so quälend gewesen waren.

Und wieder, wie in all den vergangenen Nächten, begab sie sich auf die Suche nach dem verlorenen Gefühl für Jack Gordon, prüfte die Haltbarkeit ihrer Panzerung, ihrer eisigen, unerbittlichen Ablehnung ihm gegenüber.

Ihre Gedanken wanderten zurück. In den vergangenen fünf Jahren war sie jede Nacht, Körper an Körper, mit Jack zusammen eingeschlafen. Sie hatten sich geliebt, dann legte sie immer den Kopf auf seine Brust, schlang ihre Arme um ihn; sie genoß schlaftrunken das Gefühl seiner Befriedigung, roch seine Seife, sein Rasierwasser und einen fernen Hauch des Schweißes, der im Augenblick des Orgasmus seinen Körper überzogen hatte. Ganz berauscht von diesen Düften fiel sie auf der Stelle immer in tiefen Schlaf. Und wenn sie sich einmal nicht geliebt hatten, schlief sie mit dem Gesicht auf seinem glatten, muskulösen Oberarm, ließ ihre Hand auf seiner wollig behaarten Brust ruhen.

Mit einem Gefühl lebendiger Erinnerung an Jacks gekräuselte Haare zwischen ihren Fingern schlief sie ein.

3. KAPITEL

Diana schlief fest, traumlos und erwachte von strahlend hellem Licht. Sie setzte sich auf und schaute verwundert zum Fenster hinaus. Das Dunkel der Nacht hatte sie dies überwältigende Panorama nicht ahnen lassen. Kobaltblau glitzerte der Lake Tahoe in der Sonne, umgeben von weißen Bergen, vor denen sich dunkel die fedrigen Silhouetten der Kiefern abhoben. Aufgeregt griff sie nach Lane - und hielt mitten in der Bewegung plötzlich inne.

Jack hatte im Schlaf schutzlos und liebenswert ausgesehen; es war ihr bewußt, daß Verwundbarkeit eine Eigenschaft ist, die oftmals während des Schlafes augenscheinlich wird, und dennoch traf Lane Christiansons Verwandlung sie völlig unvorbereitet. Sie blickte wie gebannt, bezaubert auf den unschuldigen Ausdruck der entspannten Gesichtszüge; die wache, sprungbereite Aufmerksamkeit war verschwunden, verschlossen hinter Augenlidern, hinter dichten goldenen Wimpern. Ihr Mund hatte den strengen Zug verloren, ihre Lippen waren sanft geschwungen, sinnlich. Ihr Haar schimmerte goldfarben. Sie sah sehr jung aus, wehmütig, wie ein zu Unrecht ausgescholtenes Kind, das über der Kränkung eingeschlafen war.

"Lane," sagte Diana zärtlich, ohne sie zu berühren.

Lane knurrte und rollte sich auf die andere Seite. Sie bedeckte das Gesicht mit ihren Haaren, verbarg es in den Falten des Kopfkissens. Diana lächelte und sagte noch einmal, "Lane." Lane bewegte sich langsam, und Diana sagte sanft, "Hey, wach auf und schau dir den Tag an."

Lane öffnete nur widerstrebend die Augen, setzte sich auf und blickte, noch halb im Schlaf, Diana an. Sie folgte Dianas Handbewegung, sah aus dem Fenster und schüttelte ungläubig den Kopf. "Wo um alles in der Welt kommt denn das her?"

"Jemand hat es über Nacht für uns da hingestellt." Diana zitierte: "Beauty crowds me till I die". *

"Ist das Wordsworth?"

"Es ist von unserer Lieblingsdichterin."

"Unsere Emily hat das gesagt?" Lane lächelte verträumt;

---

* "Schönheit bedrängt mich, bis ich sterbe"

vor dem Hintergrund des Himmels waren ihre Augen von tiefem Blau. Sie fuhr sich mit der Hand durchs Haar, strich es aus dem Gesicht.

"Ja, unsere Emily."

Lane rekelte sich träge. "Mir ist so, als stiege der Duft von gebratenem Speck durch die Bodenritzen. Hoffentlich handelt es sich nicht um eine Sinnestäuschung."

"Leute, die so viel arbeiten wie du, haben für gewöhnlich schreckliche Eßgewohnheiten," bemerkte Diana. "Bist du deshalb so schlank?"

"Ich esse genug für drei Leute. Manchmal denk ich, ich hab was von einem Kolibri." Sie schaute an ihrem Körper herunter, runzelte mißbilligend die Stirn. "Überall nur spitze Kanten. Du siehst aus wie eine dieser hübschen, weichen Frauen, die da unten in Texas büschelweise wachsen."

Diana erwiderte erfreut, "Komplimente einer anderen Frau zählen mehr, weil sie ehrlich gemeint sind."

"Das ist sehr zutreffend."

Diana lächelte. "Da wir gerade bei der Ehrlichkeit sind, ich dachte immer, in Oklahoma hätten sie nur Ölquellen und nicht solche wunderschönen Frauen."

Lane senkte verlegen den Kopf. "Danke," murmelte sie. Überrascht von dieser Reaktion sagte Diana rasch, "Das hast du doch sicher schon tausendmal gehört."

Lane wich ihrem Blick aus. "Ob wohl Feldmarschallin Liz uns heute morgen wieder in alphabetischer Reihenfolge antreten läßt? 'Du bist an der Reihe, Christianson!'" Sie äffte Liz' Ton nach.

Diana kicherte, registrierte verwundert Lanes Befangenheit. Vielleicht machten persönliche Bemerkungen sie einfach verlegen. Aber dafür war sie eigentlich zu sicher, zu selbstbewußt. Sie fragte, "Gehst du Skifahren?"

"Ja, natürlich. Du nicht?" Lane blickte sie wieder an, stand da, mit verschränkten Armen.

"Nein, ich fahre nicht Ski. Ich hatte gehofft, du würdest vielleicht mit mir nach Tahoe reinfahren, den Tag in der Spielhölle verbringen."

"Du fährst nicht Ski? Überhaupt nicht?"

"Ich hab's versucht. Jack - ein Freund von mir - hat mich mal nach Big Bear mitgenommen. Meine Hauptbeschäftigung dort war Hinfallen. Und dann riß ich einen absolut harmlosen Mann zu Boden. Er stand sofort wieder auf, klopfte sich den Schnee ab und erzählte mir, gerade hätte er zum ersten Mal länger als dreißig Sekunden am Stück auf den Füßen gestanden, und dies wäre nun wohl ein Wink Gottes, daß er es aufgeben sollte. - Das war's dann auch. Ich fiel und kullerte den Hügel hinunter - und danach hängte ich die Skistöcke für immer an den Nagel."

Lachend fragte Lane, "Du bist also überzeugte Nichtsportlerin?"

"Einen Tennisball kriege ich noch über's Netz. Ich laufe auch sehr gerne. Und als ich noch Golf spielte, blieb ich immer unter hundert Punkten."

"Als du noch spieltest? Hast du auf dem Golfplatz auch jemanden niedergestreckt?"

Diana lachte; dann sagte sie nachdenklich, "Im Grunde genommen war's für mich immer ein angenehmer Spaziergang in hübscher Umgebung. Viel mehr konnte ich nicht daran finden. Willst du nicht doch mit mir in die Spielbank kommen? Ein bißchen Geld gewinnen?"

Lane zögerte; schließlich sagte sie, "Es würde mir Spaß machen, aber ich gehe doch lieber Skifahren, glaube ich."

"Das wird wohl auch gesünder sein," sagte Diana enttäuscht. Sie war ganz sicher gewesen, daß Lane mit ihr gehen würde.

"Ich bin als Madges Gast hier."

"Ja, klar," sagte Diana und ärgerte sich über die fadenscheinige Begründung.

"Vielleicht lockert mich die körperliche Anstrengung ein wenig auf. Ich habe Entspannung bitter nötig."

"Ja, das hast du."

"Du auch."

"Meinst du?" fragte Diana überrascht.

"Ich kann mich auch täuschen," sagte Lane, "Ich kenne dich nicht so gut, aber du wirkst auf mich ziemlich angespannt."

Diana lächelte vor sich hin und stieg aus dem Bett. Sie streiften Bademäntel über und kletterten die Leiter hinunter.

Die anderen Frauen saßen um den Kamin herum und tranken Kaffee. Liz sagte, "Na, ihr zwei, habt ihr gut geschlafen?"

"Ja," sagte Diana und schnupperte die würzigen Düfte von Kaffee und gebratenem Speck, "Nachdem wir es schließlich fertiggebracht hatten, uns vom Fenster loszureißen."

"Wenn du einen Stern gesehen hast, hast du alle gesehen," entgegnete Liz achselzuckend. "Wenigstens ist es ruhig da oben. So ruhig, daß ich schon manchmal mit dem Besenstiel an die Decke klopfen mußte, um meine Gäste wachzukriegen."

"Ich habe einen sehr leichten Schlaf," sagte Diana, "Heute morgen habe ich sogar von ferne eure Stimmen gehört."

Lane sagte, "Ich schlafe wie ein Stein. - Wo ist Chris?"

"Im Badezimmer, wo sonst? Morgens gilt das Alphabet von rückwärts. Gerechtigkeitshalber. - Holland, du bist dran," rief Liz, als Chris aus dem Bad kam. "Das heißt, du bist heute als letzte an der Reihe, Christianson. - Was ist daran so verdammt komisch?" fragte sie mißtrauisch.

"Gar nichts," sagte Diana und verschwand eilig im Badezimmer.

Sie zog einen weinroten Pullover und hellgraue Hosen an. Lane trug Skikleidung, als sie die Leiter herunterkam, königsblaue Hosen und einen passenden Pullover. Die beiden Frauen wechselten rasch einen Blick; Diana spürte eine gegenseitige Anziehung in diesem wortlosen Gedankenaustausch, eine Art geistiger Verwandtschaft.

"Das Frühstück ist fertig," rief Liz.

"Wo sollen wir uns denn hinsetzen?" fragte Lane verschmitzt, als sie mit Diana zur Eßecke kam.

"Stubenkameraden zusammen, das erspart unnützes Rumgefummel. Ihr beide seid ja ausgesprochen gut gelaunt heute morgen," fügte sie hinzu, als Diana und Lane lachten.

Diana nahm noch eine zweite Portion Rührei. "Die Bergluft wirkt überraschend schnell," sagte sie.

"Ich hasse Leute, die essen können, was sie wollen," sagte Liz. "Du erinnerst mich an meinen ältesten Sohn Jerry. Komm, Lane, iß den restlichen Speck auf."

Nach dem Frühstück verkündete Liz, "Abwasch wird in alphabetischer Reihenfolge gemacht. Die Köchin ist vom Spüldienst befreit. Christianson und Dodd, setzt euch in Bewegung!"

Diana saß auf dem Kaminvorsprung, trank Kaffe und warf gelegentlich eine Bemerkung in die Unterhaltung zwischen Madge und Chris; Liz brachte die Hütte in Ordnung, wischte Staub, fegte den Boden. Von ihrem Platz aus konnte Diana Lane beim Arbeiten in der Küche zusehen.

Weiße Streifen auf den Schultern und Ärmeln ihres Pullovers betonten Lanes schlanke, gutgewachsene Figur. Enganliegende Skihosen zeigten die schmale Rundung ihrer Hüften, die Konturen ihrer Oberschenkel, ihrer langen Beine. Lane trocknete ab und räumte das Geschirr weg; sie stellte sich auf die Zehenspitzen, um zu dem Küchenbord hochzureichen; ihr blondes Haar tanzte zu jeder Bewegung ihres anmutigen, geschmeidigen Körpers. Es war eine Freude, ihr zuzuschauen, und Diana ließ ihre Schönheit auf sich wirken.

Voller Unternehmungslust und beladen mit ihren Skiausrüstungen verließen die Frauen das Haus. Liz schloß die Tür ab und wandte sich an Diana. "Abendbrot gibt's um sieben. Oder hast

du was dagegen?"
"Überhaupt nicht. Ich freue mich schon darauf."
"Madge sagt, sie hat für heute abend eine kleine Überraschung geplant. Sie meint, wir würden's sicher sehr spannend finden."

Diana fuhr langsam den Highway 50 hinunter in Richtung Stateline zu den Kasinos. Ihr fiel die Zeit wieder ein, in der sie zum ersten Mal hier gewesen war - die drei strahlenden, herrlichen Sommertage mit Barbara. Sie hatten alles in vollen Zügen genossen: die überwältigende Schönheit des Gebirges und des Sees, dazu die Aufregung des Glücksspiels.
Neugierig schaute sie sich um; vor vier Jahren war sie das letzte Mal hier gewesen. Im Spätfrühling. Mit Jack zusammen. Sie hatten in einem kleinen Haus am See gewohnt, hell begeistert von der klaren, frischen Luft, dem schneebedeckten Gebirge, dem Zusammenspiel eisblauer Farbtöne in dem Wasser direkt vor ihrem Fenster. Sie war nie auf den Gedanken gekommen, daß Jack sich dort gelangweilt haben könnte, bis sie einmal vorschlug, wieder dorthin zu fahren und er Bedenken äußerte.
"Las Vegas ist näher," hatte er gesagt, "Und es ist mehr los dort."
Sie fuhr ein Stück am Seeufer entlang, schaute durch die Bäume, bremste sacht den Wagen ab, um die Aussicht auf das schimmernde Blau, das sich bis zu den Bergen hinzog, voll auszukosten. Hinter ihr ertönte eine Autohupe; sie beschleunigte wieder und winkte dem gereizten Fahrer entschuldigend zu.
Sie betrat Harrah, den Spielpalast, tauchte ein in die vertraute Atmosphäre, war umgeben vom Rasseln und Klingeln und Aufleuchten der Spielautomaten, vom unablässigen Gewirr der Kasinogeräusche. Sie suchte nach Vivian.
Um diese Zeit war bei Harrah noch nicht viel Betrieb. Einzelne Bereiche des Klubs waren menschenleer; viele Spieltische waren noch mit Leder zugedeckt. Drei Abteilungen hatten geöffnet, nur um ein paar Tische drängten sich die Spieler. Diana schlenderte durch eine Abteilung mit Blackjacktischen, musterte die schwarz-weiß gekleideten Croupiers. Die Männer trugen frischgestärkte weiße Oberhemden, die Frauen weiße Blusen; sie trugen alle Namensschilder und schwarze Schürzen, auf denen in Goldbuchstaben H A R R A H gedruckt stand. Die meisten wirkten unbeteiligt, demonstrierten Gleichgültigkeit und Langeweile. Einige teilten kühl und gelassen die

Karten aus, andere unterhielten sich mit ihrer Stammkundschaft; an den leeren Tischen standen sie mit verschränkten Armen, schauten geistesabwesend in die Menschenmenge, die unaufhörlich im Kasino kreiste. Die Croupiers an den Würfeltischen waren ständig in Bewegung, sammelten Wettgelder ein, zahlten Gewinne aus, ließen die Würfel rollen und häuften in Windeseile die Chips auf. Zwei Croupiers an einem leeren Würfeltisch unterhielten sich; der eine spielte zerstreut mit den Chips, baute einen Turm aus schwarzen Hundertdollarmarken, warf ihn wieder um, baute einen neuen.

Diana blieb an einem Roulettetisch stehen. Sechs Spieler verteilten die bunten Chips großzügig über die Spielfelder. Nach jedem Stillstand der Kugel harkte der Croupier Berge von Chips zusammen, häufte sie mit unglaublicher Geschwindigkeit zu gleichhohen, gleichfarbigen Türmen auf. Diana genoß das Schauspiel, hatte aber keine Lust, selber zu spielen. Sie hatte kein Gefühl für Zahlen und kannte die Spielregeln nicht genau. Ein Mann am Tisch gewann andauernd; nach jedem Stillstand der Kugel häufte er ungeheure Türme purpurfarbener Chips vor sich auf. Er war groß, hatte strohblondes Haar, sah gut aus. Er erinnerte sie an Jack. Sie spürte einen dumpfen Schmerz, schloß die Augen und versuchte müde, dagegen anzukämpfen. - Kurze Zeit später entdeckte sie Vivian.

Sie umarmten sich, und Diana sagte liebevoll, "Ich mach jede Wette, du hast schon auf Teufel komm raus gespielt."

"Gestern ist es spät geworden," murmelte Vivian. Sie sah blaß aus, ihre Augen waren geschwollen.

"Hast du schon gefrühstückt?"

Vivian nickte. "Wir haben's uns aufs Zimmer bringen lassen, bevor John zu seinem Handelsseminar ging. Es ist schön, daß du hier bist, Diana, mein Liebling. Wie geht's in der Hütte? Wenn's dir sehr langweilig ist, holt deine Vivian dich da oben raus. Ich kann mit Liz sehr offen reden."

"Ich bin ja nur abends mit ihnen zusammen. Ein Hotel wäre nicht halb so schön; diese fantastische Umgebung -"

"Ich wußte, daß es dir gefallen würde. Vor Jahren hab ich mal zwei Wochen dort verbracht, mit George und Liz und ihren beiden Jungs. Ich hab hundert Dollar verloren, damals, und das überstieg bei weitem meine Verhältnisse, aber es war die schönste Zeit, die ich je irgendwo verbracht habe. - Ich hab eben gedacht, es würde dir guttun."

"Es ist wunderbar. Komm, Tigerlili, wir spielen jetzt Blackjack."

"Aber nur ein paar Runden, um dir Gesellschaft zu leisten.

Vivian kann dieses Spiel nicht so gut wie du, Engelchen."

"Das kommt nur, weil Vivian nach Gefühl spielt. Damit hast du keine großen Gewinnchancen."

"Vivian ist ein Pechvogel, das ist alles."

Sie setzten sich an einen Blackjacktisch, und Diana wechselte einen Zwanzigdollarschein. Sie strich mit den Fingerkuppen über den grünen Filz des Tisches, hob genüßlich einen Chipsturm hoch, fühlte ein wohliges, aufregendes Prickeln. Zum ersten Mal seit Jahren war sie ohne Jack in einer Spielbank. Sie war von sich aus hierhergegangen, auf eigene Verantwortung.

"Ich spiel jetzt nach Intuition," sagte sie zu Vivian und setzte zehn Dollar. Ihre Karten waren das As und Pikbube.

"Das ist ja unglaublich," sagte sie.

"Es lebe das Gefühl!" Vivian grinste triumphierend. "Du hättest dein ganzes Geld setzen sollen."

4. KAPITEL

Diana war kurz vor sieben wieder oben in der Hütte. Die Frauen hatten ihre Skianzüge schon ausgezogen und trugen jetzt die Kleidung, die Standard-Hüttenstil zu sein schien: Madge und Millie hatten blaugraue Trainingsanzüge an, Liz und Chris grobgestrickte Pullover und ausgebeulte Jeans.

"Wo ist Lane?" fragte sie Madge.

Madge zuckte die Achseln. "Unter der Dusche. Der viele Schnee hat sie schmutzig gemacht."

"Wie ich sehe, hast du dein Auto noch nicht verpfändet," rief Liz. Sie stach prüfend in die Steaks auf dem Grill.

Diana wanderte in der Küche auf und ab. "Ganz im Gegenteil. Ich liege sogar mit fünfzig Dollar vorn."

"Was hast du gespielt?" fragte Chris, die gerade einen Salat zubereitete.

"Ermutige bloß Chris nicht; sie hat schon ihr letztes Hemd verspielt," grummelte Liz.

"Blackjack," antwortete Diana. "Aber ich muß gestehen, das meiste habe ich gewonnen, als ich einen Vierteldollar in den Spielautomaten warf. Ich mußte warten, bis Viv aufgab, damit wir zum Essen gehen konnten."

"Unsereins arbeitet stundenlang, und du brauchst nur einen Vierteldollar einzuwerfen," brummte Chris.

"Genau das gleiche hat Viv auch geschrien."

"Und wie ist es Viv ergangen?" fragte Liz amüsiert.

"Sie hat verloren, leider."

"Sie wird hier völlig abgeschlafft und ausgebufft wieder abreisen - in jeder Hinsicht."

"Aber Liz!" sagte Chris mißbilligend.

"Hi." Lane kam in die Küche, knöpfte die Ärmel ihres sandfarbenen Cordhemds zu, das in dunkelbraunen, jeansähnlichen Hosen steckte. Ihr Gesicht glühte; die Haarspitzen waren noch ein wenig feucht vom Duschen, dunkelblond. "Wie hast du den Tag verbracht?"

"Sehr gut," sagte Diana und lächelte erfreut. "Und du?"

Sie nahmen ihre Weingläser mit hinüber zum Kamin und plauderten. "Ich war heute ziemlich gut drauf beim Skifahren," sagte Lane. "Hat mir großen Spaß gemacht."

Millie sagte, "Sie ist fantastisch gefahren."

"Was bedeutet: es gelang mir, einige Zeit aufrecht zu bleiben," sagte Lane grinsend. "Ich bin ganz schön aus der Übung. Bin nur nach Gefühl gefahren. Wenn mir morgen bewußt wird, was ich da eigentlich tue, werde ich immerzu hinfallen."

Diana ließ sich das Abendessen schmecken, hörte geduldig den Gesprächen über Skihänge und Schneeverhältnisse, Skiorte, Skikleidung und die verschiedenen Arten von Skiausrüstungen zu. Nach dem Essen wusch sie mit Chris zusammen das Geschirr ab. Liz und Madge saßen am Feuer, tranken Kaffee und spielten Kniffel. Lane hatte sich in einem Sessel zusammengerollt und las Zeitung.

"Okay, Leute," sagte Madge, "wir machen jetzt ein bißchen Selbsterfahrung. Encounterspiele, wenn's recht ist."

"Ich glaub 's geht los, Madge. Das war in den sechziger Jahren mal Mode; die Zeiten sind längst vorbei," protestierte Millie.

"Einen Scheiß sind die vorbei," gab Madge empört zurück. "Als Modeerscheinung vielleicht, kann sein. Aber bei den Psychologen gilt es heute als anerkannte Methode. Alle möglichen Menschen tun sich in diesen Gruppen zusammen. Menschen, die ihr Selbst verwirklichen wollen. Fette Menschen, Kinderschänder - sogar Spielsüchtige." Madge lächelte Diana spöttisch zu.

Liz sagte, "Aber wir sind hier oben, um Spaß zu haben, nicht um unsere Seelen zu entblößen."

"Ach, sowas machen wir doch überhaupt nicht. Es ist ein Spaß. Man kann sich dabei mehr öffnen, erfährt mehr darüber, wie andere Menschen einen sehen. Wir sind eine gute Gruppe, zusammengesetzt aus Leuten, die sich zum Teil schon jahrelang kennen, zum Teil noch nie gesehen haben. Das ist eine reizvolle Mischung."

"Klingt ja nicht uninteressant," sagte Millie zweifelnd.

"Also nochmal genau: was hast du mit uns vor?" fragte Chris mit angstgeweiteten Augen.

"Ich würde gern mit euch spielen. Ein paar kleine Spiele. Erstmal sollten wir uns im Kreis herum setzen. Ich erklär's dann während des Verlaufs. Liz, was meinst du, wer sollte neben wem sitzen?"

Diana und Lane tauschten einen belustigten Blick, freuten sich über diesen durchsichtigen Versuch, Liz zu manipulieren.

Aber Liz blickte finster. "Wollen wir das wirklich machen? Im Ernst, wer hat Lust dazu?"

"Also, ich find's gut," sagte Millie achselzuckend. "Für

mich ist es okay."

"Ich kann's ja mal versuchen," sagte Chris widerwillig.

"Ich mach mit," sagte Diana.

"Ich auch." Lane stimmte zu.

"Aber erst trinken wir einen," sagte Liz, "zum Auflockern."

Diana goß sich und Lane Wein nach, und als die anderen Frauen mit ihren Drinks zurückkamen, sagte Madge, "So, jetzt setzen wir uns erstmal auf den Boden, ans Feuer, im Kreis, ganz gemütlich."

"Millie, du setzt dich neben mich," befahl Liz. "Lane auf die andere Seite – oder vielleicht Diana. Nein, doch besser Lane, aber Diana dann neben Lane. Daneben Madge. Nein, erst Chris. Daneben Madge."

Die Frauen alberten herum und schubsten sich gegenseitig bei dem Versuch, Liz' widersprüchlichen Anordnungen zu folgen.

Liz donnerte, "Verdammte Scheiße, setzt euch endlich hin!"

Als die Gruppe sich in einem lockeren Kreis um das Feuer versammelt hatte, sagte Madge, "Liz wird als Oberhaupt der Runde eingesetzt, um die jeweiligen Partner klarzukriegen. – Ihr gebt jetzt als erstes den Personen rechts und links von euch die Hand."

"Na, das kann ja heiter werden," sagte Liz gereizt. "Gott, ist das doof. 'S ist nicht persönlich gemeint," sagte sie zu Lane und streckte ihr die Hand hin.

Diana schüttelte Chris' trockene, rauhe Hand und wandte sich dann Lane zu. Lanes schlanke, kühle Hand ergriff fest die ihre.

"Hallo," sagte Lane grinsend, "'I'm Nobody! Who are you?'"*

Diana lachte vergnügt, "'Then there's a pair of us?'" **

"Was soll der Quatsch?" fragte Liz hellhörig und warf den beiden einen merkwürdigen, neugierigen Blick zu.

"Nichts, nur etwas, das eine einsiedlerische Dame mit Namen Emily einmal gesagt hat." Übermütig lächelte Lane Diana zu.

Madge unterbrach sie, "Jetzt kommt, Leute, es geht los. Ihr faßt jetzt die Hände eurer Nachbarin zur Rechten. Dann schaut ihr ihr eine volle Minute lang in die Augen, ohne dabei zu sprechen. Ich stoppe die Zeit; nachher muß das jemand anders für mich machen."

"Immerhin hab ich was Hübsches zum Anschauen," sagte

---

* "Ich bin Niemand! Wer bist du?"
** "Dann sind wir ein Paar?"

Liz, die sich Lane zuwandte und ihre Hände nahm. "Du wirst dich mit meiner verknorzten Visage zufrieden geben müssen."

"Aber mit Vergnügen," sagte Lane leichthin.

Diana ergriff Chris' Hände.

"Seid ihr soweit? Eine Minute. Los."

Chris' Hände flatterten nervös. Diana blickte in ein blaßblaues Augenpaar, das sie anstarrte, von Sekunde zu Sekunde unsicherer wurde. Sie verspürte plötzlich Wärme und Zuneigung Chris gegenüber, lächelte ihr aufmunternd zu. Chris lächelte scheu zurück, taute merklich auf. Ihre Blicke waren voller Sympathie; sie hielten sich fest an den Händen, als Madge rief, "Aus!"

Noch ganz verwundert über die Nähe, die sich - für einen Augenblick - zwischen ihr und Chris hergestellt hatte, sah Diana zu, wie Madge in Millies Augen schaute und Liz die Zeit nahm. Lane blickte gedankenverloren ins Feuer, schien ihr Erlebnis mit Liz in sich nachwirken zu lassen.

"Aus!" rief Liz; und Diana ergriff Lanes Hände, wärmte sie in ihren.

"Los!" sagte Madge.

Zuerst sah Diana nur grau-blaue Farben, dann ein wachsendes Gewahrwerden - dann Zärtlichkeit. Lanes Pupillen weiteten sich, sie schloß die Augen, öffnete sie langsam wieder. Diana sah sie an, verspürte den Wunsch, diese Zärtlichkeit mit Wärme zu umhüllen, zu beschützen, sehnte sich danach, Lanes Gesicht in ihre Hände zu nehmen.

Sie umschloß Lanes Hände, drückte sie, versuchte so, ihrem Gefühl Ausdruck zu verleihen, war sich ganz sicher, daß ihre Augen dafür allein nicht ausreichten.

"Aus!" rief Madge; und Diana merkte, daß sie und Lane sich einander zugeneigt hatten. Diana lockerte ihren Griff; Lane hielt für Sekunden noch weiter ihre Hand.

Diana, ganz versunken in das Erlebnis, das Gefühl zwischen ihr und Lane, beobachtete Madge und Chris, sah, wie ihr Blick immer offener und freundlicher wurde.

Als die Zeit um war, flüsterte Chris, "Das war wunderbar." Von allen Seiten kam zustimmendes Gemurmel.

"Es beweist, wie wenig die Menschen einander wirklich anschauen," sagte Madge. - "Jetzt geht es um Berührung. Wendet euch an die Nachbarin zu eurer Rechten, schließt die Augen und berührt ihr Gesicht mit den Händen, Fingern - wie ihr wollt. Eine Minute lang. Die beiden Partnerinnen machen untereinander aus, wer anfängt."

Diana wandte sich Chris zu und fragte leise, "Magst du anfangen, Chris?"

"Los," sagte Madge; Chris hielt ihre Augen fest geschlossen und berührte sanft, mit zitternden Fingern, Dianas Gesicht.

Als die Minute vorüber war, streichelte Diana die weiche, trockene Haut von Chris' Gesicht; danach lächelten sie sich beide liebevoll an.

Diana wandte sich Lane zu. "Ich möchte dich zuerst berühren," sagte sie, aus einer plötzlich auftauchenden Welle von Gefühl heraus.

"Los," sagte Madge.

Diana schloß die Augen und tastete nach Lane. Warme Hände ergriffen die ihren und führten sie. Diana berührte Lanes Gesicht, strich mit den Fingerspitzen über ihre Stirn, fuhr langsam die Wangenknochen hinunter, fühlte sich ungemein wohl bei der Berührung der weichen, glatten, warmen Haut. Die Empfindung löste in ihrem Inneren eine Flut von Bildern aus; sie sah Lanes schlafendes Gesicht, sah Lanes Augen, die hilflos zärtlich in die ihren blickten; und sie nahm behutsam Lanes Gesicht in beide Hände, liebkoste mit den Fingerspitzen ihre Schläfen, bis sie Madge sagen hörte, "Aus!"

Dann berührten Lanes schlanke Finger Dianas Gesicht, streichelten einen Moment lang ihr Haar, gingen langsam, langsam über die Stirn, fuhren die Augenbrauen nach, strichen unendlich zart über die Augenlider, die Wangen hinunter; die Fingerspitzen berührten leicht Dianas Lippen, verweilten in den Mundwinkeln. Diana saß bewegungslos da, war überwältigt von der zärtlichen Berührung, der ruhigen Schönheit von Lanes Gesicht.

"Aus!"

Lane öffnete die Augen, die grau zu sein schienen, verschwommen; sie blinzelte, rasch, als ob sie eben aus dem Schlaf erwachte. Ganz kurz trafen sich ihre Blicke, verbanden sich so innig, daß Diana es wie ein zärtliches Streicheln empfand. Sie schaute zur Seite, staunte über dieses unerwartete Gefühl; und während sie zusah, wie Millie Madges Gesicht streichelte, fragte sie sich, ob sie sich einen solchen Augenblick je hätte vorstellen können.

"Ich verstehe jetzt auch, warum die Encountergruppen so beliebt waren," sagte Millie hinterher und drückte Madge die Hände.

"Es kann eine Gipfelerfahrung sein," sagte Madge und strahlte Millie an. "Ein paar der Leute, die ich in meiner ersten Encountergruppe traf, machten nachher in anderen Gruppen weiter; ich auch. Ich wollte dieses Gefühl unbedingt wiederhaben. - Einige konnten nicht mehr aufhören, rannten von einer

Gruppe zur nächsten - selbsterfahrungssüchtig, sozusagen."
"Ich brauch auf der Stelle einen Drink, nach all dieser Nähe." Liz erhob sich steifbeinig. "Wenn ich mit meinen alten Knochen noch länger auf diesem Fußboden sitzen soll, muß ich mir dringend die Gelenke schmieren."
"Soll ich noch etwas Wein für uns holen?" fragte Diana.
"Eine gute Idee. Ich komme mit dir."
"Benebelt euch nicht zu sehr mit Alkohol," warnte Madge. "Entspannt euch lieber. - Wenn ihr betrunken seid, kippen die Gefühle leicht ins Negative um, und das Eigentliche, das, was gerade erst im Entstehen ist, wird zerstört, kommt nur noch verzerrt raus."
Liz goß einen kräftigen Schwung Bourbon über Eiswürfel und ging zurück in den Wohnraum.
Mit einem Gefühl, das sie nicht genau benennen konnte, fragte Diana mit gesenkter Stimme, "Wie hat sich das für dich angefühlt, als du Liz in die Augen gesehen hast?"
"Wie zwei Revolverschützen zwölf Uhr mittags in Dodge City."
Diana lachte in sich hinein. "Ich hätte sie mich einfach erschießen lassen."
"Ich nicht." Lanes Antwort kam sehr direkt, klang hart und klar.
Als sie zu der Runde am Kamin zurückkehrten, blickte Diana Lane noch immer an, versuchte, die an ihr neu entdeckten Charakterzüge zu verarbeiten: Willensstärke, Kompromißlosigkeit.
Sie konnte sich Lane jetzt gut in einem Gerichtssaal vorstellen, kühl und gelassen, präzise, kompetent.
"Und was kommt als Nächstes, Maestro?" fragte Liz und erhob ihr Glas.
Madge löschte eine halb aufgerauchte Zigarette und zündete eine neue an. "Ein Spiel, in dem es um Vertrauen geht. Wir beweisen, daß wir fähig sind, zu vertrauen, und daß auch andere uns vertrauen können. Es ist ein Körperspiel; wir müssen aufstehen und uns nach der Größe zusammentun."
Diana, vier oder fünf Zentimeter kleiner als Lane, stellte sich neben sie. Liz ging schnell zu ihrer Schwester. Millie nahm den Platz neben Madge ein.
Madge sagte, "Jeweils eine von euch steht mit dem Rücken zu ihrer Partnerin, stellt sich einen knappen Meter vor ihr auf, läßt sich nach hinten fallen und vertraut darauf, daß die andere sie auffängt."
"Na, hör mal," sagte Millie und ging zu dem kleinen Tisch, um ihren Drink zu holen, "das ist doch kinderleicht."

"Du wirst dich wundern," sagte Madge. Sie nahm einen tiefen Zug aus einer frisch angezündeten Zigarette. "Für die meisten Menschen ist es sehr schwierig, anderen zu vertrauen."

"Kommt darauf an, wer es ist," sagte Chris. "Zu Liz habe ich Vertrauen."

"Warum fängst du dann nicht an?"

"Ich?" Chris schaute Madge ein wenig vorwurfsvoll an. "Na ja, also gut." Sie stellte sich vor Liz, trat unruhig von einem Fuß auf den anderen, sah über die Schulter.

"Gucken gilt nicht," wurde sie von Madge belehrt. "Es geht ums Vertrauen."

"Okay. Ich bin soweit." Aber sie zögerte, war völlig verspannt, wirkte aufgeregt.

"Jetzt komm, Chris." Liz versuchte, ihr gut zuzureden. "Wenn du nicht mal mir vertrauen kannst, wem dann überhaupt?" Sie streckte die Arme aus.

"Es ist für die meisten Menschen sehr schwer, das zu tun," sagte Madge. "Ihr werdet es merken, wenn ihr es selber versucht."

"Ich bin jetzt bereit." Chris kniff die Augen zusammen, lehnte sich nach hinten, hielt dann inne.

"Ich stehe direkt hinter dir und werde dich halten, Chris, du kannst dich drauf verlassen."

Ganz starr vor Furcht ließ Chris sich rückwärts fallen; Liz fing sie auf und rief dabei fröhlich, "Hopsala." Die anderen Frauen lachten und klatschten in die Hände.

"Na, wie war's?" fragte Madge, drückte ihre Zigarette aus und klopfte eine neue aus der Packung.

Chris lächelte erleichtert und sagte mit zittriger Stimme, "Es war schwer. Ein bißchen so wie das Springen vom Heuboden, was Liz und ich als Kinder immer gemacht haben."

"Jetzt bist du dran, Liz," sagte Madge. "Du mußt dich jetzt Chris anvertrauen."

Liz stellte sich vor Chris auf, stand mit beiden Beinen fest auf dem Boden; äußerst angespannt, mit völlig erstarrtem Gesicht und steifem Körper fiel sie in Chris' Arme.

"Du traust mir doch, Liz, oder?" fragte Chris leise.

"Um ehrlich zu sein, ziemlich nervös war ich schon," sagte Liz. Weil ich schwerer bin als du. "Sie streichelte ihrer Schwester die Wange. "Ja, ich traue dir, Chrissie." Sie warf Lane einen herausfordernden Blick zu. "Wie wär's jetzt mit dir, du Alleskönnerin? Dich kann ja wohl so leicht nichts erschrecken."

"Es soll keine Mutprobe sein," unterbrach Madge sie knapp. "Es geht lediglich ums Vertrauen." Sie zündete sich wieder eine Zigarette an; Diana meinte zu sehen, daß ihre Hände leicht zitterten.

Lane stand vor ihr. "Bist du fertig da hinten?"

"Bin bereit," sagte Diana, spannte ihre Kräfte an und erwartete sie.

"Bist du überhaupt sicher, daß du mich wirklich auffangen willst?" witzelte Lane und zögerte.

"Vielleicht, vielleicht nicht," foppte Diana..

"Bist du überhaupt sicher, daß du es wirklich versuchen willst, Superfrau?" sagte Liz hämisch.

Diana bemerkte, daß Lanes Schultern angespannt, ihre Hände verkrampft waren; dann ließ sie sich fallen, und Diana fing sie mühelos auf. Sie lächelte zu Lane hinunter, hielt ihren schlanken Körper einen Augenblick fest, fühlte den Cordstoff ihrer Bluse warm und weich in ihren Händen und ließ sie dann auf den Boden plumpsen. "Zur Strafe, weil du mir nicht vertraut hast."

Lane lag lachend am Boden; die anderen Frauen lachten schallend. Diana streckte Lane lächelnd die Hände entgegen und half ihr beim Aufstehen.

Lane nahm den Platz hinter Diana ein. "Jetzt bin ich dran, dich aufzufangen," kicherte sie, mit gespielt drohendem Unterton. "Und du wirst jetzt deinen ganzen Mut brauchen. Traust du mir denn?"

"Ja," sagte Diana aus tiefstem Herzen und ließ sich in Lanes Arme fallen. Sie lächelte zu ihr hinauf. "Denk dran, Rache ist ausgesprochen unfreundlich."

"Du hast mir so sehr vertraut, daß ich dich um ein Haar verfehlt hätte, so wenig gefaßt war ich darauf," sagte Lane sanft und half ihr wieder auf die Füße.

Millie ließ sich vertrauensvoll in Madges Arme fallen, und Madge stellte sich vor ihr auf. Sie unternahm mehrere Anläufe, zog tief an ihrer Zigarette, wippte vor und zurück, mit geschlossenen Augen und steifem Körper. Die Frauen redeten ihr gut zu, rissen Witze, zogen sie auf, ermutigten sie.

"Ich kann's nicht," sagte Madge schließlich. "Ich kann's einfach nicht, verdammte Scheiße. Nie schaffe ich diese Übung. Hab's schon tausendmal versucht.

"Soll ich mich hinter dich stellen?" fragte Liz. "Ich bin groß und kräftig genug, um King Kong aufzufangen."

"Damit hat es nichts zu tun," seufzte Madge. "Ich trau mich einfach nicht. Ich würde lieber mit was Anderem weitermachen." Sie drückte ihre Zigarette in einen schwelenden Berg von Kippen und Asche.

Die Gruppe versammelte sich wieder in einem Kreis um den Kamin. Madge sagte, "Als Nächstes werden wir uns überlegen, welchem Tier jede von uns am meisten entspricht."

Liz schnaubte verächtlich und nahm ihr Bourbonglas. Millie schaute völlig verblüfft.

"Versucht mal, darüber nachzudenken," sagte Madge. "Jeder Mensch wird euch an irgendein Tier erinnern, wenn ihr genau darüber nachdenkt. Ich fang mal an. Mit welchem Tier habe ich Ähnlichkeit?"

Die Frauen schwiegen und überlegten, schauten Madge prüfend an. Lane sagte langsam, "Für mich könntest du eine Giraffe sein."

Liz lachte, aber Lane ließ sich nicht beirren und fuhr fort, "Giraffen scheinen immer auf der Suche nach etwas zu sein; sie sind auf alles neugierig, schauen immer herum, um Neues zu erfahren."

Madge nickte trübsinnig. "Das hat mir schon einmal jemand in einer Gruppe gesagt. Ein anderer sagte 'Flamingo'."

"Flamingo paßt sehr gut," meinte Liz und schaute Madge nachdenklich an.

Madge wurde unter diesem Blick unruhig. "Du bist als Nächste dran, Liz."

"Ich denke, Liz ist ein Bär, eine Bärin," sagte Chris. "Stark und unabhängig. Ich hab's erlebt, wenn irgend jemand ihren Buben was antun wollte - sie hat sie verteidigt wie eine Bärin ihre Jungen."

Liz nahm einen kleinen Schluck Bourbon und sagte ruhig, "Ich würde jemand umbringen, wenn's sein muß. Die Jungs sind mein ein und alles. Besonders jetzt."

"Bär ist gut," sagte Lane. "Elefant trifft's vielleicht auch. Aus etwa denselben Gründen: Stärke, Dominanz, das Bedürfnis, ein eigenes Reich zu haben, zu beherrschen."

"Warum kommt nie mal jemand auf den Gedanken, ein Tier zu nennen, das nicht auf mein Gewicht anspielt?" beklagte sich Liz gutgelaunt.

Madge sagte, "Lane, du scheinst einen guten Blick für so etwas zu haben. Jetzt ist Diana an der Reihe."

Ganz kribbelig vor Befangenheit schaute Diana zu Boden, als die Frauen sie betrachteten.

"Ich denke, sie ist ein Reh," sagte Chris. "Sie ist so freundlich und sanft."

"Ja, aber nicht so hilflos," sagte Madge. "Vielleicht eher ein Hirsch. Ein weiblicher Hirsch, natürlich."

"Für mich ist sie eine Katze," sagte Millie mit weicher,

scheuer Stimme. "Das ist ein liebes, sanftes Tier."

"Kommt nahe, aber trifft's nicht ganz," sagte Liz. "Chris ist für mich eine Katze."

"Wildkatze scheint mir passender für Diana," sagte Lane. "Weibliche Eigenschaften mit Stärke verbunden."

"Ich hab neulich in 'Königreich der Wildnis' einen Jaguar gesehen," sagte Chris. "Einfach süß sind die."

"Jaguar ist gut," meinte Lane.

"Ich finde genau wie Liz, daß Chris eine Katze ist," sagte Madge.

"Ich auch," stimmte Diana zu und war erleichtert, daß die allgemeine Aufmerksamkeit von ihr abgelenkt war.

"Hoffentlich eine nette, getigerte," sagte Chris.

"Na, das ist doch klar." Liz lächelte ihrer Schwester zu.

"Und was ist mit Lane? Was ist ihr Tier?"

"Ein Adler," sagte Diana rasch.

"Das ist eine ausgefallene Idee!" rief Chris aus. Millie breitete die Arme aus. "Adler sind prächtige Vögel, so stark, so edel."

"Sie sind frei und unabhängig," sagte Diana; sie ärgerte sich über Millies Theatralik.

"Und einsam," fügte Madge hinzu. "Einsam, hoch oben von den Felsen, überblicken sie das Weltgeschehen."

"Das hört sich ja alles ausgesprochen romantisch an," sagte Lane.

"Adler haben Klauen," sagte Liz scharf. "Sie stürzen sich herab und nehmen sich was sie wollen."

"Aus mit der Romantik," sagte Lane und lächelte Liz unbefangen zu.

"Jetzt ist Millie an der Reihe," schlug Diana vor, der Liz' Verhalten langsam auf die Nerven ging.

"Millie ist ein Reh. Nein, besser eine Hirschkuh," sagte Madge.

"Ganz sicher ist sie sehr verwundbar," sagte Lane.

"Ich bin auch für Hirschkuh," sagte Liz. "Die Elefantin möchte jetzt was Neues spielen. Madge, wie geht's weiter?"

"Jede muß jetzt versuchen, die andere mit einem einzigen Wort treffend zu charakterisieren. Eine Ein-Wort-Beschreibung. Wir fangen an mit - hm - Lane. Es geht rechts rum; jede kommt der Reihe nach dran. Diana, kannst du Lane mit einem Wort charakterisieren?"

Diana dachte einen Augenblick lang konzentriert nach und sagte dann, "Liebenswürdig und feinfühlig."

"Hmmmpf," ließ Liz verächtlich hören und griff nach ihrem

Glas.

"E i n Wort," sagte Madge zu Diana.

"Es fällt mir schwer, das zu entscheiden. Ich glaube . . . feinfühlig. Das schließt 'liebenswürdig' mit ein."

"Also meiner Meinung nach trifft das voll daneben," sagte Liz angriffslustig und fixierte Lane mit ihren dunklen Augen.

Diana erwiderte frostig, "Ich bitte dich, das ist meine - "

"Moment noch, Liz, du kommst erst nachher dran," beschwichtigte Madge. "Chris?"

"Ich versuche gerade, ein Wort zu finden, das sowas bedeutet wie 'schwer zu fassen' oder 'unnahbar'. Vielleicht 'distanziert', 'rätselhaft', 'geheimnisvoll'. Ja, das ist es: geheimnisvoll."

"Das kommt schon näher." Liz nickte zustimmend und verschränkte die Arme.

Madge warf Liz einen tadelnden Blick zu. "Ich bin dran." Sie schaute Lane eine Weile an, überlegte angestrengt. "Etwas in deinem Skript treibt dich ganz stark vorwärts; das ist etwas Gejagtes, Gehetztes. Aber ich entscheide mich doch für 'gewissenhaft', nein, 'pflichtbewußt' ist besser."

Lane lächelte ihr zu. "Pflichtbewußt klingt besser als 'getrieben'."

Ruhig, aber bestimmt erwiderte Madge, "Aber trotzdem b i s t du getrieben."

Millie sagte leise, "Ich würde nicht 'distanziert' sagen, aber irgendwie entfernt. 'Fern', ja, so würde ich Lane beschreiben." Sie saß mit gekreuzten Beinen und starrte auf ihre Hand, die verlegen an ihrem Pullover herumzupfte.

"Ich sage einfach 'cool'," gab Liz von sich. "Fällt dir nichts auf, Diana? Du siehst eine ganz andere Person als wir alle."

Diana verschluckte eine heftige Antwort; sie hatte keine Lust mehr, diese Auseinandersetzung fortzuführen. Der Gedanke, mit Liz oder einer der anderen Frauen über Lane zu streiten, war ihr zuwider. Statt dessen sagte sie entschieden, "Ich sehe was ich sehe."

"Ich fühle mich wie ein Stück Seife im Werbefernsehen," sagte Lane mit ausdrucksloser Stimme.

Madge sagte, "Ich weiß nicht, ob das jetzt was bringt, aber jedenfalls haben wir alle, außer Diana, dich als Person beschrieben, die ziemlich . . . losgelöst ist."

Lane lehnte sich gelassen zurück, streckte die Beine aus und stützte sich auf die Hände. Sie lächelte in die Runde. "Ich werde versuchen müssen, Dianas abweichende Meinung mit eurer in Einklang zu bringen."

"Wie sie wieder die Coole spielt! Ich sag's ja." Liz erhob

ihr Glas und prostete den Frauen zu. Madge starrte Liz befremdet an. "Jetzt geht's um Diana. Chris, eine Ein-Wort-Beschreibung, bitte."

"Das ist ganz einfach. Liebenswert. Diana ist liebenswert."

Madge betrachtete Diana, überlegte lange. "Ja, sie ist liebenswert, Chris, auf eine gute, altmodische Art. Die Sorte Frau, die Männer gerne heiraten. Hübsch, gute Figur. Ein Mädel genau wie das Mädel, das den guten alten Daddy geheiratet hat. Ich würde sagen: nett."

Diana lachte nervös; die vielen taxierenden Blicke machten sie verlegen.

"Mir gefällt Chris' Wort gut: liebenswert. Ich nehme es auch," sagte Millie.

"Ich bin mit 'nett' einverstanden," sagte Liz, "Aber für mich sind nette Leute schrecklich langweilig, und Diana ist nicht langweilig." Nachdenklich, mit zusammengekniffenen Augen, schaute sie Diana an. "Ich kenne sie nicht gut, aber nach dem, was ich bisher mitbekommen habe, würde ich sagen 'aufrichtig'. Irgendwie strahlt sie für mich so was Ehrliches, Aufrichtiges aus."

"Ich bin mit allen euren Worten einverstanden, besonders mit 'aufrichtig'," sagte Lane. Sie hatte ein Bein angewinkelt, ihre Hand baumelte über dem Knie; sie schaute ins Feuer. "Ich wähle als Wort . . . warmherzig."

"Diana, du machst aber einen guten Eindruck," sagte Madge und zog die Augenbrauen hoch.

"Ich habe einfach Glück, daß mich keine von euch besonders gut kennt," murmelte Diana und errötete vor Verlegenheit.

Das Spiel ging weiter, aber Diana hörte nicht mehr richtig zu. Ihre Gedanken schweiften ab. Für Chris hatte sie schon das Wort 'scheu' gefunden; Madge würde sie als 'suchend' beschreiben; Millie als 'ungekünstelt', Liz als 'stark'. - Sie betrachtete Lane; die Unvereinbarkeit ihrer eigenen Sichtweise mit der der anderen Frauen beschäftigte sie sehr. Und doch war sie sich ihrer Wahrnehmung von Lane als einer warmherzigen und vielschichtigen Frau gewiß. Sie war neugierig auf sie, wollte gern mehr über sie erfahren. Lane war nur zwei Stunden vor ihr in der Hütte angekommen - eigentlich nicht viel Zeit für die anderen, sich ein genaueres Bild zu machen. - Das Urteil der anderen schien Lane offenbar nicht im geringsten zu berühren. War es ihr wirklich gleichgültig, oder zeigte sie nur ein Verhalten, daß sie sich in ihrem Beruf angewöhnt hatte? Eine Maske für die Anteile ihrer Person, von denen sie fürchten mußte, sie könnten ihr als Schwäche ausgelegt werden? Eine bewußt entworfene Schutzhaltung? Andererseits hatte sie sich Diana gegenüber sehr offen verhalten, schon bei ihrem ersten Zusammentreffen am Kamin. Das konnte doch kein Zufall gewesen sein. Aber möglicherweise fühlte sie sich einfach sicher bei einer Frau, von der sie wußte, daß sie bald nach Los Angeles zurückkehren würde, die sie vermutlich nie mehr wiedersehen würde.

"Was hast du noch im Zylinder, Madge?" fragte Liz.

"Noch ein paar glänzende Einfälle. Wir fangen bei dir an und gehen dann linksrum weiter. Sag der Gruppe, was dir an Millie gefällt."

"Ihre Großzügigkeit," erwiderte Liz prompt und nahm einen großen Schluck Bourbon. "Millie kann einem ganz schön auf die Nerven gehen, aber sie würde dir ihr letztes Hemd geben."

Millie strahlte.

"Und wenn du 'n Mann wärst, würde sie sogar noch ihren Büstenhalter hinterherwerfen."

Millie starrte Liz verblüfft an; ihr Lächeln war verschwunden.

"Du bist dran, Millie," rief Madge. "Gibt's an mir überhaupt irgendwas, das dir gefällt?"

Millie seufzte und schaute Madge an. "Aber klar doch. Viel sogar. Du bist immer wahnsinnig interessiert an neuen Ideen; und du bist eine Unterhaltungskünstlerin. Ich mag auch deinen trockenen Humor sehr."

"Liz hat ganz recht: du bist ein großzügiger Mensch," sagte Madge. "Was ich an Chris mag, ist ihr gutes Herz. Sie ist ein freundlicher Mensch, von innen raus; es ist ihr Wesen."

"Das tut mir ungeheuer gut, Madge!" Chris wandte sich an Diana und sagte stockend, "Sie ist ein solch liebes Mädel, das mag ich an Diana. So lieb und sanft; jemanden wie sie hätte ich gern zur Tochter."

Diana schaute Chris gerührt an, ihre Augen glänzten. Chris war höchstens Mitte vierzig, und doch war die einsame alte Frau in ihr bereits deutlich erkennbar. Diana nahm Chris' Hand und drückte sie fest.

Sie räusperte sich und schaute Lane an. "Was ich an Lane mag, ist ihre Lebensklugheit; die Art, wie sie ihr Leben in die Hand nimmt, wie es ihm Bedeutung, einen Sinn gibt."

"Na, das klingt ja wieder ganz schön hochgestochen," sagte Liz. "Ich versteh's nicht; was willst du denn damit sagen?" Sie schluckte den restlichen Bourbon.

"Ich danke dir," sagte Lane zu Diana. "Was mir an Liz gefällt, ist ihre Stärke und ihr Selbstvertrauen. Diese Eigenschaften sind nicht so häufig zu finden. Die meisten Menschen sind unsicher, trauen sich nicht, wirklich ganz sie selbst zu sein."

Das wird diese streitsüchtige Person endlich entwaffnen, dachte Diana.

"Nur du und ich, wir sind die Ausnahmen. Das willst du doch damit sagen, Süße, oder?" höhnte Liz.

Lane gab keine Antwort. Diana konnte Liz' Feindseligkeit gar nicht fassen,

"Möchte außer mir noch jemand einen Drink?" Liz erhob sich angestrengt und mühsam. "Mir ist schon der Arsch eingeschlafen. Kann jemand mal Holz ins Feuer nachlegen?"

Liz und Chris gingen in die Küche, Madge und Millie ins Badezimmer.

"Möchtest du noch Wein?" fragte Diana Lane, die einen Holzklotz heraussuchte.

"Nein, ich habe genug, danke."

"Was ist eigentlich mit ihr los?" fragte Diana und deutete mit dem Kopf in Richtung Küche.

Lane warf das Holz ins Feuer, schob es mit dem Schürhaken zurecht. "Der Bourbon wahrscheinlich. Mach dir keine Sorgen deswegen.

"Möchte jemand was rauchen?" Madge kramte in ihrer Handtasche herum.

"Du hast Gras da?" Liz kam aus der Küche zurück. "Warum zum Teufel rückst du erst jetzt damit raus?"

"Ich hab nicht viel dabei. Und wir sind die ganze Woche hier."

"Sag mal," Liz setzte sich hin und guckte Lane an, "Was hat denn unsere Frau Rechtsanwalt zum Thema Rauschgift zu sagen?"

"Der Besitz von Marihuana ist im Staat Kalifornien ein Verstoß gegen das Strafgesetz."

"Kommen wir jetzt alle auf den elektrischen Stuhl?"

Lane lächelte. "Nur wenn du beim Rauchen jemanden umbringst."

Madge zündete einen Joint an und gab ihn an Chris weiter. Zu Dianas Überraschung nahm Chris einen tiefen Zug und erklärte dazu entschuldigend, "In ganz San Francisco gibt es niemanden, der nicht raucht. Ich hab's irgendwann auch mal probiert und muß gestehen, ich finde es besser als Alkohol."

Diana gab den Joint an Lane weiter, die ihn Liz reichte.

Liz sagte honigsüß, "Ihr Mädels wollt euch das Vergnügen nicht machen?"

"Mich macht's nur dumm im Kopf und schläfrig," sagte

Diana.
"Ich hab mehr Lust auf Wein," sagte Lane.
Liz sog den Rauch tief ein. "Also, wenn ihr mich fragt, unsere liebe kleine Rechtsanwältin möchte keine Gesetzesbrecherin sein, das ist alles. Sie raucht nicht, trinkt nicht, flucht nicht - bitte das zu beachten. Aber sag mal, Schätzchen, zum Ficken bist du dir doch nicht zu schade, oder?"
"Nein," sagte Lane ruhig.
"Und du vögelst dazu noch ganz schön viel, was? Unsere kleine Fickweltmeisterin."
"Liz, hör endlich auf," sagte Chris aufgebracht. "Du bist gehässig. Ungeheuer gehässig, ohne den geringsten Anlaß."
Liz grinste ihre Schwester an. "Fern möge es mir liegen, gehässig zu unserer lieben Lane zu sein. Wie Mar-le-ne," fuhr sie fort und zog dabei den Namen in die Länge. "Namensgleich mit einer anderen, nur viel älteren blonden Sexbombe. Was kommt jetzt dran, Madge, Süße?"
"Jetzt werden die Streicheleinheiten, die wir vorhin bekommen haben, umgedreht ins Gegenteil. Ihr sprecht über die Person, die euch gerade was Nettes gesagt hat; sagt ihr, was ihr ablehnt an ihr, was sie eurer Meinung nach ändern sollte. Wir werden alles in der Gruppe besprechen, egal, ob wir übereinstimmen oder nicht."
"Das wird sicher interessant," sagte Liz und kreuzte die Arme über der Brust.
"Wir fangen an mit, hmm, Diana."
"Laß mal nachdenken," sagte Diana vorsichtig, als sie bemerkte, wie Chris' blaßblaue Augen ängstlich die ihren suchten. "Bei Chris würde ich mir wünschen, daß sie mehr Toleranz für andere Menschen aufbringt . . . mehr Verständnis für . . . Lebensformen, Lebenserfahrungen der Menschen, die . . . anders sind als sie und das, was sie kennt."
"Damit stimme ich voll überein," sagte Madge, inhalierte tief und gab ihren Joint an Millie weiter. "Es war sehr gut ausgedrückt. Jeder lebt nach seinem eigenen Skript; wir sollten alle daran arbeiten, das zu verstehen."
Millie sog tief den Rauch ein und sagte, "Die Menschen sollten mehr Glauben und Vertrauen ineinander haben."
"So ein Quatsch!" rief Liz, lehnte den Joint ab und griff nach ihrem Bourbon. "Und ich komm jetzt auch nicht zur Verteidigung meiner Schwester herbeigeeilt. Verflucht nochmal, ihr gottverdammten blutenden Herzen! Wo hört denn das Verständnis auf, und wo fängt das Urteilen an? Du könntest ganz sicher ein bißchen Urteilsvermögen gut gebrauchen, Millie. Du

glaubst noch an andere Leute, und alles was die tun, ist dich aufs Kreuz legen, dich verarschen von vorn bis hinten."

"Liz!" protestierte Chris.

"Es gibt Menschen, die Vertrauen nicht verdient haben," sagte Millie würdevoll. "Einige Leute nehmen sich einfach alles, was sie haben wollen und werfen alles andere weg wie eine Bananenschale. Das ist ihr Problem, nicht meins."

"Jetzt wirst du intolerant," sagte Liz affektiert.

"Man kann durchaus kritisch sein, ohne dabei gleich zu verurteilen," sagte Diana gereizt. "Das habe ich gemeint. Urteile über andere Menschen macht man sich dauernd, aber sie sollten nicht so starr, so festgefahren sein, und die Ansichten sollten nicht so eng sein, daß man nicht einmal in Betracht ziehen kann, seine Meinung zu ändern. Schließlich ändert man sich selbst auch, entwickelt sich weiter."

"Was du da 'Meinung ändern' nennst, sind doch nur faule Kompromisse, ein Verrat an den eigenen Grundsätzen."

"Das ist es wohl kaum," gab Diana bissig zurück.

"Die Zeiten haben sich so sehr verändert," sagte Chris mit belegter Stimme. "Es ist so schwierig, damit Schritt zu halten. Die Leute sprechen über Dinge - die Leute tun Dinge, über die wir nicht einmal zu flüstern gewagt hätten, als wir noch jung waren."

"Du folgst nur deinem eigenen negativen Skript, Chris. Du kannst dich davon nicht losreißen, selbst wenn du es wolltest. Du und Liz." Sie steckte einen neuen Joint an.

"Totaler Quatsch." Liz nahm wieder einen kräftigen Schluck. "Du und deine arschblöden Skripte. Ich tu verdammt nochmal was ich will, was mir gefällt, und nicht, was irgendein beknackter Psychiater mir einreden will, der behauptet, alles sei vorprogrammiert in meinem Lebensplan. So ein saublödes Geschwätz. Ich kann diesen Scheißdreck nicht mehr hören!"

"Liz," sagte Chris, "bitte." Und fast flehend fuhr sie fort, "Madge - Liz und ich könnten überhaupt nicht verschiedener sein. Wir wurden sehr streng erzogen, weißt du. Unsere Mutter sagte uns immer, wir sollten vom Leben stets das Bestmögliche fordern, uns mit nichts Geringerem zufriedengeben. Sie hat uns sehr hohe Wertmaßstäbe eingepflanzt. Aber Liz und ich, wir haben völlig verschiedene Richtungen eingeschlagen."

"Man kann die Anweisungen, die im Skript enthalten sind, auf verschiedene Weise auslegen." Madge drehte nervös ihr Haar um ihre nikotinverfärbten Finger. "Und doch bleibt es ein festgeschriebenes Skript."

Liz starrte Madge feindselig an, die wieder am Joint zog,

den Millie ihr gereicht hatte.

Diana fragte Chris leise, "Warum hast du eigentlich nie geheiratet? Du wärst eine wunderbare Mutter geworden."

"Ich liebe Kinder," flüsterte Chris. "Es war nur . . . nie war jemand ganz passend. Ich hatte eine Menge Möglichkeiten, aber niemand war dabei . . . der wirklich ganz zu mir gepaßt hätte . . . nie der Richtige."

"Das 'Niemand-ist-gut-genug-für-mich'-Skript." Madge nickte mit dem Kopf. "Vorgeschriebenes Verhalten. Vorgeschriebene Sprache."

"Sowas Scheißblödes," stieß Liz wütend hervor.

"Ich glaube, Diana hat recht," sagte Chris. "Ich war wahrscheinlich zu unflexibel. Aber jetzt ist es zu spät, um daran noch etwas zu ändern."

Lane hatte die ganze Zeit über ruhig dagesessen, hatte nur ab und zu einen Schluck Wein getrunken. Sie wandte sich Chris zu, "Nein, das ist es nicht, Chris. Nicht, wenn dir wirklich etwas daran liegt."

"Du hast leicht reden," sagte Liz. "Wie alt bist du?"

"Zweiunddreißig."

"Ich bin dreiundvierzig, und Chris ist fünfundvierzig. Wir können weder ein Gesicht noch einen Körper wie du herzeigen. Wenn ich deine Figur hätte, würde ich sie nicht so billig hergeben und wäre auch keine verdammte Rechtsanwältin." Liz nahm sachte einen Stummel aus Chris' Hand, der bis zu den Fingern heruntergebrannt war und zerdrückte ihn im Aschenbecher. "Scheiße nochmal, ich würde ein Geschäft draus machen: hundert Dollar pro Nacht wären dann sechsunddreißigtausendfünfhundert im Jahr. Plus Sondervergütungen."

Die Frauen, Lane mit eingeschlossen, lachten schallend.

"Natürlich," sagte Liz und sah Lane durchdringend an, "habe auch ich großes Vergnügen am Vögeln."

Lane erwiderte ihren Blick. "Wie schön für dich."

"Cool," sagte Liz und lächelte sie an. "Wie ausgesprochen cool."

Lane sagte zu Chris, "Zweiunddreißig ist auch nicht mehr so jung - aber es stimmt, du und Liz, ihr habt mehr Lebenserfahrung als ich. Aber ich denke, man kann seinem Leben bis zum Greisenalter eine neue Richtung geben. Viele Leute tun das. Es gibt jede Menge Beispiele dafür."

"Das einzige, was ich je wirklich wollte, war, mit meinem Ehemann zu vögeln," sagte Liz.

"Liz wußte schon immer so genau, was sie wollte," sagte Chris und starrte ins Feuer. "So frei heraus, so sicher, so natürlich, was ihre Bedürfnisse betraf. Ich war immer mehr romantisch. Versteht ihr, ich hab niemals einen Mann gefunden, der mich richtig küssen wollte, ohne - versteht ihr - ohne auch das andere gleich tun zu wollen. Die Männer wissen oft so wenig von dem, was Frauen brauchen. Wie gern wir küssen, zum Beispiel."

"Ein paar Frauen vielleicht," sagte Liz. "Ich nicht. Bei m i r ist's nicht der bleiche Mond, der mich erregt."

"Viele Frauen," sagte Lane. "Ich zähle mich auch dazu. Aber nicht alle Männer sind so, Chris. Manchen ist es wirklich völlig egal, was die Frauen wollen, aber nicht allen."

Liz sah sie böse an; Diana fühlte sich verpflichtet, Chris und Lane in Schutz zu nehmen und sagte rasch, "Ich zähle mich auch zu den vielen Frauen."

"Ich bin ganz eurer Meinung," sagte Millie. "Küssen ist was Wunderschönes. Mit einem Kuß kann man jemand alles sagen, was man denkt und fühlt."

Lane zitierte leise:
>   We talked with each other about each other
>   Though neither of us spoke . . . *

"Geschrieben von einer Taubstummen," schnaubte Liz verächtlich.

Die Frauen lachten über Liz, nur Millie nicht, die sich einen frischen Joint anzündete und traurig sagte, "Es ist wirklich wahr. Man weiß vorher nie, was für einen Trottel man da plötzlich im Bett hat. Großer Gott, manche sind wirklich so saugrob."

"Das stimmt," sagte Lane. "Ist leider nur allzu wahr."

Millie fuhr betrübt fort, "Sie denken immer, wir seien nichts außer zwei Brüsten und einer Vagina."

Madge sagte, "Vagina ist außer Mode. Klitoris ist gerade dran."

"Zum Teufel damit," sagte Liz. "Mein Lieblingslied ist 'Great Balls of Fire'. Alles, was ich brauche, ist ein guter, harter, heißer Schwanz."

"Verstehst du jetzt, was ich meine?" sagte Chris zu Diana gewandt, "Die Leute sprechen heutzutage über ganz unglaubliche Dinge."

"Viele Männer wissen nicht einmal, was eine Klitoris ist," klagte Millie, "geschweige denn, wo sie ist."

---

* "Wir sprachen miteinander, sprachen über uns,
   Und sagten doch kein Wort . . . "

"Ich sollte an meine ein Schild hängen," sagte Madge, "'Nicht knicken, drehen oder verstümmeln.' Arthur drückt auf meiner rum, wie auf einer Türklingel. Arthur ist mein Mann," erklärte sie Diana, die ein wenig ratlos lachte.

"Warum sagst du's diesem blöden Ochsen denn nicht?" sagte Liz gleichgültig. Sie trank ihren Bourbon und zog kurz an Millies Joint.

"Das weißt du doch ganz genau. Erklär einem Mann irgendwas über Sex, und es ist, als hättest du auf einen Skorpion getreten. Natürlich hab ich's ihm gesagt. Tausendmal. Und er macht's trotzdem. Ich geh vor Schmerz in die Luft, und er hält es für sexuelle Ekstase."

Chris, die das Gelächter der Frauen überhörte, sagte, "Weißt du, Millie, ich denke manchmal, du lebst zu riskant. Dieses Nachtlokal für Singles, in das du immer gehst, - es ist einfach zu gefährlich."

"Ach Unsinn, Chris. Es ist nicht so wie in dem 'Mister Goodbar'-Film, daß wir alle dort nur darauf warten, abgemurkst zu werden." Millie fuhr sich durch die blonden Kräusellocken. "Ich fand's früher komisch von meinen Eltern, daß sie immer in so eine Bierkneipe gingen, aber heute kann ich sie gut verstehen. Sie hatten Freunde da, mit denen sie gern zusammenwaren. Diese Single-Lokale sind nicht so schlecht wie ihr Ruf. Sie sind wie . . . Klubs. Man lernt dort Menschen kennen, manchmal wirklich nette. Und wo die Grenze ist, liegt an einem selbst, genau wie überall sonst auch." Sie senkte ihre Stimme. "Sex kannst du überall finden."

Madge sagte, "Es steht in deinem Skript. Deine Eltern gingen in so eine Kneipe, und du denkst jetzt, sie hätten dir aufgetragen, das gleiche zu tun."

"Herr im Himmel," sagte Liz und rollte die Augen. "Das Skript. Schnell noch einen Drink." Sie erhob sich mühsam. "Skript, Skript, Skript," brummte sie vor sich hin und stampfte in die Küche.

"Aber es ist einfach nicht gut, von einer Affäre in die nächste zu schliddern, Millie," sagte Chris. "Auf die Art wirst du nie merken, ob der Richtige dabei ist."

"Die Leute halten oft etwas, das besser nur eine Affäre geblieben wäre, für die große Liebe," sagte Lane.

"Lane hat recht." Millie nickte eifrig. "Ihr braucht doch nur an all die Scheidungen zu denken."

"Die Leute sollten lernen, mit ihren Schmetterlingsaffären anders umzugehen." Lane lächelte Millie zu.

"Aber mit so vielen auf einmal?" fragte Chris zweifelnd.

"Schmetterlingsaffären unterscheiden sich sehr deutlich vom Eigentlichen," sagte Lane.

"Aber Schmetterlingsaffären sind so oberflächlich," wandte Diana ein, die diesen Ausdruck nicht mochte.

"Das sollen sie auch sein," erwiderte Lane. "Man sollte ihnen keine tiefere Bedeutung beimessen."

"Kommt, wir machen weiter," sagte Madge. "Chris, du bist dran. Was sollte ich deiner Meinung nach ändern?"

"Ja . . . eigentlich nichts. Vielleicht . . . es ist schwer, dich auf irgendwas festzulegen - ja, das ist es. Du hast Meinungen und Ideen, bist immer sehr begeistert von allem was dich interessiert, aber mir ist trotzdem nicht klar, wer die wirkliche Madge ist. Verstehst du, was ich meine?"

Madge zog noch einmal an dem winzigen Stummel des Joints und drückte ihn aus. Sie zündete einen neuen an und sagte, da kein Kommentar kam, "Seid ihr anderen auch der Meinung? Liz, hast du zugehört?"

Liz nahm wieder in der Runde Platz; sie hielt ein Wasserglas voll Bourbon in der Hand, in dem ein einziger Eiswürfel schwamm. "Ja, ich hab's gehört. Und wenn du es genau wissen willst - es gibt Momente, da habe ich große Lust, dich am Genick zu packen und zu schütteln bis dir die Zähne klappern und die wirkliche Madge zum Vorschein kommt." Sie nahm einen Schluck Bourbon. "Du hüpfst von einer verrückten Idee zur andern, und jedesmal sagst du: das ist es, das einzig Wahre, auf immer und ewig, und eine Woche später - oder einen Monat - bist du längst bei der nächsten ewigen Wahrheit."

"Aber ich denke jedesmal, daß es so sein könnte," sagte Madge leise. Sie starrte auf den Fußboden. "Hoffe immer . . eine Antwort zu finden."

Diana starrte sie betroffen an.

"Ich halte viel von dir, ganz bestimmt," sagte Millie, "aber manchmal erinnerst du mich an diese schrecklich oberflächlichen Frauen aus Südkalifornien. - Das soll keine Beleidigung sein," sagte sie zu Diana.

"Ja, solche gibt es da auch," erwiderte Diana und dachte bissig, daß diese Frau wohl sonst nicht so oft Gelegenheit zum Reden hatte - diese Frau aus Nordkalifornien, die von einer Beziehung in die nächste schlidderte.

Madge sagte, "Ich kann's auch nicht ändern. Mein - " Sie sah Liz' Gesichtsausdruck und änderte rasch ihre Wortwahl. "Ich bin mir nicht klar darüber . . . ich weiß nicht, wie ich mich ändern soll."

"Leb doch einfach dein Leben, statt es die ganze Zeit zu

beobachten und zu analysieren." Ohne Überleitung fragte Liz plötzlich, "Wo ist Arthur heute abend?"

Madge schaute sie überrascht an. "Zu Hause, denk ich, oder er spielt Karten mit seinen Freunden."

"Warum hat er dich eine ganze Woche allein hierherfahren lassen?"

"Liz," sagte Madge und drehte an ihren Haaren, "Liz, du weißt sehr gut, daß wir beide uns Raum zum Atmen lassen."

"Ja, sicher. Sicher, Madge. Flirtest du viel mit anderen?"

"Natürlich nicht, Du weißt das doch."

"Und Arthur? Flirtet er?"

"Ich muß ihn nicht immerzu an meiner Seite haben. Wir sind übereingekommen, daß wir beide Raum zum Atmen brauchen - das hält die Beziehung lebendiger. Ich vertraue ihm." Madge kratzte mit den Fingernägeln in ihren Haaren herum.

"Affenscheiße," sagte Liz, "die reine Affenscheiße. Du und Vertrauen! Du hast doch nicht einmal uns vertraut, daß wir dich auffangen."

"Wie lange bist du schon verheiratet, Madge?" fragte Lane ruhig.

"Zwölf Jahre," flüsterte Madge niedergeschlagen.

"Ich seh überhaupt kein Problem in einer solchen Abmachung, zumal bei Menschen mit einer guten, langjährigen Ehe."

"Ach, wirklich?" sagte Liz giftig. "Wie lange hat denn Ihre längste Beziehung zu einem Mann gedauert, Fräulein Christianson?"

"Zwei Jahre."

"Und das hat dich zur Expertin gemacht, ja?" Sie wandte sich Madge zu. "Ich weiß nicht, wessen Idee dieser Raum-zum-Atmen-Scheiß war, aber wenn man jemanden liebt, möchte man doch alle wichtigen Dinge mit ihm gemeinsam machen, sie teilen - und alles ist wichtig. Wieviel Zeit hat man denn, verdammt nochmal, sich nebenher noch mit einem Haufen armseliger Halbidioten abzugeben? Sie haben einfach niemand anders, aber das ist ihr Problem. Raum zum Atmen, ach du liebe Scheiße! Ich würde Arthur sagen, daß ich keinen Raum mehr zum Atmen brauche, daß ich schon genug geatmet hätte."

Madge sagte, fast unhörbar, "Ich weiß nicht ... wie Arthur darauf reagieren würde."

"Aha. Da liegt der Hase im Pfeffer, nicht wahr, Madge?" Liz nahm einen kräftigen Schluck Bourbon. "Aber du könntest es rausfinden, oder? Und die Antwort ist gewiß nicht in der Astrologie oder in den östlichen Religionen zu finden. Ich würd ihm sagen: nix mehr mit frank und frei atmen - entweder du bist ihm genug, oder du drehst ihm die Eier ab."

"Das ist dein Stil, nicht meiner."

Mein Stil wäre es ganz bestimmt auch nicht, dachte Diana.

"Aber du mußt k ä m p f e n um das, was du liebst, was dir gehört."

Ich habe noch nie um irgend etwas gekämpft, dachte Diana.

Madge überlegte lange und sagte dann, "D u hast den Kampf verloren."

"Aber wenigstens habe ich g e k ä m p f t , verflucht nochmal!"

"Wer weiß, vielleicht hättest du ohne Kampf gewonnen. Es kann sein, daß George dich nie verlassen hätte, wenn du ihm eine Weile den Rücken zugedreht und so getan hättest als wenn nichts wäre."

"Möglich. Möglich. Und vielleicht hätte er mir auch das Rückgrat gebrochen wie - " Sie brach ab und sah Madge mit blitzenden dunklen Augen an. Dann fuhr sie in sanftem, grausamem Ton fort, "Wie ist das für dich, Madge, wenn er's dir direkt unter die Nase reibt? Wie kannst du das aushalten, daß er seinen Schwanz in dich steckt, wenn er ihn auch in alle anderen steckt?"

"Wenn man jemand sehr liebt - "

So sehr könnt ich nie jemand lieben, dachte Diana.

"Ach - Scheiße, Madge." Liz' Stimme klang plötzlich schwer und müde. "Wenn's ihm nicht genug ist, was du ihm gibst, dann soll er sich doch ins Knie ficken. Das ist es nicht wert."

"Arthur gehört zu mir. Die Bedingungen sind nicht so wichtig. Und eines Tages wird er alt sein. Mit mir zusammen."

Guter Gott, dachte Diana, und ihr Magen zog sich zusammen.

"Kommt, wir machen jetzt weiter," sagte Madge leise. "Ich möchte gern etwas über Millie sagen."

"Sollen wir wirklich damit weitermachen?" fragte Lane ruhig.

Liz erwiderte gehässig, "Warum denn nicht? Oder willst ausgerechnet du uns sagen, daß nichts dabei herauskommt?"

Diana konnte den beißenden Geruch des Feuers nicht mehr ertragen; die Hütte war ganz erfüllt von dem süßlichen Dunst des Marihuana.

"Wenn wir uns erstmal durch all das Unangenehme durchgearbeitet haben, wird das Gute zum Vorschein kommen," sagte Madge. Sie klang müde; ihr Gesicht sah bleich und erschöpft aus. "Millie," sagte sie und wandte sich zu ihr, "ich hätte gern, daß du weniger naiv über andere Menschen denkst. Du glaubst, sie seien alle so gut und ehrlich, aber sie sind es eben nicht. Mir wäre es lieber, wenn du deine Beziehungen mit etwas mehr Skepsis angehen würdest, um deinetwillen."

"Madge meint," sagte Liz mit schwerer Zunge, "du solltest dieses Schild abschnallen, auf dem steht: 'Vögel mich und dann vermöbel mich.'" Sie taumelte ein wenig und fing sich wieder. Diana bemerkte, daß sie betrunken war.

"Ihr habt beide unrecht," sagte Millie. "Ich bin skeptisch. Eben weil ich schon so sehr verletzt worden bin. - Aber jedes Mal, wenn ich jemanden treffe und denke, er ist nett, bin ich wie du, Madge. Ich denke, dieses Mal wird es anders sein. Und dann ist es eine Zeitlang auch wirklich gut. Und dann verändert es sich - ich kann überhaupt nichts dagegen machen - und wird furchtbar."

"Es verändert sich immer," sagte Liz, "das ist es, was du nicht wahrhaben willst. Die Romantik geht immer dahin; er hört auf, dir Blumen zu schicken und dich über die Schwelle des Schlafzimmers zu tragen. Und das ist genau der Zeitpunkt, zu dem man eine eigenständige Person sein muß. Man muß als ganzer Mensch anziehend sein, mehr als nur ein hübscher Körper, den er gern vögelt. Du kannst niemand halten, wenn du dann das nörgelnde, keifende Weib wirst, oder ein weinerliches Baby, Millie. Männer wollen eine Frau, kein Baby."

"Ich bin kein Baby," sagte Millie und zog einen Schmollmund. "Ich trampel nicht mit Nagelschuhen rum wie du, aber das heißt noch lange nicht, daß ich nicht als die Person angenommen werden will, die ich bin, und nicht als die, die sich irgend jemand anders vorstellt."

"Jesus Christus," zischte Liz. "Ich kann gut verstehen, warum die Männer so auf dir rumdreschen. Ich kann gerade selbst kaum dem Drang widerstehen, dir eins in die Fresse zu hauen."

"Das kommt, weil du eine gehässige, traurige alte Mistgurke bist."

"Hört, hört." Liz lächelte breit. "Jetzt hab ich endlich was Garstiges aus unserer süßen, kleinen, stillen, unschuldigen Millie rausgelockt. War es das erste Mal, Millie? Hab ich dir die Unschuld geraubt?"

"Du Haßbolzen!"

"Weiter so! Vielleicht benützt dich eines Tages einer zuviel als Fußabtreter, und du beißt ihm die Füße ab."

"Hör auf, Liz," brachte Chris heiser hervor. "Hör sofort auf damit."

"Ich bin kein Fußabtreter!" Millie warf Liz einen wilden Blick zu. "Du glaubst das doch von jeder Frau, die einfach freundlich ist und versucht, den Männern zu gefallen."

Liz zuckte verächtlich die Achseln. "Mach doch was du

willst. Vielleicht gefällt's dir ja, gevögelt und dann in den Arsch getreten zu werden. Ich hab schon ganz andere Sachen erlebt. Wer kommt jetzt dran?"

Madge seufzte tief. "Du bist dran. Das geht alles total schief im Moment, aber wir müssen da jetzt durch. - Du sagst jetzt was über Lane."

"Oh! Eine außergewöhnliche Gelegenheit." Liz sah Lane nachdenklich an. "Gibt es eine Regel, daß ich die Reihenfolge einhalten muß? Ich möchte erst noch darüber nachdenken."

Beunruhigt und unsicher schaute Madge zu Liz. Liz sagte, "Nebenbei bemerkt würde ich gar zu gerne wissen, was Fräulein Mar-le-ne Christianson uns Negatives über unsere makellose Diana anzubieten hat."

Diana sah nicht auf. Gequält und durcheinander und niedergeschlagen vom dem bisher Gehörten saß sie nur einfach da und wartete auf den nächsten Schlag, der diesmal von Lane kommen würde. Sie starrte auf den Teppich, fühlte sich innerlich ganz kalt und stumpf.

"Mir fällt zu Diana nichts Negatives ein," sagte Lane.

"Wie edelmütig," erwiderte Liz spöttisch. "Jetzt komm," stichelte sie, "irgendwas muß es doch geben. Braucht ja nur was ganz Kleines zu sein. Wie sie ihre Fingernägel feilt. Irgendeine Kleinigkeit."

"Mir fällt nichts ein. Alles, was ich bisher von Diana weiß, mag ich. Ich weiß nicht, was sie ändern sollte."

"Unsere goldige, vollkommene Diana! Wie schön es sein muß, so goldig und vollkommen zu sein. Und dazu noch so attraktiv. Und es ist so großmütig von dir, sie zu beschützen. Unsere liebe Diana ist gerade völlig im Eimer wegen ihres Freundes Jack, aber Mar-le-ne wird ihr dafür keine reinwürgen."

Sprachlos und wie gelähmt von der Erschütterung, ihren Schmerz in diesem Raum voll fremder Menschen bloßgestellt zu sehen, starrte Diana Liz hilflos an.

"Es reicht," sagte Lane kalt.

"Vivian hat mir von dir erzählt, Diana, mein Liebling. Oder wenigstens das, was sie sich zusammengereimt hat. Wir haben etwas gemeinsam, meine Gute. Du hast ihn rausgeworfen, genau wie ich's getan habe. Du weißt, was das für ein Gefühl ist. Du sprichst nicht davon, wie sehr er dich verletzt hat, aber die Fußabdrücke sind überall deutlich sichtbar. Du bist viel zu ehrlich, das ist dein Problem, meine Liebe." Liz sprach leise und schroff. "Du mußt ein bißchen raffinierter sein, wenn du's mit Männern zu tun hast. Das brauchst du zum Überleben. Männer sind solche Scheißkerle. Unsereins will sie lieben, nur lieben, und sie sind solche Scheißkerle. Wie konnte er jemand besseres finden als dich? Vielleicht ein bißchen jünger, aber das ist auch alles. Vielleicht hat er eine gefunden, die aussah wie deine Freundin Lane hier, blond und hübsch."

"Ich sagte, es reicht." Lanes Stimme war eisig. "Und ich meinte das auch."

Die beiden Frauen starrten sich schweigend an. Diana konnte Lanes Gesicht nicht sehen; Liz fixierte Lane wutentbrannt; ihre Nasenlöcher weiteten sich, ihre breiten, dünnen Lippen waren haßverzerrt; ruhig und feindselig sprach sie weiter, "Ist gut, dann reden wir eben über dich. Ich bin jetzt soweit, Madge. Was du dringend ändern solltest ist deine Einbildung, du seist so verdammt überlegen. Eine Frau mit Berufung - unsere blonde junge Rechtsanwältin, berufen, die Welt zu retten - mit Leuten wie Diana, die ihr zu Füßen sitzen. Drauf geschissen," fauchte sie, "niemand braucht dich!"

"Halt den Mund!" schrie Diana. Sie war starr vor Zorn. "Halt den Mund!"

"Ist schon gut, Diana," beschwichtigte Lane und warf ihr einen kurzen Blick zu; ihr Gesicht war ruhig.

"Sie ist vollkommen betrunken, Lane." Diana war nahe daran, sich auf Liz zu stürzen und blindlings auf sie einzuschlagen.

"Nein, meine Liebe, nur bekifft," sagte Liz. "Dazwischen liegen Welten. Ihr Pipi-Weintrinkerinnen könntet ein Bad nehmen in der Menge Bourbon, die ich wegputze. George hat mir beigebracht, wie man trinkt. Unter anderem. Aber George mochte mich auch - so wie ich war. Als er mich heiratete, war er dreißig. Davor war er zweimal verheiratet gewesen und hatte hunderte andere Frauen gehabt. Zwanzig Jahre lang wollte er mich, nur mich. Ich weiß das, so sicher ich hier sitze. Er nannte mich immer den schnellsten Orgasmus der westlichen Welt . . ." Sie nahm ihren Drink zur Hand. Die anderen Frauen schauten sie beunruhigt an.

"Wie ein Kumpel," sagte Liz leise. "Er erzählte mir immer, ich wäre wie ein Kumpel. Ein Kumpel. Ich hab ihn daran erinnert, als er mit dieser Frau losziehen wollte. Ich hab ihm gesagt, ich weiß, warum du diese dicken Zigarren rauchst und warum du mich immer in den Arsch ficken wolltest. Ich hab ihm seine Hütte weggenommen. Ich wollte, daß George merkt, wie sich's anfühlt, in den Arsch gefickt zu werden. Wie ein Kumpel!" Liz kicherte; Diana verzog bei diesem Geräusch das Gesicht vor Schmerz. "Und genau das hab ich auch diesem blonden Flittchen in seinem Büro gesagt, dieser mickrigen

61

kleinen Blonden. Ich hab's ihr direkt vor George und allen anderen gesagt - daß ich nur hoffte, es würde ihr Spaß machen, jede Nacht in ihren kleinen blonden Arsch gefickt zu werden."

Plötzlich begriff Diana die Zusammenhänge und platzte heraus, "Lane erinnert dich an die Frau, die dir deinen Mann weggenommen hat, stimmt das?"

Liz sah Lane durchdringend an. "Sag mal, Schätzchen, jetzt mal ehrlich: macht's Blonden wirklich mehr Spaß? Habt ihr wirklich öfter einen Orgasmus als alle anderen? Einen besseren?"

"Liz," sagte Chris mit belegter Stimme. Sie saß in sich zusammengesunken, schüttelte den Kopf.

"Oh, halt die Klappe, Chris," sagte Liz müde und nahm einen Schluck Bourbon.

"Ich verstehe deinen Schmerz," sagte Lane.

"Ach, wirklich?" schnarrte Liz und wandte sich ihr zu. "Du verstehst das wirklich, du hübsche, blonde Dame? Was weißt du denn schon? Hast du schon einmal einen Menschen verloren?"

"Ja."

"Das glaube ich dir nicht. Du nimmst dir alles was du willst. Mit deinem Aussehen und deinem Grips noch dazu. Wie könntest du denn jemand verlieren?"

"Weil ich ihn nicht überredet habe, nach Kanada zu gehen und sich der Einberufung zu entziehen. Es wäre mir gelungen, obwohl er darauf beharrte, es würde unsere Beziehung zu schwierig machen, und deshalb wollte er lieber seine Runde Vietnamkrieg ableisten und dann wieder frei sein. Und weißt du, was dann geschah, Liz?"

"Sprich nicht weiter, Lane, bitte nicht," flüsterte Diana entsetzt.

Aber Lane und Liz saßen sich dicht gegenüber; ihre Blicke waren ineinander verhakt. Das Feuer knisterte laut in der Stille des Raumes. Lane sagte, "Er trat auf eine Mine, an einer Stelle, wo eigentlich keine Minen liegen sollten. Sie haben uns fürs Begräbnis ein paar Stücke von Marks Körper geschickt."

Liz taumelte, hielt ihre Augen geschlossen. Mit Tränen in den Augen sah Diana Lane an.

Lane sagte, "Es ist lange her. Viele Jahre inzwischen. Viele Frauen haben das gleiche durchgemacht. Dein Mann ist noch am Leben. Er ist fünfzig Jahre alt, und soweit ich weiß, haben viele Männer in seinem Alter eine Geliebte, erleben ihren zweiten Frühling, und dann gehen sie zurück zu ihren Ehefrauen. Wenn ich an deiner Stelle wäre, würde ich das zumindest in Betracht ziehen, und ich glaube nicht, daß du eine solche

Närrin wärst, ihn nicht wieder aufzunehmen, wenn du die Möglichkeit hättest. Da bin ich ganz sicher."

"Es tut zu weh," murmelte Liz; ihre Augen waren immer noch geschlossen.

"Wir alle sind verletzt," sagte Lane. "Einigen von uns gelingt es, mit dem Schmerz zu leben, uns davon zu erholen." Sie stand auf. "Ich kann nicht mehr - muß schlafen gehen."

Madge sagte, "Aber es ist nicht gut, ausgerechnet jetzt aufzuhören. Wir haben uns gerade durch all das Negative hindurchgearbeitet. Wenn wir noch aufbleiben und weiterreden, wird all das Positive herauskommen. Wenn wir da durch sind, werden wir wie Schwestern sein."

"Du hast sicher recht, Madge, aber ich geh trotzdem ins Bett. Diana, ich hätt's sehr gern, wenn du auch mitkämst."

Diana erhob sich langsam. Chris sagte mit belegter Stimme, "Ist euch klar, daß es zwei Uhr ist?"

"Und morgen wollen wir Ski fahren," sagte Millie. "Ich möchte jedenfalls noch fahren, solange der Schnee so gut ist."

"Wir sind nicht mehr die Jüngsten, Liz," murmelte Chris. "Komm, Liz." Sie half ihrer Schwester auf die Beine und sagte undeutlich zu den anderen Frauen, "Laßt uns bitte zuerst ins Badezimmer."

Unsicheren Schrittes schwankten die beiden zum Bad und stützten sich gegenseitig.

5. KAPITEL

"Bleib liegen, ich mach das für uns." Lane zog die Leiter hoch und ließ die Falltür ins Schloß schnappen. Diana lag im Bett und blickte aus dem Fenster, ohne etwas wahrzunehmen; sie fühlte sich völlig betäubt und zerschlagen.

"Elefantin ist eine sehr treffende Beschreibung für Liz," sagte Lane ruhig, während sie ihre Kleider in den Schrank hängte. "Eine verwundete Elefantin. Unglaublich stark und mit wahnsinnigen Schmerzen; sie stolpert blindwütig in der Gegend herum, zertrampelt alles, tritt nach allen Seiten aus, versucht, irgendwie damit fertig zu werden. Ihr Schmerz macht sie blind."

Diana merkte, daß Lane neben dem Bett stand und sie ansah. Den Tränen nahe starrte Diana weiter aus dem Fenster.

Lane blies die Lampe aus und legte sich ins Bett. Sie neigte sich zu Diana hinüber und fragte sanft, "Wie geht's dir, Diana? Fühlst du dich gut?"

"Ja," preßte Diana hervor.

"Bist du sicher?"

"Ja."

"Ich weiß nicht - irgend etwas stimmt doch nicht."

"Mir geht's gut. Schlaf schön, gute Nacht."

Diana lag angespannt wach und versuchte, ihre Tränen zurückzuhalten; ihre Gefühle überkamen sie in warmen Wellen, und jede Welle schwächte ihren Widerstand ein wenig mehr. Lane neben ihr rührte sich nicht; Diana hörte sie nicht atmen.

Ohne es zu wollen seufzte Diana tief auf, und heiße Tränen strömten über ihr Gesicht. Lane sagte, "Ich habe es geahnt, daß du so sein würdest. Nicht anders sein könntest."

Und obwohl sie dagegen ankämpfte und sich zutiefst beschämt fühlte, begann Diana zu schluchzen. Lane rückte zu ihr hinüber. "Ich möchte ganz nah bei dir sein," sagte sie und nahm sie in die Arme.

"Es tut mir leid." Diana weinte an ihrer Schulter.

"Laß die Tränen einfach kommen. Es ist gut so. Es ist das beste, was du jetzt tun kannst."

Sie schmiegte sich an Lane, schluchzte, war ihren Gefühlen hilflos ausgeliefert, und jeder Versuch, sich zusammenzunehmen brachte nur einen neuen Tränenstrom hervor. "Ich tue sowas sonst nie," weinte sie in Lanes Armen, und ihr ganzer Körper wurde von Schluchzen geschüttelt.

"Es ist gut, Diana, alles ist gut." Lane hielt sie sanft umarmt, berührte Dianas Haar mit ihrem Gesicht.

Nach einer Weile ließ das Schluchzen nach, und es gelang Diana, mit fast normaler Stimme zu sagen, "Ich hab deine Schlafanzugjacke ganz naß gemacht."

"Die trocknet wieder." Lane hielt ihr Gesicht in beiden Händen und wischte mit den Fingern die Tränen weg. Sie berührte Dianas Gesicht mit ihrer Wange und rieb mit ihrer warmen Haut die Feuchtigkeit fort.

"Dabei bin nicht ich es, die eigentlich weinen sollte," sagte Diana, und ihre Stimme war wieder von Tränen erstickt. "Es tut mir so leid für dich, daß Mark nicht mehr lebt."

"Um mich sollst du nicht weinen, bitte." Lanes Hände hielten zärtlich ihr Gesicht; ihre Augen waren geschlossen.

"Ich kann es nicht ertragen daran zu denken, wie du gelitten hast."

"Es ist lange her, und ich habe gelernt, damit zu leben. Es tut jetzt nicht mehr so weh."

"Und du hast deinen Vater verloren. Manchmal glaube ich, daß alle Liebe der Welt nicht die Macht hat, irgend etwas zu verändern. Heute abend kam bei jeder einzelnen soviel Schmerz hervor, soviel Verletzung. Muß denn jeder Mensch soviel Leid ertragen?"

"Zu irgendeinem Zeitpunkt gewiß."

Diana schloß die Augen; sie juckten und brannten. "Ich glaube . . . ich habe jetzt ausgeweint." Zögernd fügte sie hinzu, "Ich brauch ein Kleenex."

Lanes Hände gaben ihr Gesicht frei, und Diana setzte sich auf und tastete nach dem Nachttisch. Sie tupfte ihre Augen trocken, putzte sich energisch die Nase und besah sich die Tränenflecken auf Lanes Pyjama, sah im Sternenlicht die dunklen Flecken und fühlte sich beschämt und albern. "Es tut mir furchtbar leid," sagte sie.

"Bitte sag sowas nicht. Es gibt doch gar keinen Grund dafür."

Diana ließ sich ins Bett zurücksinken. "Wahrscheinlich bin ich nichts als ein großes Baby," sagte sie, wandte sich Lane zu und versuchte zu lächeln.

Kühle Finger berührten Dianas Gesicht, strichen ihr das Haar aus der Stirn. Lane sagte, "Wir wußten nicht was wir taten, da unten. Frauen können nicht so brutal miteinander umgehen; wir sind überhaupt nicht gut in so einem Kampf. Wir haben es nie gelernt. Uns fehlt die Übung." Lane strich mit den Fingerspitzen über Dianas Stirn, streichelte ihre Wangen. "Und du bist viel zu sensibel und mitfühlend, um bei solchen Spielen mithalten zu können."

Diana sah Lane an, war überwältigt, als sie sich ihrer Schönheit bewußt wurde, einer Schönheit, die in den Schatten und dem Licht der Sterne noch deutlicher sichtbar wurde. In dem silbernen Licht des Raumes schimmerten ihre Augen in tiefdunklem Grau; ihre sinnlichen Lippen, ihr ganzes Gesicht, ihre klaren Züge schienen wie ein Bildwerk gemeißelt. Ihr blondes dichtes Haar auf dem Kissen war zerzaust. Sie streichelte Dianas Haar und hielt inne, ließ Strähnen durch ihre Finger gleiten und sah Diana in die Augen. Diana schloß die Augen, als Lane mit dem Gesicht ganz nahe kam.

"Ist es jetzt wieder gut?" fragte Lane sanft.

"Ja, ist wieder gut," flüsterte Diana und hielt die Augen immer noch geschlossen. Sie fragte sich, ob ihre Lippen sich berührt hatten, in einer leisen, federleichten Berührung.

"Ich halt dich in den Armen, bis du eingeschlafen bist, okay?"

"Ja," sagte Diana und verspürte von neuem ein Bedürfnis nach Lanes Zärtlichkeit.

Sie fühlte Lanes schlanken Körper an ihrem, ganz zart, fast unspürbar. Ihr Gesicht ruhte an Lanes Hals; sie fühlte dichtes, weiches Haar an ihrer Wange, atmete den lieblichen, verwirrenden Duft ihrer Haut, ihres Haars. Diana lag ruhig, fühlte, wie Lanes geschmeidige Brüste sich weich an ihre drängten, hörte Lanes Atmen. Sie fühlte Lippen, die einen Augenblick lang ihre Stirn berührten, fühlte ein zärtlich weiches Schmelzen. Diana legte ihre Arme fester um Lane, berührte sie mit ihrem Gesicht; ihre Lippen streiften über ihren Hals, über seidige, weiche, glatte Haut, die zarte Mulde ihres Halses, und sie fühlte ihren Puls schlagen.

Und dann war es für Diana ganz leicht, ganz selbstverständlich, einfach ihr Gesicht zu heben und Lanes weichen, schmelzenden Mund auf ihrem zu spüren. Die Alarmanlage in ihrem Kopf signalisierte höchste Gefahr, und sie wandte das Gesicht zur Seite, aber Lanes Mund kam zu ihrem. Ihre Lippen trafen sich wieder und wieder in zarten, raschen Küssen, die langsam ruhiger wurden, länger, zärtlicher. Lane umarmte sie sanft, lag ganz nahe an ihr. Diana fühlte sich geborgen, ihr Körper entspannte sich, wurde weicher; und sie ließ es geschehen wie in einem Traum und öffnete ihre Lippen. Und Lanes Mund wurde zu erlesenstem Samt, und sie küßten sich innig, langsam, ohne Ende, ohne Eile.

6. KAPITEL

Diana lag über Lanes Körper geneigt, ließ ihr seidiges Haar wieder und wieder durch ihre Finger gleiten. Lane hatte die Arme um sie gelegt, ihre Hände liebkosten langsam ihre Schultern. Sie küßten sich innig. Von ferne drangen schwache, unzusammenhängende Geräusche ein, wurden stärker, verlangten Aufmerksamkeit: Frauenstimmen, Fußgetrappel. Widerstrebend löste Diana ihren Mund von Lanes, warf die Bettdecke beiseite, die sie beide vor der Kälte des Raums geschützt hatte und erschrak, als sie die Augen öffnete und helles Licht hereinfiel. Lane legte ihre Arme fester um sie, und Diana sagte sehr leise, "Du mußt deine Skisachen anziehen."

Lane weigerte sich, ihre Augen dem hellen Licht auszusetzen, hielt sie fest geschlossen, murmelte etwas Rätselhaftes, streckte die Hand aus, zog die Decke wieder über sie beide und löschte mit ihrem Mund Dianas Gedanken aus.

Einige Zeit später hörten sie Liz von unten rufen, "He, ihr da oben!"

Lanes Arme gaben Diana frei, aber sie hielt ihr Gesicht noch einen Augenblick lang mit zarten Händen fest, und ihr Mund löste sich nur langsam von Dianas. Sie streichelte ihre Wange. "Wir sollten wohl lieber runtergehen," sagte sie sanft und setzte sich auf. Ohne sich zu rühren, blickte sie aus dem Fenster auf den See.

Diana rieb sich die Augen, suchte nach Worten, sagte zögernd, "Ich dank' dir für . . . dafür, daß du hier bist . . . hier warst . . . für . . . für das, was ich brauchte."

Lane erwiderte, "Ich bin froh, daß wir zusammen sein konnten." Sie lehnte den Kopf zurück, schüttelte ihr Haar; dann stand sie auf, zog Morgenmantel und Hausschuhe an, öffnete die Falltür und ließ die Leiter hinuntergleiten. "Gib mir sieben Minuten im Badezimmer," sagte sie, mit einem ganz kurzen Blick auf Diana, während sie die Leiter hinabstieg.

Diana suchte geistesabwesend Hosen und einen Pullover heraus und ging zum Fenster. Sie fühlte sich müde, aber entspannt, beinah träge. Das Weinen hatte ihr sehr gutgetan, dachte sie; es war dringend notwendig gewesen. Sie blickte auf den blendend weißen Schnee, das glitzernde Blau des Lake

Tahoe in der Ferne; ihr Kopf war vollkommen leer, ohne einen einzigen Gedanken.

Ein paar Minuten später begrüßte sie mit einem Kopfnicken und guten Morgen wünschend die Gruppe, die um den Kamin saß und Kaffee trank. Sie ging ins Badezimmer, schloß die Tür hinter sich, lehnte den Kopf dagegen und schloß die Augen, atmete den Duft von Lanes Parfum, der noch in der Luft hing. Dann bürstete sie ihr Haar mit langen, mechanischen Strichen, brachte mit leichtem Klopfen der Hand ihre Locken in die richtige Lage - wie immer, sah aufmerksam in den Spiegel, betrachtete sich so genau, als wäre sie eine merkwürdige, aber faszinierende Fremde. Sie spritzte sich kaltes Wasser ins Gesicht.

Als sie aus dem Badezimmer kam, sah sie zu, wie Lane anmutig die Leiter herabstieg. Sie trug einen königsblauen Skianzug, ihr blondes Haar wippte bei jeder Bewegung. Diana zwang sich, den Blick von ihr zu lösen, ging in die Küche, goß sich Kaffee ein und gesellte sich zu der Gruppe am Kamin.

Die Frauen trugen alle schon ihre Skikleidung. Sie sprachen wenig miteinander, wirkten verkrampft, gedämpft. Diana fiel ein, daß sie die Ereignisse der letzten Nacht vollkommen vergessen hatte, die verheerenden Folgen der Encounterspiele. Die Frauen waren ernst und nachdenklich, vermieden es, einander in die Augen zu sehen.

"Hat noch jemand so'n Kater wie ich?" fragte Liz, zog eine Grimasse und massierte sich den Nacken.

"Ich sterbe, Ägypten, sterbe," psalmodierte Madge und hielt sich den Kopf.

"Mir geht's gut," sagte Millie.

"Ich werd langsam zu alt für sowas," seufzte Liz. "Mit George hab ich immer die Nächte durchgefeiert, in den Clubs, und dann sind wir Ski gefahren, ohne zwischendrin zu schlafen. Damals hat uns das überhaupt nichts ausgemacht. Heute wär's 'ne Strafe für mich."

"Ich wünsch deinem Kater alles Gute, Liz," sagte Lane. "Ansonsten ist kein Schaden entstanden - jedenfalls was mich betrifft."

Die beiden Frauen sahen einander in die Augen, sehr fest und sehr lange.

"Gut," sagte Liz und nickte mit dem Kopf.

"Wir sind seit so vielen Jahren befreundet," sagte Madge, "Es würde schon einiges mehr brauchen als einen einzigen Abend, an dem wir alle stockbesoffen und bekifft sind, um daran etwas zu ändern."

Millie sagte, "Wir kennen uns so gut. Es ist so schwer, wirkliche Freundinnen zu finden."

"Ein paar gute Sachen sind letzte Nacht auch rausgekommen," sagte Chris.

"Ja," sagte Diana, die merkte, daß irgendein Kommentar von ihr erwartet wurde, wobei es keine Rolle spielte, wie lang er war.

Liz rief, "Also, ihr lieben Freundinnen, jetzt wird gefrühstückt."

Diana stocherte in ihrem Rührei herum, fühlte prickelnd Lanes Gegenwart. Lane beendete rasch ihr Frühstück, saß und trank Kaffee, starrte aus dem Fenster und schien Diana überhaupt nicht wahrzunehmen.

Die Frauen machten sich auf den Weg zu den Skihängen. Diana fuhr in die Stadt zu Harrahs Spielpalast. Auf dem Parkplatz blieb sie noch im Wagen sitzen, spielte mit dem Autoschlüssel, lehnte den Kopf an die Nackenstütze, schaute auf die weißen Berge und dachte über ihre Weiblichkeit nach, über Lanes Weiblichkeit - die Eleganz ihrer Gesten, ihre Art sich zu bewegen, ihre Kleidung.

Sie konnte sich nicht erklären, was zwischen ihnen geschehen war. Aber mit erstaunlicher Leichtigkeit rief sie sich ein Bild von Lanes Schönheit vor Augen, stellte sie sich in einfachen Jeans und einem weißen Hemd vor und war durchdrungen von der Schönheit dieser Vorstellung. Verwirrt und beunruhigt versuchte sie gewaltsam, diese Gedanken wegzudrängen, rief sich in Erinnerung, daß sie sich noch nie im Leben von einer Frau körperlich angezogen gefühlt hatte. Trotzig, ohne Mühe, beschwor sie ihre Lieblingsphantasie herauf: das Bild eines wunderschönen Mannes im weißen Seidenhemd, dessen Hände, dessen Mund sie zärtlich berührten . . .

Als sie aus dem Auto stieg, kam ihr mit einem Anflug von Selbstmitleid in den Sinn, daß sie schon sehr lange ohne Sex gelebt hatte, - fast zwei Monate.

Erst als sie den Parkplatz schon fast überquert hatte, gestand sie sich ein, wie schön die vergangene Nacht gewesen war. Sie hatte gewünscht, daß diese Nacht niemals endete. Sie hatte Lanes Berührungen sehr genossen, und ihr Wohlgefühl war noch gesteigert worden durch das Auskosten der Gewißheit, daß auch Lane ihren Mund, ihre Arme, ihren Körper begehrte.

Es war eine Ausnahmesituation. Und das war's dann auch, sagte sie sich selbst. Sie hatte mehr Wein getrunken als sonst - aber dann stellte sie doch befriedigt fest, daß weder sie noch Lane diesen billigen, unehrlichen Vorwand benützt hatten, der Wein habe bei ihrem nächtlichen Zusammensein eine Rolle gespielt. Bei den Encounterspielen waren von beiden Seiten tiefe Gefühle zum Vorschein gekommen. Und Lane hatte sie in Schutz genommen gegen diese grausame, klägliche, betrunkene Frau. Und sie mochte Lane - mochte sie sehr gern. Sie betrat Harrahs und fühlte sich unbehaglich bei diesem letzten Gedanken. Sie wußte, daß m ö g e n nur sehr ungenau ausdrückte, was sie für Lane empfand.

Sie fand Vivian auf der gegenüberliegenden Seite der Straße, bei Harveys. Vivian hatte dicke, gerötete Augen und zog lustlos am Hebelarm eines Dollar-Spielautomaten.

"Guten Morgen, wie geht's dir, Viv?" Dianas Stimmung hob sich bei ihrem Anblick. Die Welt schien plötzlich wieder in Ordnung zu sein.

"Schrecklich. John hat mir nochmal einen Hunderter gegeben und mir regelrecht befohlen, ihn nicht auszugeben." Und listig grinsend fügte sie hinzu, "So lange, bis Vivian ihn wieder im Bett hat."

Diana lachte. "Dollarautomaten sind nicht unbedingt empfehlenswert, wenn du Geld sparen willst, weißt du." Sie sah Vivian liebevoll an.

"Ich weiß, ich weiß. Aber vielleicht lande ich einen Treffer. Wenn nicht, geh ich einfach hoch ins Zimmer und leg mich ins Bett. Ich könnte eine Mütze voll Schlaf gebrauchen." Sie warf noch einen Dollar in den Schlitz des Automaten. "Diana, Liebling, du mußt Vivian einen Gefallen tun. Bist du so gut? Bitte!"

"Klar. Worum geht's denn?"

"Ruf Fred im Büro an und sag ihm, du möchtest noch einen weiteren freien Tag. Es wird sicher keine Probleme geben. Es ist denen viel lieber, wenn wir unsere Ferien zu dieser Jahreszeit nehmen, statt im Sommer, wenn alle fort wollen. Ich möchte noch einen Tag bleiben. Sag bitte ja, Diana."

Diana überlegte rasch. Das bedeutete, sie würden am Donnerstag abreisen. Lane würde ohnehin am Mittwoch fahren.

Vivian sagte, "Liz macht es bestimmt nichts aus, wenn du noch einen Tag bleibst. Wenn du nicht dort oben bleiben willst, bezahle ich dir ein Motelzimmer. Ich hoffe wenigstens, daß ich das kann." Sie schaute vorwurfsvoll den Automaten an.

"Ich mag die Hütte wahnsinnig gern," sagte Diana. "Ich bin auch sicher, daß es Liz nichts ausmacht." Sie wußte, daß Liz froh sein würde über eine Gelegenheit, ihr Verhalten wieder

gutzumachen.
"Du bleibst also?"
"Klar. Wozu hat man denn Freundinnen?"
"Du bist ein Schatz. Komm, ich lad' dich zum Frühstück ein."
"Ich hab schon gefrühstückt."
"Ich bin wirklich dumm. Hab ganz vergessen, was für fantastische Bauernfrühstücke diese Liz immer auf den Tisch zaubert. Wenn bloß dieser George nicht alles kaputtgemacht hätte. Es war einfach wunderschön, als die beiden noch zusammen waren."
"Das glaub ich gern," sagte Diana trocken.
Drei gleiche Bilder leuchteten in Vivians Spielautomaten auf, und Diana sprang zur Seite, als Vivian aufschrie. - Der Automat blinkte und klingelte.
"Dreihundert Dollar!!" brüllte Vivian; ihre Hände zitterten vor Aufregung. Die umstehenden Spieler sahen zu ihr hin; einige lächelten belustigt, andere zogen saure Mienen und wirkten verärgert. Vivian griff heftig nach Diana und drückte sie fest an sich. "Komm her, du Glücksbringer! Oh, das wird ein fantastischer Tag!"
Diana lachte, als Vivian sie wieder stürmisch umarmte. Sie half Vivian, ihren Gewinn einzusammeln. Die Münzen rasselten in die flache Metallschale; der Automat klingelte unaufhörlich. Arm in Arm gingen sie zu der Wechselstube, trugen Papiertüten voller Silberdollars vor sich her.

Von einer Telefonzelle bei Harrahs aus rief Diana in Los Angeles an. Und, wie Vivian vorhergesagt hatte, hörte sie Fred McPhersons rauhe, müde Stimme sagen, "Alles klar, Diana, kein Problem. Bis Freitag dann. Mach's gut."
Sie sah einer Frau mit auffallend glänzendem Haar nach, die an der Telefonzelle vorbeischlenderte. Diana lehnte sich zurück, schloß die Augen und sah Lanes Gesicht vor sich - Lanes Gesicht an ihrem, Lanes Hände, die ihr Haar streichelten, nicht müde wurden, Dianas Haar über ihr Gesicht zogen, es darin badeten. Diana erinnerte sich, wie sie sich auf die Ellbogen gestützt über Lane gebeugt hatte und ihr Haar auf Lanes Gesicht, ihren Hals fallen ließ. "Ja," hatte Lane geflüstert, und das war das einzige Wort gewesen, das sie während der ganzen Nacht gesprochen hatten. Lane hielt sie in den Armen, und sie hatte Lane unendlich lange mit ihren Haaren gestreichelt und liebkost. Und als Lanes Arme sie schließlich freigaben, streichelte Lane Dianas Gesicht mit ihrem Haar; duftend und seidenweich liebkoste sie Dianas Augenlider, ihren Hals. Und

dann hatte Lanes Mund sich dem ihren genähert . . .

Abrupt öffnete Diana die Tür der Telefonzelle und lief rasch ins Kasino. Sie durchquerte die ganze Länge der Räume, brauchte körperliche Bewegung. Dann suchte sie sich einen Blackjacktisch aus.

"Wie sieht's mit dem Glück aus heute?" fragte sie die Croupieuse. Sie hatte bemerkt, daß die meisten Croupiers diese Frage bereitwillig beantworteten.

"Nicht schlecht. Machen Sie sich's bequem." Die Croupieuse war jung und hübsch, eine kühle Brünette mit Hornbrille und einem Namensschild, auf dem 'Karla' stand.

"Wie war der Winter?" fragte Diana freundlich und setzte zwei Dollar.

"Wie man's nimmt. Wie hoch mögen Sie den Schnee?"

Diana lachte. Sie plauderte liebenswürdig mit der Croupieuse, war aber ein wenig abwesend. Sie versuchte, sich in das Spiel zu vertiefen. Ihre Karten waren erst mittelmäßig, dann hatte sie eine Glückssträhne. Sie spielte wohlüberlegt, war voll konzentriert, spielte ihre guten Karten offensiver aus als gewöhnlich. Sie zog eine Reihe schlechter Karten, verlor sechs Spiele hintereinander. "Ich setze eine Runde aus," sagte sie zu der Croupieuse.

Sie streckte ihre verspannten Schultermuskeln, blickte um sich und sah einen jungen Mann und eine attraktive Blondine langsam vorbeilaufen; sie hatten die Köpfe nahe beieinander und hielten sich an den Händen. Sie erinnerte sich, wie sie Lanes Gesicht in ihren Händen gehalten, sie geküßt hatte, erinnerte sich an Lanes Hände, die ihre umfaßten, sie fortnahmen von ihrem Gesicht und ihre Finger küßten, ihre Handflächen, die Innenseiten ihrer Handgelenke. Dann hatte Lane ihre Hände gehalten; ihre Finger waren ineinander verflochten und streichelten sich zärtlich, ihr Mund berührte Dianas Mund, unendlich süß und zart . . .

"Sind Sie wieder dabei?" fragte die Croupieuse.

"Ich glaube, ja," erwiderte Diana und schob zwei Silberdollar auf das Spielfeld.

"Sie haben ausgesehen, als wären Sie Millionen Meilen entfernt."

"Vielen Dank fürs Zurückholen," brachte Diana gequält hervor. "Sie haben mir schon wieder eine Fünfzehn gegeben."

"Tut mir leid. Wo auch immer Sie gewesen sind, es sah jedenfalls so aus, als hätten Sie sich sehr wohlgefühlt dort."

"Mmm," brummte Diana, lächelte und forderte eine Karte.

"Hier, bitte," sagte die Croupieuse und gab ihr eine Vier.

"Ist sie hoch genug?" Die Croupieuse hatte für sich eine Dame gezogen. Sie zuckte gleichmütig die Achseln und wandte sich dem Spieler neben Diana zu, einem älteren Herrn, der eine Zigarre rauchte und ein gemein aussehendes grünliches Getränk vor sich stehen hatte. "Ich bin manchmal auch Millionen Meilen weit weg," sagte die Croupieuse. "Die Kunden würden mich erwürgen, wenn sie wüßten, worüber ich bisweilen nachdenke."

Diana kicherte, und aus der Tischrunde kam vereinzeltes Gelächter. Die Croupieuse deckte eine Sechs auf und schlug Dianas Sechzehn mit einer Vier. "Hoppla," sagte sie.

Diana sammelte ihr Geld ein. "Mir wird's hier ein bißchen zu heiß. Bis später vielleicht."

Sie aß mit Vivian zu Mittag, und plötzlich kam ihr der Gedanke, daß ja auch Lane sich damit herumplagen mußte, die vergangene Nacht zu verstehen. Mit wachsender Bestürzung erinnerte sich Diana, daß sie zweimal den Arm um Lane gelegt hatte, als sie in den Sternenhimmel schauten. Lane hatte sie nicht berührt. Und am nächsten Morgen hatte sie Lane gesagt, daß sie wunderschön sei. Und sie erschrak immer mehr, als ihr klar wurde, daß Lane vielleicht denken könnte, sie sei eine - sie verschluckte sich an dem Wort - eine Lesbierin. Oder bisexuell, genaugenommen. Plötzlich war sie Liz sehr dankbar dafür, daß sie ihre Beziehung zu Jack ins Gespräch gebracht hatte.

"Hörst du mir überhaupt zu?" fragte Vivian.

"Natürlich. Du hast über deinen Glückstreffer gesprochen und wie clever du es angestellt hast, ihn zu bekommen."

"Du bist ganz schön zynisch," kicherte Vivian. "Und auffallend schweigsam, sogar für deine Verhältnisse."

Diana lächelt. "Du redest genug für uns beide."

Während Vivian weiterplauderte, beschloß Diana, daß es sinnlos war, sich mit Mutmaßungen zu quälen. Ihre Nacht mit Lane gehörte in die Sparte 'Just one of those things' - eins von diesen Dingen, die eben vorkommen; und heute abend würde Lane das mit Sicherheit auch wissen."

Vivian fragte, "Warum bleibst du heute nacht nicht in der Stadt und feierst mit John und Vivian?"

"Liz erwartet mich."

"Ach, das wird ihr nichts ausmachen. Sie weiß sehr gut, wie leicht man hier am Spieltisch kleben bleibt."

"Heute abend geht es nicht," sagte Diana entschlossen. Sie wußte, daß ihre Abwesenheit von Liz falsch ausgelegt werden würde, und es gab noch einen anderen, zwingenderen Grund für ihre Rückkehr zur Hütte: nachdem sie einen ganzen Tag lang mit ihren Gedanken allein gewesen war, wollte sie sich und ihre Gefühle mit Lanes Gegenwart konfrontieren; das würde sie wieder auf den Boden bringen, die Gefühle würden nicht mehr so stark sein, würden sich schließlich als unwichtig herausstellen.

"Und wie ist's mit morgen? John und ich würden dich so gern mal ausführen."

"Morgen paßt ausgezeichnet."

Am Ende des Tages hatte Diana etwas hundertfünfzig Dollar gewonnen. Kurz vor sieben kehrte sie zur Hütte zurück.

7. KAPITEL

Liz sagte, "Alle sind einverstanden damit, daß ich euch heute abend zum Essen einlade. Ich hoffe, du auch, Diana. Wir fahren in die Stadt, das wird den Hüttenkoller vertreiben."

"Aber gern, Liz, sehr gern," sagte Diana; ihre Augen suchten Lane.

Die Frauen hatten sich alle schon fürs Essen umgezogen, trugen Hosen, Blusen und Pullover. Lane saß mit untergeschlagenen Beinen auf dem Sofa; sie trug schwarze Hosen und einen schmalen goldenen Gürtel, dazu eine weiße Seidenbluse, die am Hals mit einer dünnen Silberkordel zusammengebunden war und winzige goldene Ohrringe.

Ihre Augen begegneten sich. Lane lächelte. Diana erwiderte ihr Lächeln, wandte dann den Blick ab, ganz betäubt von Lanes Schönheit. Verwirrt ging sie in die Küche, fühlte überrascht ihren rasenden Puls, ihre weichen Knie und ein flaues Gefühl in der Magengrube.

Liz folgte ihr. "Soll ich dir ein bißchen Wein einschenken? Oder wie wär's mit einem Wodka?"

"Nein, ich möchte nur ein Glas Wasser," murmelte sie. In kleinen Schlucken trank sie das eiskalte Wasser und wurde langsam ruhiger, als sie Liz die Geschichte von Vivians Glückstreffer erzählte; nebenher erwähnte sie auch Vivians Bitte, noch einen Tag länger zu bleiben. Wie erwartet bestand Liz darauf, daß sie in der Hütte bleiben sollte.

Diana gesellte sich zu der Gruppe im Wohnraum, erzählte noch einmal von Vivians Hauptgewinn und ihrem eigenen Erfolg am Spieltisch. "Eigentlich solltest du mir erlauben, euch heute abend alle von meinem Gewinn einzuladen."

"Kommt nicht in Frage," sagte Liz entschieden.

"Du kannst es im Handumdrehen auch wieder verlieren," sagte Chris.

"Schlimmstenfalls verliere ich so viel, wie ich eingesetzt habe," sagte Diana.

"Vielleicht sollte ich es auch mal mit dem Glücksspiel versuchen," sagte Lane.

"Du?" fragte Madge höhnisch.

"Ja, ich. Warum denn nicht?"

"Sowas wie Glücksspiel paßt einfach nicht zu deiner eisernen Selbstdisziplin."

"Das hört sich an, als sei ich sterbenslangweilig," erwiderte Lane ruhig.

"Ich könnte dir beibringen, wie man Blackjack spielt; es ist das einzige Spiel, von dem ich etwas verstehe," sagte Diana. - Von nun an würde sie ihrer bevorzugten männlichen Phantasiefigur etwas anderes anziehen müssen als ein weißes Seidenhemd. Dieser Gedanke heiterte sie ein wenig auf. Sie entschuldigte sich für ein paar Minuten, um sich umzuziehen. Sie wählte grüne Hosen und einen weißen Kaschmirpullover, fühlte den weichen Pullover ungewöhnlich sinnlich auf ihrer Haut, besonders am Brustansatz, über dem Büstenhalter. Im Schrank sah sie Lanes Pyjama an einem Haken hängen und bemerkte, daß er an den Schultern leicht verfärbt war.

Sie stiegen in Liz' Kombiwagen; Diana kletterte zuerst hinein, gab Lane die Möglichkeit zu entscheiden, wohin sie sich setzen wollte. Aber Liz sagte, "Komm, Lane, setz dich hier vorne zu mir."

Während der Kombiwagen langsam die steile Straße hinunterfuhr, sagte Liz leise, "Im Sommer ist es hier auch wunderschön - die Gebirgsbäche und die Wildnis. Man versorgt sich mit Lebensmitteln und bleibt dann oben in den fantastischen Bergen, weit weg von all den Wagenladungen voll Touristen."

Madge sagte, "Schon seit Jahren reden sie davon, dieses Gebiet unter Naturschutz zu stellen. Aber da ist viel zu viel Politik im Spiel, wenn du meine Meinung hören willst. Nevada braucht viel zu dringend Geld."

"Ich arbeite mit allen Umweltgruppen hier zusammen," sagte Liz. "Als George und ich hierherkamen, war die Landschaft noch unzerstört. Wir mußten mit ansehen, wie ringsum alles verschandelt wurde." Liz beugte sich über das Steuer und schaute in den Himmel. "Könnte Schnee geben heut nacht. Der Himmel sieht ganz danach aus."

Diana murmelte vor sich hin, "The Sky is low - the Clouds are mean." *

Chris sagte etwas, das Diana nicht verstand; Lane hatte sich umgewandt. Ihr Kinn ruhte auf ihrem Arm, und sie blickte Diana an, mit einem Lächeln, das immer inniger wurde und sie durchdrang mit seiner Wärme und Vertrautheit.

* "Der Himmel ist düster - die Wolken trüb."

Sie aßen in der 'Salbei-Stube' bei Harveys zu Abend. "Ich komme hier schon seit zwanzig Jahren her, und das Essen gehört immer noch zum besten am ganzen See. Es gibt nicht so viele Dinge im Leben, die zwanzig Jahre lang gleich gut bleiben," sagte Liz.
"Das ist wahr," sagte Lane. "Und vom Spielkasino merkt man hier überhaupt nichts, obwohl der ganze Trubel nur ein paar Meter weit weg ist."
Lane saß neben Liz, Diana saß ihr gegenüber. Lane wirkte entspannt und ungezwungen. Von Zeit zu Zeit nahm sie einen Schluck Wodka mit Tonic.
Liz sagte zu Lane, "Madge hat mir erzählt, daß dein Vater Rechtsanwalt war. Hast du deine Begeisterung für diesen Beruf von ihm geerbt?"
"Ja, ursprünglich sicher. Es gibt verschiedene Dinge daran, die mich völlig faszinieren." Die Frauen sahen sie erwartungsvoll an, und Lane fuhr fort, "Es gibt kein starres Denksystem - es ist eher wie eine Spirale, verändert sich dauernd, entwickelt sich, ist ständig im Fluß. Genau das Gegenteil von Mathematik. Es ist logisch, hat aber nichts exakt festlegbares, ist genau und ungenau zugleich. Es ist vielleicht so wie Wasser, das man in einen Behälter füllt, und das Wasser paßt sich dann der Form des Behälters an."
Ich glaube, ich verstehe das nicht ganz, aber das macht nichts," sagte Liz. "Aber sag mal, bei deinem Scharfsinn und deinem Aussehen ist es doch eigentlich verdammt klar, daß du dir die Männer mit Gewalt vom Hals halten mußt. Gehst du denn der Ehe absichtlich aus dem Weg?"
"Liz," protestierte Chris, "das ist eine sehr persönliche Frage."
"Ist schon gut." Lane zuckte die Achseln. "Nein, ich gehe der Ehe nicht aus dem Weg."
"Worauf zum Teufel wartest du dann?"
"Auf Herrn Richtig," sagte Lane ironisch.
"Und wie muß Herr Richtig beschaffen sein," fuhr Liz beharrlich fort.
Diana erwartete wieder eine scherzhafte Antwort, aber Lane erwiderte ernsthaft, "Es muß jemand sein, den ich nicht dominiere. Meine Beziehungen mit Männern laufen immer darauf hinaus, daß ich der dominierende Teil bin."
Liz blickte sie verständnisvoll zustimmend an. "Ich bewundere dich wirklich. Du bist stahlhart. Aber wenn ich ein Mann wäre, würd ich's mir zweimal überlegen, ob ich mich mit dir einlasse, ganz egal, wie gut du aussiehst. Na ja, in San Francisco

hängen sicher einige traurige Figuren rum, die's mal probiert haben und erst hinterher klug wurden."

Lane lächelte dünn. "Ich fürchte, du hast recht."

Liz wandte sich grinsend an Diana. "Denkst du immer noch, daß sie so sanft und sensibel ist?"

Blitzartig tauchte in Dianas Erinnerung der Gedanke an Lanes Mund auf, der zärtlich den ihren berührte, weiterging zu ihren Wangen, ihren Augen - an Lanes Zunge, die sanft und warm und langsam die Spuren ihrer Tränen verwischte, an Lanes Mund, der wieder zu ihrem gekommen war, an den Geschmack des Salzes auf ihren Lippen und, als Lane ihre Lippen öffnete, an den Geschmack des Salzes auf ihrer Zunge . . .

"Ja," sagte Diana.

Liz sagte zu Lane, "Du bist eine komplizierte Frau."

"Das glaube ich nicht," erwiderte Lane.

Der Kellner brachte den Salat. "Ist er nicht süß?" kicherte Millie und warf ihm einen langen Blick nach. "Ich liebe Männer mit kleinen, knackigen Hintern. Glaubt ihr auch an Liebe auf den ersten Blick?"

"Ich halte es durchaus für möglich," sagte Lane.

"Du liebe Zeit, ich hab doch nur Spaß gemacht," sagte Millie gekränkt.

"Ich habe keinen Sinn für Humor," sagte Lane.

Diana lachte und sah sie an. Lane wandte die Augen von ihr ab; Diana meinte gesehen zu haben, daß Lane auf ihre Brüste geschaut hatte, dachte aber dann doch, sie hätte sich geirrt. In der Nacht hatte Lane ihre Brüste nicht berührt; sie hatte sie in den Armen gehalten, ihr Gesicht und ihre Hände gestreichelt. Diana errötete und begann, sich unbehaglich zu fühlen, als sie sich an ihre eigenen Hände erinnerte, die unter Lanes Pyjama die glatte, warme, weiche Haut liebkost und die Berührung unendlich genossen hatten. Aber auch sie hatte Lanes Brüste nicht berührt; sie schaute gedankenverloren hin, malte sich aus, wie ihre Hände die Rundungen sanft umschliessen würden, verspürte plötzlich ein Bedauern. Zwischen ihnen war eigentlich gar nichts geschehen - und es war auch nicht möglich, daß je etwas geschehen würde.

Sie betrachtete Lane, die sich lächelnd vorgebeugt hatte, um besser zu verstehen, was Madge ihr mit leiser Stimme erzählte, und eine Skulptur kam ihr in den Sinn, die sie einmal im Los Angeles County-Kunstmuseum gesehen hatte, die Statue einer Frau, die so kunstvoll gemeißelt war aus warmem Alabaster, so sinnlich geformt, daß sie Lust bekommen hatte, diese wunderbaren weiblichen Rundungen zu streicheln und zu liebkosen. Sie bemerkte Lanes lange, schlanke Finger, sah zu, wie sie die Eisschicht von ihrem Glas rieben, sah Fingerspitzen, die vor- und zurückglitten, das Eis langsam schmelzen ließen. Sie erinnerte sich daran, wie Lanes Fingerspitzen langsam und zärtlich ihre Ohren gestreichelt hatten, ihr Gesicht, ihren Hals, während sie sich geküßt hatten ... und geküßt ...

Um nicht unterzugehen in einem Strudel erotischer Gefühle begann sie sehr ruhig und vernünftig mit sich selbst zu sprechen: in zwei Tagen würden diese seltsamen Gefühle verschwunden sein; sie würde diese Frau nie mehr in ihrem Leben sehen.

Nach dem Essen trennten sich die Frauen und vereinbarten, sich um Mitternacht wieder bei Harveys zu treffen. Diana und Liz gingen auf die andere Straßenseite zu Harrahs, um nach Vivian zu suchen. - Sie saß mit John zusammen an einem Würfeltisch. John warf Diana scharfe Blicke zu, wie immer, und drückte sie ein wenig zu fest an sich, wie immer.

Diana wäre am liebsten wieder zurückgegangen zu Harveys - zu Lane, aber sie unterdrückte diesen Wunsch und suchte sich einen Blackjacktisch. Sie setzte sich hin und begann zu spielen, hatte aber große Schwierigkeiten, sich auf die Karten zu konzentrieren. Sie gewann fünf Spiele hintereinander und setzt gerade zehn Dollar ein, als sie Millies Stimme hörte, "Schau dir das an!" Freudig überrascht sah sie, daß hinter ihr Lane und Millie standen.

Der Platz neben ihr war leer. "Möchtest du auch spielen?" fragte sie Lane. "Ich kann dir nebenher zeigen, wie's geht. Es ist nicht schwer."

"Ich möchte lieber erst ein bißchen zusehen," sagte Lane.

"Mir ist es zu teuer," sagte Millie.

"Du wirst es nicht glauben, aber meist gibt man beim Keno oder an den Spielautomaten viel mehr aus." Sie gewann ihr Spiel und erhöhte ihren Einsatz.

"Du setzt fünfzehn Dollar!" rief Millie aus.

"Ich liege vorn; im Moment setze ich das Geld der Spielbank ein," erklärte Diana. "Auf die Weise kannst du was gewinnen. Du erhöhst deinen Einsatz, wenn du was gewonnen hast, und wenn du verloren hast, setzt du so wenig wie möglich."

Sie gewann auch das nächste Spiel gegen die Croupieuse. Lane sagte, "Kannst du bei der nächsten Runde zehn Dollar für mich mitsetzen?"

"Ja, sicher." Sie setzte selber zwanzig Dollar ein und legte für Lane noch zwei Fünfdollarchips dazu. Sie zog eine Neun und eine Fünf. Die Croupieuse deckte für sich eine Neun auf. "Tut mir leid," sagte Diana zu Lane. "Die Croupieuse könnte jetzt schon bei Neunzehn sein. Gut, daß ich immerhin Vierzehn habe."

"Haben wir eine Gewinnchance?"

"Mal sehen, vielleicht haben wir Glück." Sie forderte noch eine Karte und sah erfreut, daß es eine Sieben war.

"Oh, das war gut, oder?"

"Schlimmstenfalls wird's jetzt unentschieden. Wieviel möchtest du jetzt einsetzen?"

"Zehn wegnehmen und zehn drauflassen?"

"Gut."

Die Croupieuse hatte Neunzehn, und Diana setzte fünfundzwanzig Dollar von ihrem eigenen Geld ein und nochmal zehn für Lane. Sie zog Neunzehn gegen eine Zehn der Croupieuse und wartete gespannt, während die Croupieuse am Tisch herumging zu den anderen Spielern. Schließlich lag ihre letzte Karte offen: eine Sieben.

"Fantastisch," sagte Lane. "Laß die zwanzig Dollar drauf. Meine Nase sagt mir, daß du gewinnst."

"Lieber Himmel," Millie schnappte nach Luft, "ihr habt fünfzig Dollar auf dem Tisch liegen!"

"Du mußt einfach so tun, als ob es Monopolygeld wäre, - ich mach das jedenfalls," sagte Diana.

Lane lachte. Diana hob ihre beiden Karten auf und hatte achtzehn. Die Croupieuse zog eine Drei. "Nicht schlecht," sagte sie zu Lane. Die Croupieuse verlor. Diana warf Lane einen kurzen Blick zu. "Es ist mir egal, was du sagst, aber mehr als zwanzig Dollar setz ich nicht für dich ein. Es kommt nämlich gelegentlich auch vor, daß ich eine Runde verliere."

"Ganz wie du willst."

"Diese allerdings nicht," sagte Diana fast entschuldigend, als sie ein As und eine Zehn aufdeckte. "Wir hätten doch alles einsetzen sollen. Bist du einverstanden mit nochmal zwanzig Dollar?"

"Okay," sagte Lane lachend. "Das ist ja fantastisch."

"Diana zog eine Siebzehn, die Croupieuse hatte fünf, zog dann aber eine Fünfzehn. "Aua! Gibt es hierfür eine passende Zeile von Emily Dickinson?"

Lane lachte. "Ich kann mir nicht vorstellen, daß sie je Blackjack gespielt hat. Mit wieviel liege ich vorne?"

"Fünfzig. Setz eine Runde aus, ja? Wenn's vorbei ist, ist es gewöhnlich vorbei." Sie setzte zwei Dollar.

"Von siebzig Dollar runter auf zwei?" staunte Millie.

Die Croupieuse zog für sich einundzwanzig, und Diana verlor.

"Du hattest recht," sagte Lane. "Was war bisher dein höchster Einsatz?"

"Ungefähr fünfzig Dollar, bei einer absoluten Glückssträhne." Diana verlor auch die nächsten beiden Runden. Millie sagte, sie wollte lieber Keno spielen und verließ die beiden.

Diana spürte die Wärme von Lanes Hand durch die Wolle ihres Kaschmirpullovers, roch den Duft von Lanes Parfum. "Guck mal, die Frau da am anderen Ende des Tisches," sagte Lane leise, ganz nahe an ihrem Ohr, "wieviel sie wohl einsetzt?"

Diana sah zu der Frau hinüber, die ungefähr dreißig sein mochte; sie hatte ein scharfgeschnittenes Gesicht, trug ein schlichtes beiges Wollkleid. Nachdem sie Platz genommen hatte, setzte sie vier schwarze Chips auf das Spielfeld. "Vierhundert," murmelte sie Lane zu, die sich ganz nahe zu ihr hinüberbeugte. "Du mußt mal den Mann neben ihr anschauen." Sie hatte bemerkt, daß er zu seinem Zehndollareinsatz noch vier Fünfdollarchips dazulegte.

Nach ein paar weiteren Runden murmelte sie wieder, "Vierhundert ist ihr Standardeinsatz. Aber siehst du, wie er sein Geld verjagt?"

"Wie meinst du das?" fragte Lane sanft, nahe an ihrem Gesicht.

"Er verliert und setzt immer mehr ein."

Diana spielte zerstreut, setzte nur das Minimum ein und beobachtete nebenher den Mann und die Frau; gelegentlich gab sie einen Kommentar von sich, atmete tief Lanes Parfum ein, spürte intensiv ihre Nähe.

Schließlich stand der Mann auf. "Sie hat mir zuviel Glück," sagte er zu der Frau.

"So, so," erwiderte die Frau gleichgültig. "Wir sehen uns. Mehr Glück!" Sie schob wieder vier schwarze Chips auf das Spielfeld.

Der Mann ging, warf nochmal einen Blick zurück. Die Frau verlor die Runde und nahm ihre Geldbörse, einen schlichten Lederbeutel. "Baccara ist mein eigentliches Spiel," sagte sie, zu niemand Bestimmtem. "Ich dank dir, Engelchen. Hat mir Spaß gemacht." Sie wandte sich an die Croupieuse und gab ihr zwei grüne Chips. Dann erhob sie sich rasch und verschwand in der Menge.

"Fünfzig Dollar!" Die Croupieuse blickte erstaunt auf die grünen Chips in ihrer Hand. "Und ich hab ihr dreitausend abgenommen."

Diana sammelte ihr Geld ein. "Ich hab schon länger gespielt als für mich gut war, nur um ihr zuzuschauen. Ich wäre neugierig, was sie Ihnen gegeben hätte, wenn sie gewonnen hätte."

Die Croupieuse grinste bedauernd. "Jetzt reiben Sie mir das nicht unter die Nase!"
Diana gab Lane ihren Gewinn, einen Turm aus Fünfdollarchips.
"Freigeld," sagte Lane und hob die Chips hoch. "Ein merkwürdiges Gefühl. Komm, ich lade dich zu einem Drink ein. Oder möchtest du lieber weiterspielen?"
"Ich würde gerne etwas trinken."
Sie blieben vor einer Kabarettbühne stehen; der Vorhang war gerade geschlossen. "Ich glaube, hier müssen wir alleine fürs Sitzen schon was bezahlen," sagte Diana.
"Es sieht gemütlich aus," meinte Lane bestimmt.
"Du hast das Zeug zu einem Spieler," sagte Diana zu Lane.
Ihre Drinks kamen, und Diana prostete ihr anerkennend zu.
"Meinst du wirklich?" fragte Lane lächelnd; sie spielte mit ihren Chips, häufte zwei Türmchen neben ihrem Wodka-Tonic auf. "Du spielst sehr gut, sehr risikofreudig."
"Es blieb mir eigentlich gar nichts anderes übrig, als es zu lernen. Aber nach ein paar Tagen langweilt's mich immer. Heute abend hat es Spaß gemacht. Ich beobachte sehr gerne die Leute dabei. Wie diese Frau an unserem Tisch. Unglaublich - das Geld schien für sie überhaupt keine Rolle zu spielen."
"Sie trug kein einziges Schmuckstück, nicht einmal einen Ring."
"Merkwürdig. Ich hab schon Männer erlebt, die solche Summen setzten, aber ganz selten eine Frau. Vor ein paar Jahren hab ich mal eine Frau gesehen, die pro Runde fünfhundert Dollar setzte, dreimal hintereinander. Es war in den frühen Morgenstunden, und sie spielte ganz allein an dem Tisch. Um sie herum standen viele Leute und schauten zu. Sie sah aus wie eine altjüngferliche Lehrerin. Vor ihr lagen etwas vierzigtausend Dollar, und sie saß da, kühl bis zum Kragen, nur ein Fuß ging wie ein Trommelschlegel. Am nächsten Tag sah ich sie zwei Dollar einsetzen. Ich wußte nicht, was ich davon halten sollte."
Lane saß mit gekreuzten Armen am Tisch, beugte sich lächelnd zu ihr hinüber und hörte lebhaft interessiert zu. "Wirklich eine fremde und merkwürdige Welt."
"Das stimmt." Diana freute sich über ihre Aufmerksamkeit. "Diese Menschen faszinieren mich. Was denkst du über die Frau von vorhin? Warum hat sie so viel eingesetzt? Hat sie Theater gespielt, War es Angeberei? Oder waren vierhundert Dollar so viel für sie wie für uns zwei Dollar Einsatz?"
"Ich glaube nicht, daß sie angeben wollte."
"Ich irgendwie auch nicht. Eine Frau, die so spielt, fünfzig Dollar Trinkgeld gibt - irgendwie war's herzerfrischend. Ich

war stolz auf sie."

Lane lachte. "Ich versteh gut, was du meinst. Der Mann neben ihr hat eine Menge Geld verloren - ich glaube, für ihn war's viel."

"Das glaube ich auch. Bevor sie neben ihm saß, hat er nur zehn Dollar eingesetzt. Ich guck mir immer an, wieviel die Leute setzen. Ich denke, er hat ganz schön viel Geld verloren, nur um einer Frau zu imponieren, die sich überhaupt nicht darum geschert hat."

"Das Glücksspiel scheint ganz eigene Formen von Irrsinn hervorzubringen."

"Das ist gut möglich. Hängt davon ab -"

Die Kellnerin brachte zwei weitere Drinks. "Von den beiden Herren da drüben am Ecktisch."

"Wir möchten die nicht, oder?" fragte Lane, ohne in die von der Kellnerin genannte Richtung zu blicken.

"Ganz und gar nicht."

Lane nahm zwei Fünfdollarchips von ihrem Turm und legte sie auf das Tablett der Kellnerin. "Bitte nehmen Sie diese Drinks wieder mit. Und seien Sie so freundlich und sorgen dafür, daß wir nicht weiter gestört werden."

"Ja, das geht in Ordnung," sagte die Kellnerin.

"Bist du immer so eine Verschwenderin, oder hast du vorher geübt?" neckte Diana.

"Bin ein Naturtalent," sagte Lane grinsend.

Zwischen ihnen entstand eine verlegene Pause. Diana blickte auf den Tisch und wandte die Augen ab, als sie Lanes Finger sah, die das Eis vom Glas rieben.

"Wie fühlst du dich, Diana? Ist alles okay?"

Diana nickte und schaffte es mit Mühe, ihr in die Augen zu sehen. "Und du?"

"Ja, okay, ich fühl mich gut."

"Es war . . . die Nacht war . . . sehr gefühlvoll."

""Ja, ich hab mir Sorgen um dich gemacht. Du schienst beim Essen so durcheinander zu sein. Ich möchte so gern, daß du dich gut fühlst . . . mit allem."

"Das ist sehr freundlich von dir. Du bist ein ungewöhnlicher Mensch," sagte Diana liebevoll.

"Du auch. Du bist ein sehr besonderer Mensch -" Lane wurde unterbrochen von einem schmetternden Klang. Der Vorhang hob sich langsam. "Das bringt's wohl nicht," sagte sie. "Oder möchtest du bleiben?"

"Nein."

"Gut." Lane lächelte. "Ich hab einen empfindlichen Kopf.

Fängt bei Lärm sofort an, wehzutun."

"Na, dann aber schnell weg hier," sagte Diana, begleitet von dröhnenden Trommelschlägen.

Sie bahnten sich ihren Weg an den Tischen vorbei, und Diana hörte, wie ein Mann zu seinem Nachbarn sagte, "Müßte mich doch sehr wundern, wenn die beiden Karmeliternonnen sind."

Diana und Lane gelangten gerade noch außer Sichtweite, bevor sie in Lachen ausbrachen.

Liz kam auf sie zu. "Nach euch such' ich schon die ganze Zeit. Chris geht's nicht so gut. Sie ist wahrscheinlich einfach übermüdet; ist wohl am vernünftigsten, wenn ich sie zur Hütte fahre. Ich kann euch später hier abholen, ihr müßt mir nur sagen, wann."

"Möchtest du noch weiterspielen?" fragte Lane Diana.

"Ich könnte mir vorstellen, daß alle müde sind," sagte Diana. "Laß uns doch zusammen zurückfahren."

Draußen war es windstill, bitterkalt; Diana fröstelte, als sie über den Parkplatz zu Liz' Kombiwagen liefen; sie vergrub die Hände tief in ihren Jackentaschen.

"Eine von uns hätte das Auto ja auch holen können," sagte Lane und blickte sie an.

"Es geht gut," sagte Diana und ärgerte sich über sich selbst. "Es ist nur mein dünnes südkalifornisches Blut."

"Im Wagen wird's schnell warm," sagte Liz. "Millie erzählte, daß euch beide das Spielfieber gepackt hat."

Liz plauderte mit Lane, während sie zügig den Highway 50 entlangfuhren; einen Arm hatte sie auf Lanes Rückenlehne ausgestreckt. Chris saß neben ihnen, ganz in den Sitz zurückgelehnt; sie sah bleich aus und hatte die Augen geschlossen.

Während Lane Liz von der Frau am Spieltisch erzählte, sah Diana sie an; sie sah Lanes Gesicht von der Seite, ihr schönes, klar geschnittenes Profil. Ihr Haar schimmerte golden im Licht der Neonlaternen und der Scheinwerfer.

Sie dachte über ihr Gespräch nach. Lane hatte ihr ganz eindeutig gesagt, daß sie weder Dianas Verhalten noch ihrer gemeinsam verbrachten Nacht irgendeine besondere Bedeutung beimaß. Diana erinnerte sich an Lanes Bemerkung bei den Encounterspielen, mit der sie manche Beziehungen als Schmetterlingsaffären bezeichnet hatte, und mit einer sonderbaren Mischung aus Erleichterung und Enttäuschung machte sie sich bewußt, daß für Lane diese gemeinsam verbrachte Nacht offenbar noch weniger bedeutete als eine Schmetterlingsaffäre.

"Falscher Alarm," sagte Liz, die über das Lenkrad gebeugt

in den Himmel schaute, während sie langsam die Serpentinen hochfuhren.
"Ja," sagte Lane. "Alle Sterne sind verschwunden."

8. KAPITEL

Chris ging sofort zu Bett. Liz schürte kräftig das Feuer, die Hütte wurde rasch gemütlich und warm, und bald gingen alle schlafen.
Als Diana den Raum betrat, sah sie Lane am Fenster stehen. Sie zog die Leiter hoch und senkte die Falltür; und sie nahm sich fest vor, nicht zu Lane hinzugehen.
Sie stieg ins Bett, lag mit einem Arm über den Augen da, wollte nichts reden, nichts denken, nichts fühlen. Sie wollte das unterbrochene Gespräch nicht wieder aufnehmen, wollte nicht, daß Lane die beglückende, zärtliche gemeinsame Nacht noch weiter herabsetzte. Sie wollte nur, daß Lane ins Bett kam, wollte ihr gute Nacht sagen und einschlafen.
Nach langer Zeit wandte sich Lane vom Fenster ab und blies die Lampe aus. Sie legte sich ins Bett; in der Stille zwischen ihnen breitete sich unerträgliche Spannung aus. Diana spürte den Duft von Parfum. Sie öffnete die Augen, als Lane sich über sie beugte.
"Diana," flüsterte Lane.
"Ja," antwortete Diana. Sie berührte Lane; ihre Hände, ihre Arme fühlten Lanes warmen Körper durch die kühle Seide ihres Pyjamas.
"Diana," flüsterte Lane wieder, und ihr Mund war noch weicher und zärtlicher als er in Dianas Vorstellung gewesen war, den ganzen Tag über.
Diana hielt Lanes Gesicht in ihren Händen, küßte sie auf die Stirn, berührte mit dem Mund ihr Haar. Ihre Lippen streiften sanft die Bogen ihrer Augenbrauen, küßten zart die Augenlider; ihre Zunge spürte lange, dichte Wimpern. Ihre Lippen wanderten über Lanes Gesicht; ihre Fingerspitzen zeichneten die Form der Ohrmuschel nach, die Form der Nase. Sie fühlte Lanes warmen Atem auf ihren Händen. Sie fühlte ihre Lippen auf den ihren, berührte mit der Zunge ihre Mundwinkel, küßte sie langsam, spürte ihrer Form nach; Lanes weiche, zarte Lippen antworteten nicht, schienen ihren Wunsch zu fühlen, sie nur einfach zu spüren. Dann legte Diana ihr Gesicht an Lanes Hals, berührte ihr Gesicht mit den Fingerspitzen und flüsterte mit erstickter Stimme, "Warum mußt du nur so

wunderschön sein?"

Nach einer Weile erwiderte Lane, "Für dich," und sie küßte Dianas Finger.

Mit geschlossenen Augen hob Diana ihr Gesicht, fühlte wieder Lanes Lippen. Und diesmal antworteten sie, bewegten sich zärtlich an ihren, öffneten sich langsam. Diana kam ganz nahe zu ihr hin, Lane nahm sie in die Arme, und sie küßten sich innig.

Lane stützte sich auf die Ellbogen, knöpfte die Jacke von Dianas Pyjama auf und öffnete sie; ihre Hände streichelten Dianas nackte Schultern. Das Haar fiel ihr in die Stirn, warf Schatten auf ihr Gesicht; sie blickte lange auf Dianas Brüste, kam dann mit ihrem Gesicht zu ihnen, und Diana drückte sanft Lanes Gesicht an sich und streichelte ihr Haar.

Lane küßte die Rundungen ihrer Schultern, und dann zogen ihre schlanken Finger kleine Kreise auf Dianas Brüsten. Sie ließ ihr Haar darauf fallen, liebkoste sie langsam mit ihrem Gesicht und erkundete sie mit zarten, sinnlichen Händen. Diana streichelte ihr Haar, als Lanes Mund zu ihren Brüsten kam. Ihre Zunge kreiste warm und zart; Diana stöhnte leise auf, und wohlig seufzend nahm Lane eine Brustwarze zwischen ihre Lippen. Dianas Kehle zog sich schmerzhaft zusammen; sie konnte die süße Berührung von Lanes Mund kaum ertragen. Und als ihr Mund sich endlich löste, öffnete Lane ihren Pyjama, legte ihre Brüste auf Dianas, Weichheit an Weichheit.

Diana umschloß Lanes Brüste mit ihren Händen, schmiegte ihr Gesicht an sie, zwischen sie, spürte ihre weiche Fülle; ihre Lippen berührten die glatten, warmen Rundungen. Ein Gedanke durchglühte sie: Kein Wunder, daß die Männer uns so lieben. - Sie berührte eine Brustwarze mit ihrer Zunge, nahm langsam ihren Geschmack auf, fühlte sie anschwellen unter den leichten Wirbeln ihrer Zunge; Lane atmete tief, stöhnte, und ihr Körper begann sich zu bewegen; sie hatte ihre Hände in Dianas Haar vergraben, drückte ihren Mund fest an ihren Körper.

Lane küßte wieder Dianas Brüste. Einmal murmelte sie, "Ist es dir zuviel?", und Diana antwortete, voller Lust und Begehren, "Nein, es ist wunderbar." Lane küßte ihr Gesicht, ihren Hals, ihre Schultern; sanfte Hände bewegten sich langsam Dianas Körper hinunter, streichelten zärtlich ihre Hüften; die Berührung der warmen Hände erregte sie, steigerte ihr Verlangen - der warmen Hände, die ihre Schenkel streichelten, liebkosten. Lanes Mund kam wieder und wieder zu Dianas Brüsten, und ein Gefühl der Wonne durchströmte Diana bei jeder Berührung ihres Mundes; ihre Brustwarzen wurden elektrisiert von Lanes Zunge, ihr ganzer Körper war erfüllt von Lust wie mit süßem, langsam fließendem Honig.

Diana atmete schwer. Lanes Hände streichelten sanft und zärtlich die Innenseite ihrer Schenkel. Freude und Verlangen strömten ineinander, verdichteten sich zu äußerster Kraft. Ihr Körper drängte sich gegen Lane, ihr Atem ging rascher; sie zitterte, als Lane ihr langsam den Pyjama abstreifte.

"Nein," sagte Diana mit erstickter Stimme. Ihr ganzer Körper glühte vor Lust und Erregung, aber sie entzog sich Lane, drehte sich weg. Sie konnte kaum mehr atmen, ihr Herz hämmerte wie rasend. Stockend sagte sie, "Ich kann nicht . . ich will nicht . . . ich bin doch nicht . . . "

"Bitte erkläre nichts, Diana."

"Lane - "

"Erkläre nichts."

Sie bemerkte, wie Lane das Bett verließ; ein paar Augenblicke später hörte sie die Tür zum anderen Raum zurückrollen. Sie lag ruhig; jeder Atemzug schmerzte. Das Verlangen in ihrem Körper verwandelte sich allmählich in einen unbestimmten Schmerz, der aber nicht ganz verschwand. Schließlich schlief sie erschöpft ein.

9. KAPITEL

Diana erwachte von Lanes Stimme, die ihren Namen sagte. Lane saß angespannt auf der Bettkante, hatte ihre Skikleidung schon angezogen.

"Ich wollte dich so lange wie möglich schlafen lassen," sagte sie ruhig. "Das Frühstück ist fast fertig. Liz wird beleidigt sein, wenn du nicht den angemessenen Grad von Begeisterung für ihre Speisen zeigst." Sie lächelte müde.

Diana fühlte den heftigen Wunsch, sie in die Arme zu nehmen, zu streicheln und zu liebkosen; das Verlangen war so stark, daß sie ihre Hände fest zusammenpressen mußte. Sie sagte knapp, "Ich werde heute abend in der Stadt bleiben."

"Bitte mach nicht sowas," erwiderte Lane und schloß die Augen.

"Ich muß. Ich kann mich einfach nicht . . . in deiner Nähe aufhalten. Ich kann nicht - "

"Bitte sprich nicht weiter." Lane stand auf, ging zur Leiter und stieg, ohne noch einmal aufzuschauen, hinunter.

Diana stocherte in ihrem Frühstück herum, zwang sich, etwas zu essen. Lane und sie sprachen kein Wort; die anderen Frauen, die sich angeregt unterhielten, schienen nichts zu bemerken.

"Übrigens, Liz," sagte Diana mit einer Stimme, die ihr selbst ganz fremd klang, "ich bleibe heute abend in der Stadt - bin zum Abendessen verabredet mit Vivian und John, und -"

Liz unterbrach sie. "Ist gut. Ich geb' dir einen Schlüssel. Wenn es sehr spät wird, kannst du ja auf dem Sofa schlafen." Grinsend fügte sie hinzu, "Unsere sanftmütige und empfindsame Lane wird wahrscheinlich doch die Leiter hochziehen."

Diana lächelte schmerzhaft angestrengt; sie fühlte Lanes Augen auf sich ruhen.

Einige Augenblicke später stand Diana am Fenster, überwältigt von intensiven Gefühlserinnerungen, die weich und warm ihren Körper durchströmten. Sie beobachtete Lane, die draußen ihre Skiausrüstung im Kombiwagen verstaute.

Lane blickte zur Hütte hin, sah Diana und schaute sie einen Moment lang an; mit einer Hand schützte sie ihre Augen vor der Sonne. Dann drehte sie sich rasch um und stieg in den

Wagen.

    Diana saß in ihrem Auto auf dem Parkplatz bei Harrahs und lächelte bitter über die unkomplizierten Antworten, die sie sich tags zuvor selber gegeben hatte. Sie stieg aus dem Auto und sagte sich, daß jetzt ja alles, genaugenommen, noch viel einfacher war. Sie würde Lane Christianson nie wieder sehen; die Verrücktheit würde sich in Luft auflösen.
    Auf dem Weg zum Kasino wiederholte sie immer und immer wieder: Ich bin nicht lesbisch. Ich bin nicht lesbisch. Ich bin es n i c h t.
    Sie fand Vivian bei Harveys. Vivian sah sie erschrocken an.
"Diana! Liebling! Was ist los mit dir?"
"Überhaupt nichts," sagte Diana verwirrt.
"Das kannst du mir doch nicht erzählen. So gut kenne ich dich. Sag mir, was los ist, Diana."
    Im Geist antwortete sie: Ach, nichts - nur eine Frau, die mich schwach macht, wenn ich sie ansehe, und bei deren Berührung ich dahinschmelze. - Sie mußte beinah lachen, als sie sich Vivians Reaktion vorstellte.
"Hat Liz dich wieder angegriffen? Sie hat mir gestern abend erzählt, was für einen fürchterlichen Scheiß sie gemacht hat, wie schrecklich sie war."
"Liz war unheimlich nett."
"Sie fühlt sich gräßlich, du machst dir keine Vorstellung davon. - Also hat es mit Jack zu tun, oder? Du hattest wieder eine schlaflose Nacht wegen dieses unnützen, blöden -"
"Du merkst wirklich alles," sagte Diana dankbar.
"Und ich hatte es für eine solch wundervolle Idee gehalten, dich hier raufzubringen und von ihm abzulenken."
"Es w a r eine wundervolle Idee," sagte Diana ironisch.
    Sie versuchte Blackjack zu spielen, konnte sich aber nicht darauf konzentrieren. Stattdessen schlenderte sie durchs Kasino, schaute sich die Frauen an, hielt sich in der Nähe von attraktiven Frauen auf, sah sie lange an, malte sich aus, wie sie von ihnen berührt und geküßt würde. Sie zeigten nicht die geringste Reaktion, - ein kläglicher Triumph. Sie hatte auch nicht erwartet, daß sie reagieren würden.
    Sie überlegte sich, welche engeren Beziehungen zu Frauen sie bisher in ihrem Leben gehabt hatte. Als Kind hatte sie oft bei Freundinnen übernachtet, und dann, als sie etwa zwölf Jahre alt war, war da diese sehr intensive Freundschaft mit Margaret Benjamin gewesen. Und später Barbara Nichols. Die Beziehung zu ihr war sicher schon ganz in die Nähe dessen,

was man eine lesbische Freundschaft nennen würde, gekommen. Sie waren anderthalb Jahre zusammengewesen, und sie hatte Barbara sehr oft nackt gesehen - es hatte keine Gefühle in ihr ausgelöst, außer vielleicht eine etwas schuldbewußte Selbstzufriedenheit in der Gewißheit, einen schöneren Körper zu haben. Sicher hatten sie sich auch manchmal berührt, dachte Diana, aber sie konnte sich an keine bestimmte Situation oder irgendwelche ungewöhnlichen Gefühle erinnern.

Diana begann, sich unbehaglich zu fühlen als ihr wieder einfiel, wie gut es ihr getan hatte, mit Barbara zusammenzusein. Die friedlichen, erholsamen Abende mit einer Frau, die ohne viele Worte ein Gespür hatte für ihre Stimmungen und Bedürfnisse, die ihr behutsam half, über ihre Selbstzweifel und Depression hinwegzukommen. Dann hatte sie Jack getroffen; Barbara hatte geheiratet und war nach Phoenix gezogen. Es war eine gute Zeit gewesen mit Barbara, eine Zeit der Ruhe und des Friedens. Sie hatte sich erholen können von den unruhigen, zerstörerischen Jahren ihrer Ehe. Barbara hatte ihre Wunden geheilt.

Sie lief an den Tischen vorbei, an denen Keno gespielt wurde; eine Erzählung kam ihr in den Sinn, die sie kürzlich gelesen hatte, 'Der Tod in Venedig', mit einem Mann namens Aschenbach, der nach einem langen, bürgerlich-konventionellen Leben der Gestalt eines wunderschönen Knaben verfallen war. Wenn sie wieder von Lake Tahoe fortwäre, dachte sie, würde diese Abweichung vom normalen Leben, diese Verirrung, auch hinter ihr liegen.

Geistesabwesend begann sie, eine Kenokarte anzukreuzen.. Sie wurde ärgerlich und dann ganz plötzlich wütend bei dem Gedanken, womit sie das alles eigentlich verdient hatte; sie hatte nichts getan, diese Situation hatte sie nicht gewollt. Lanes Zärtlichkeit hatte ihr gutgetan, das war alles.

Und letzte Nacht hatte sie wieder Sehnsucht gehabt nach dieser Zärtlichkeit. Aber L a n e hatte es verdreht in etwas völlig anderes, s i e hatte sie da hineingetrieben, so daß sie mehr und mehr wollte.

Eine blitzartige Erkenntnis ließ ihr Herz einen Moment lang stillstehen: Lane war schon vorher mit Frauen zusammengewesen. - Sie kritzelte zerstreut auf ihrer Kenokarte herum, reimte sich im Kopf eine lückenlose Beweiskette zusammen: Lane war auf ihre Annäherung in der ersten Nacht sofort eingegangen. Warum hatte sie denn plötzlich sexuelle Gefühle entwickelt, woher kam dieses unglaubliche Verlangen letzte Nacht? - Lane wußte, wie man eine Frau berühren muß, wußte, wie man es anstellt, ihr Begehren zu wecken. Sie lebte schließlich in San Francisco, einer Stadt, in der es viele Frauen gab, die andere Frauen liebten.

Wie hatte sie nur so dumm sein können? Sie erinnerte sich, wie positiv Lane über diese Schmetterlingsaffären gesprochen hatte und wie lässig sie Liz zugestimmt hatte, bestätigt hatte, daß in San Francisco jede Menge trauriger Figuren rumhingen, die ihretwegen litten. Lane hatte nie geheiratet. Eine bequeme Lösung - wenn es sich bei den Figuren um Männer u n d Frauen handelte. Voller Bitterkeit dachte sie daran, wie sehr sie in Gefahr gewesen war, eine dieser Figuren zu werden - um Haaresbreite hätte Lane es geschafft - sie hätte nur noch die Pyjamahosen über ihre Hüften herunterziehen müssen. - Glühend vor Zorn zerknüllte Diana ihre Kenokarte.

Hocherhobenen Hauptes verließ sie das Kasino, trat in die herrliche Frühlingssonne hinaus und lief kräftig ausschreitend durch die langen Straßen; ihre Schultern waren vollkommen verkrampft, und sie blickte starr zu Boden. Sie überquerte eine Straße und lief zurück zu Harrahs; und als sie dort angekommen war, hatte sich ihr Zorn in Selbstanklage verwandelt. Sie selbst war es gewesen, die dieses ganze furchtbare Durcheinander angerichtet hatte. Es war ihre Schuld, daß auch das Körperliche mit ins Spiel gekommen war. Lane war nicht auf sie zugegangen, hatte nicht ihre körperliche Nähe gesucht; eine Frau wie sie würde das niemals tun. Nein, s i e war diejenige gewesen, die alles so anders gemacht hatte - sie war auf Lane zugegangen und hatte damit jede Möglichkeit einer Freundschaft zerstört, einer Freundschaft mit dieser bewundernswerten, ungewöhnlichen Frau, mit der sie so viel verband an geistiger Verwandtschaft, zu der sie eine solche Nähe fühlte.

Sie setzte sich an einen Blackjacktisch und hatte zehn Minuten später fünfzig Dollar verloren. Als ihr klar wurde, daß diese Art der Selbstbestrafung äußerst sinnlos war, verließ sie den Tisch und lief ziellos umher. Sie fühlte sich elend und allein mit ihren Gedanken, verfluchte sich dafür, eine Frau ermutigt zu haben, sie zu berühren. Lane war ehrlich gewesen; sie nicht. Sie hatte Lane begehrt - errötend gestand sie sich ein, wie eindeutig sie dieses Begehren geäußert hatte. Und dann hatte sie sich zurückgezogen, hatte Lane gequält - mit einem typisch weiblichen Verhalten, daß sie bei anderen Frauen verachtete. Sie war widerwärtig gewesen - einer Frau gegenüber, die sie getröstet hatte, mit der es gefühlsmäßig, seelisch und körperlich, so schön gewesen war. Diana wurde gepeinigt von dem Gedanken: Ich habe eine zärtliche, sensible Frau verletzt ... und ich werde sie niemals wiedersehen.

Sie ging zu den Kenotischen, setzte sich auf einen Stuhl, und Lanes Bild tauchte vor ihr auf; ein Gefühl der Schwäche überkam sie.

"He, Tagträumerin," sagte Vivian. "Wie wär's mit einem Tapetenwechsel? Laß uns mal in den Sahara-Raum runtergehn."

"Gute Idee," erwiderte Diana.

Während Vivian an ihrer Seite unentwegt quasselte, wurden Dianas Gedanken wieder hart und streng. Lane hatte genau gewußt, wie sie sich ihr gegenüber verhalten mußte. Die Zärtlichkeit hatte sie nur vorgetäuscht; es war ein Trick gewesen, ein Betrug – und sie war darauf hereingefallen, genau wie in den fünf Jahren mit Jack Gordon, als sie immer geglaubt hatte, sie wäre die einzige Frau in seinem Leben.

"Ich hab die Nase voll von den Spielautomaten," sagte Vivian. "Komm, wir probieren mal was anderes aus. Was hältst du davon, ein bißchen Roulette zu spielen?"

"Ja, gut," sagte Diana gleichgültig.

Vivian verstreute die gelben Chips wahllos auf dem Roulettetisch und verlor eine Runde nach der anderen. "Wessen idiotische Idee war das eigentlich?" brummte sie ärgerlich und stand auf um zu gehen.

"Ich spiel noch fertig," sagte Diana.

Ein junger Mann nahm Vivians Platz ein. Er war hochgewachsen, hatte breite Schultern und einen kräftigen, athletischen Körper. Er trug eine gut sitzende Tweedjacke; sein sandfarbenes Haar war schon etwas gelichtet. Er hatte ein klares, fast schönes Gesicht. Diana dachte, er könnte Jacks Bruder sein – eine jüngere, besser aussehende Ausgabe von ihm.

Er grinste ihr zu. "Na, was macht das Glück?"

Sie mochte seine Stimme, ein heller, angenehmer Bariton. Eine männliche Stimme, sagte sie bissig zu sich selbst. "Könnte besser sein," antwortete sie und sah in ein Augenpaar, das dunkelbraun war, genau wie bei Jack, vielleicht etwas dunkler. "Ich glaube, ich habe für Roulette nicht das geringste Talent."

"Es ist reine Glückssache. Manchmal tun's die Nummern für dich, weißt du, wie beim Automaten, wenn du plötzlich lauter Treffer hast, einfach so." Diana nickte zustimmend, und er fuhr fort, "Aber ich hab schon ganz schön Geld damit gemacht." Er grinste wieder. "Ehrlich, das ist wahr. Auch wenn alle behaupten, sie würden immer gewinnen beim Spielen."

Diana lächelte. Sie wollte wissen, wieviel er wirklich von dem Spiel verstand und fragte ihn, "Mit welcher Serienkombination hat man die meisten Gewinnchancen?"

"Es kommt ungefähr auf das gleiche raus, egal, welche man wählt," erwiderte er. Die Antwort war richtig. Er erläuterte den Gewinnplan - den sie bereits gut kannte - wies nach jedem Drehen des Rades auf die Sätze hin, die gesperrt oder ausbezahlt wurden; Sie hörte ihm geduldig zu, war froh über die Ablenkung.

Ein paar Spielminuten später hatte sie zwanzig Dollar verloren und stand auf. "Für mich ist's erstmal genug. Aber vielen Dank für den Unterricht, - hat mir Spaß gemacht."

"Moment, Moment," sagte er, "bleib noch 'ne Minute sitzen, ja? Ich hab mich noch gar nicht vorgestellt. Mein Name ist Chick Benson." Er sah sie einen Augenblick lang erwartungsvoll an. "In Wirklichkeit heiße ich Charles, aber alle nennen mich Chick. Auch die Zeitungen. Einmal hab ich ein Mädchen getroffen, das meinen Namen kannte. Vom Sportteil. Football."

Diana setzte sich wieder, sah ihn nachdenklich an und überlegte. "Chick Benson?" wiederholte sie. "Nein, kenne ich leider nicht."

"Vor neun Jahren war ich beim All-American-Team. In Kentucky."

"Oh, wirklich? In welcher Position?" fragte sie und dachte, daß er eigentlich gar nicht die bullige Statur eines Footballspielers hatte.

"Im Außenfeld. Mußte immer den Ball fangen und laufen wie der Blitz."

"Oh, eine Glanzposition. Kein Wunder, daß du nicht aussiehst wie Bubba Smith."

Er war offensichtlich sehr geschmeichelt. "Du verstehst was von Football?"

"Vom professionellen ja; beim College-Football kenne ich mich nicht so aus."

"Die meisten Frauen verstehen überhaupt nichts davon. Deshalb war ich damals bei dem Mädchen so überrascht."

"Aber vom College-Spiel weiß ich immerhin soviel, daß die All-American-Spieler die beste Mannschaft im ganzen Land sind. Du bist sicher sehr stolz darauf."

"Danke für das Kompliment. Ja, das ist was, das mir keiner mehr wegnehmen kann. Dieses Mädchen, das meinen Namen kannte, die sich daran erinnerte, daß sie ihn in der Zeitung gelesen hatte. Und wie heißt du?"

Diana zögerte. "Joyce Carol Oates," sagte sie und dachte dabei an den Roman, den sie zuletzt gelesen hatte. Ein bärtiger

Mann, der auf der anderen Seite neben ihr saß, lachte in sich hinein.

"Drei Namen? Hast du keine Abkürzung?"

"Du kannst Joyce zu mir sagen," erklärte ihm Diana. Der bärtige Mann kicherte wieder.

"Hast du Lust auf einen Drink? Ich würde dich gern einladen."

Sie faßte ihn genauer ins Auge; er sah Jack wirklich verblüffend ähnlich. Und sie hatte schon mindestens eine Viertelstunde nicht an Lane Christianson gedacht. "Ja, danke," sagte sie.

In einer kühlen, ruhigen Ecke etwas abseits vom Kasinogewimmel saß sie ihm gegenüber. Vorher war sie mit Chick Benson an Vivian vorbeigelaufen; Vivian hatte ihr lebhaft zugenickt, hatte sie aufmunternd und zustimmend angestrahlt. Diana hatte nur mühsam ein Lachen unterdrückt; sie wußte, wie wenig ihr ein All-American-Spieler aus Kentucky imponieren würde. Zuerst würde ihr Diana erklären müssen, was das überhaupt war, und dann würde Vivian verächtlich schnauben, "Mal wieder ein Kraftprotz, mal wieder ein kleiner Junge, der mal wieder ein blödes Spiel spielt." Vivians erster Ehemann war absoluter Sportfanatiker gewesen; Sport war für ihn das Wichtigste auf der Welt - zu Vivians Leidwesen.

Sie hoben ihre Gläser und sahen der Menge zu, die unaufhörlich durchs Kasino kreiste. Diana fragte, "Warum bist du nicht Profi geworden?"

"Oh, ich war es," sagte er traurig und erzählte ihr endlose Geschichten von wiederholten Vorstellungsgesprächen bei den Philadelphia Eagles, von gebrochenen Verträgen in einem Trainingslager, ungerechten Reservelisten, Gruppentraining, Verzichtserklärungen, Versuchen mit verschiedenen anderen Teams. Mit wachsender Bitterkeit sprach er über nicht gehaltene Versprechen und über die schwerfällige Vereinspolitik der National Football-Liga, sprach davon, wie systematisch seine Chance zunichte gemacht wurden, die er, als ehemaliger All-American-Spieler doch verdient gehabt hätte.

Sein Traum war unwiederbringlich zerstört. Diana hörte ihm mitfühlend zu, stellte zwischendurch Fragen, lockte nach und nach seine ganze Lebensgeschichte aus ihm heraus, war betroffen von der Verletztheit, die aus seiner Stimme sprach und sich auf seinem Gesicht abzeichnete.

Schließlich kamen sie auch auf andere Themen, unterhielten sich freundlich, belanglos; sie fand ihn angenehm, sympathisch - er war ganz sicher kein Geistesriese, aber er hatte etwas Anziehendes. Sie registrierte mit Genugtuung, daß sie ihn anziehend fand und hatte keine Lust, sich Gedanken darüber

zu machen, ob seine Intelligenz die einer Eintagsfliege übertraf oder nicht. Es war ihr gleichgültig. Ihr gefiel sein Körper, sie mochte seine kraftvollen männlichen Bewegungen, sein Gesicht, seine Stimme. Sie hatte also doch etwas für Männer übrig. Sie fand Männer anziehend. Vielleicht würde sie sich von ihrer Verirrung erholen, wie man sich von einem Schnupfen erholt. Es war eine vorübergehende fixe Idee gewesen - eine schizophrene und unwirkliche Diana Holland, nicht sie selbst, war in Lane Christiansons Gegenwart ihrem Verlangen so ausgeliefert gewesen.
"Wann fährst du zurück nach Los Angeles?" fragte Chick Benson. Er war auch aus Los Angeles, war Handlungsreisender für eine Stahlfirma, lebte an der Marina.
"Am Donnerstag. Und du?"
"Morgen," sagte er bedauernd. "Mir hat's wahnsinnig gut gefallen hier. Fantastische Schneeverhältnisse für's Skifahren. Du solltest es unbedingt auch probieren."
"Das sagen alle."
"Sollen wir auf mein Zimmer gehen und noch einen trinken?"
"Ich möchte lieber noch ein bißchen Blackjack spielen."
Sie trafen auf eine sympathische Croupieuse, und da die Karten einigermaßen gut liefen, verbrachten sie mehrere Stunden an dem Blackjacktisch, alberten herum und lachten viel. Diana gewann sechzig Dollar. Chick Benson, der sehr zurückhaltend spielte, gewann zwanzig.
"Hast du jetzt Lust auf einen Drink?" fragte er.
Sie sah auf die Uhr. "In ein paar Minuten bin ich mit Freunden verabredet. Bleibst du hier in der Nähe? Ich könnte dich auch anrufen. Sagen wir um acht?"
"Zimmer vierzehn-vierzig-neun. Meinst du's denn im Ernst, Joyce?"
"Ich versprech's bei meinem Namen Joyce Carol Oates."
Sie aß mit Vivian und John zu Abend, im Summit, dem Dachterrassenrestaurant bei Harrahs. Von ihrem Platz aus, einer romantisch beleuchteten, luxuriös mit weißem Leder ausgestatteten Sitzecke, blickte sie auf den Lake Tahoe und die Sierras, sah einem Sonnenuntergang zu, der selbst Vivian verstummen ließ. Dann bemerkte sie plötzlich, daß sie an Lane dachte, gern gewußt hätte, wie sie auf diese atemberaubende Schönheit reagieren würde; und rasch versuchte sie, diesen Gedanken wegzudrängen und sich ganz auf die Unterhaltung mit Vivian und John einzustellen. John hatte den Arm um Vivian gelegt; Diana hatte das Gefühl, daß Vivian ihre Anwesenheit eher erduldete. Es war nicht zu übersehen, daß John

sich furchtbar aufplusterte, den männlichen Pfau spielte; er hatte ein glückliches, zufriedenes Frauchen an seiner Seite und protzte der ungebundenen Frau gegenüber mit dem Potenzgehabe seiner unwiderstehlichen Männlichkeit. Diana tadelte sich für ihre lieblosen Gedanken. John hatte sie zu einem Abendessen eingeladen, in einem sehr teuren Restaurant. Er schien eine ziemlich zynische, kleinkarierte Seite in ihr anzusprechen. War sie vielleicht - unbewußt - eifersüchtig auf ihn? Darauf, daß er mit Vivian schlief? Sie trank einen kleinen Schluck Wein und lächelte amüsiert. Nein, John war ein blöder Affe, das war alles.

Vielleicht hätte sie Chick Benson mitnehmen sollen, um sich weniger als fünftes Rad am Wagen zu fühlen. Aber Chick war nicht gerade interessant, und sicher hätte er mit John die ganze Zeit nur über Sport geredet - und Vivian hätte sich furchtbar geärgert und gelangweilt.

Diana trank weiter ihren Wein, starrte aus dem Fenster, hörte Vivians Geschnatter nur mit geteilter Aufmerksamkeit zu; sie überlegte, ob sie sich mit Chick Benson treffen sollte. Sie würde nicht mit auf sein Zimmer gehen, nein, das nicht, aber sie könnten noch einen zusammen trinken, noch weiterspielen . . . Sie war sehr unentschlossen, wußte nicht, was sie wollte, was im Augenblick das Beste für sie wäre.

Als sie das Essen beendet hatten, war der Himmel schon dunkel, tiefgrau. Um den See funkelte eine Lichterkette. Der Raum bekam etwas Anheimelndes, Romantisches. Diana sah eine Frau, die durch den Speisesaal lief; ihre Aufmerksamkeit war sofort gefesselt. Die Frau war schwarz gekleidet; sie bewegte sich anmutig, elegant, war schlank und hochgewachsen, ihr Haar war blond. - Mit der sinnlichen Erinnerung an Lanes schlanken Körper in ihren Armen überfiel Diana ein bedrängendes Glücksgefühl; scharf umrissen tauchten Bilder von Lanes Gesicht vor ihr auf, sie sah, fühlte Lanes Gesicht in ihren Händen; die Erinnerung an Lanes Hände, an ihren Mund, erfüllte sie mit brennendem Verlangen; sie bemerkte, daß sie glühte und sich ganz benommen fühlte.

Sie nahm ihr Weinglas zur Hand. Wenn es Sex ist, was ich brauche, dachte sie, so kann dem abgeholfen werden.

Sie rief Chick Benson an, aus der Vorhalle des Sahara-Raums.
"Joyce, bist du's wirklich?"
"Ich hab dir doch gesagt, daß ich anrufen würde," sagte sie.
"Ich hätte gewettet, daß du's nicht tun würdest."
"Warum?"

"Ich weiß nicht. Hab's eben gedacht. Kommst du hoch?"

Er trank Wodka mit Limonade. "Möchtest du auch welchen, oder soll ich den Zimmerservice rufen?"

"Nein, danke. Das ist ausgezeichnet."

Er mixte ihr einen Drink und überreichte ihn ihr; dann nahm er sie in die Arme und küßte sie sanft auf die Wange. "Wollt' dir nur zeigen, daß ich ein guter Junge bin," sagte er und gab sie frei.

Sie nahm einen Schluck von ihrem Drink und verzog den Mund; es schmeckte zu süß, und es war entschieden zuviel Wodka darin; und sie blickte aus dem Fenster, sah die schwarzen Umrisse der Kiefern auf den feuerfarbenen Bergen. "Ich dachte sowieso, daß du ein guter Junge bist," sagte sie.

"Gut so." Er küßte sie wieder, stieß ihr die Zunge in den Mund. Sie entzog sich verärgert seinem Zugriff.

"Möchtest du ein bißchen Musik hören?" Er schaltete den Fernseher aus und drehte an den Radioknöpfen herum, bis er einen passenden Sender gefunden hatte. "Das klingt schon besser. Bist du eigentlich Feministin?"

Diana war von dieser Frage völlig verblüfft. "Warum fragst du das?"

"Bin eben neugierig. Mich interessiert's immer, was die Frauen davon halten."

"Naja, ich glaube, ich bin eine. Ich bin für die Gleichberechtigung der Frau. Warum willst du das wissen?" wiederholte sie, noch immer irritiert von seiner Frage. "Und du, bist du dafür?"

"Klar doch," sagte er, rutschte zu ihr herüber und nahm sie wieder in die Arme. Sie hielt seine Arme fest, dann strich sie mit den Händen über seine Hemdnähte, die breiten Schultern entlang. Er küßte sie, seine Zunge rührte hart in ihrem Mund herum, seine Hände umfaßten grob ihre Hüften und drückten sie an sich. Angewidert riß sie sich los und wollte gehen.

Er nahm sie wieder in die Arme. "Du bist eine so sanfte, hübsche Frau," sagte er. "Ich hätte nicht gedacht, daß du eine von diesen Emanzen bist, aber man kennt sich ja da heute nicht mehr aus. Da kommen sie zu mir ins Zimmer - und dann denken sie, sie müßten mir erzählen, wozu meine Eier gut sind. Ein Haufen lesbischer Weiber, wenn du mich fragst."

Er entkleidete sie langsam, ging sehr behutsam mit ihr um. Sie legte die Hände auf seine Schultern, streichelte seine Brust und versuchte, die Berührung seiner Hände und seines Mundes als etwas Angenehmes zu empfinden. Er trug sie auf sein Bett und zog sich aus.

Seine Hände strichen über ihren Körper. "Du bist wirklich toll. Hübsches Ding, du."

Sie bewegte sich voller Unbehagen unter seinem Mund; er hielt es offenbar für ein Zeichen der Lust, drängte sich zwischen ihre Beine und rieb sich an ihr, ohne in sie einzudringen.

"Nein," keuchte sie, bekam plötzlich Angst, wollte sich entwinden und trommelte mit den Fäusten auf seine Schultern.

"Du meinst: ja." Er hielt ihre Hände fest und drang mit aller Kraft in sie ein, sein Mund auf den ihren gepreßt.

Sie befreite sich mit einer heftigen Kopfbewegung, lag wimmernd auf dem Rücken, während er heftig in sie hineinstieß; sein Gesicht lag an ihrem Hals, sein heißer Atem brannte auf ihrer Haut. Plötzlich wurden seine Bewegungen schneller, und sie sagte verzweifelt, und kämpfte dabei mit aufsteigender Übelkeit, "Ich verhüte nicht."

"Was sagst du da?" schnaufte er. "Herr im Himmel, du dumme -" Sein Körper schauderte; mit einem schmerzhafte Ruck löste er sich aus ihr. Einen Augenblick später ließ er seinen heißen, keuchenden Körper auf sie fallen und schwemmte sich über sie.

Schließlich rollte er zur Seite. "Lieber Himmel," sagte er, "das hättest du mir doch sagen müssen, Joyce. Vorher. Warum nimmst du keine - bist du etwa katholisch?"

"Katholisch, ja," flüsterte sie; sie hatte die Augen geschlossen, spürte die klebrige Nässe auf ihrem Bauch.

"Wir hätten doch was machen können, wenn du's mir gesagt hättest. Ist ja egal, war ja auch so etwas. Jetzt kannst du deinen Freundinnen erzählen, daß du's mit einem All-American-Spieler gehabt hast."

Er grinste sie an, als sie die Augen öffnete. "Ich glaub, wir haben jetzt 'ne kleine Dusche nötig, Joyce. Besonders du. Es sei denn, du willst das noch ein bißchen auf deinem Bauch spazieren tragen. Sollen wir zusammen duschen?"

"Nein," sagte sie. "Geh doch schon vor, hm? Ich brauch noch ein paar Minuten, um mich . . . wieder einzukriegen. Du weißt doch, bei Frauen ist das so."

"Alles klar."

Mit einem Bettüberzug wischte sie sich schnell und heftig trocken, zog hastig ihre Kleider an, als sie die Dusche laufen hörte. Aber er war schneller; tropfnaß stand er vor ihr, hatte ein Handtuch um die Hüften gewickelt.

"Ich hatte es geahnt, daß du dich aus dem Staub machen willst. Aber hör mal, ich mach's dir das nächste Mal besser.

Komm. Wir gehen jetzt runter und spielen ein bißchen. Ich besorg ein paar Präservative. Du kannst doch über Nacht bei mir bleiben. Ich mach's dir besser, Joyce, ich versprech's." Er kam ihr nach, als sie zur Tür ging. "Ich mach's dir echt unheimlich gut. Du wirst voll drauf abfahren. Komm, bleib doch," bettelte er.

Bevor sie eine Antwort gab, öffnete sie die Tür. "Ich werd' doch lieber eine lesbische Emanze."

Sie schlug die Tür zu und hörte etwas dagegen donnern. Aus Angst, er könnte ihr, selbst nur mit einem Handtuch bekleidet, folgen, rannte sie den Flur hinunter. Sie überlegte, was er wohl geworfen haben mochte.

In höchster Eile hielt sie nach Vivian Ausschau und fand sie schließlich mit John an einem Würfeltisch bei Harrahs. "Ich muß dich unbedingt sprechen," sagte sie leise zu Vivian. "Sofort."

Vivian sah sie an, nahm wortlos ihren Arm und ging mit ihr in eine ruhige Ecke bei den Spielautomaten.

"Du mußt mir einen Gefallen tun, Vivian. Es ist ganz dringend. Gib mir bitte deinen Zimmerschlüssel, ich muß in die Badewanne."

Vivian sah sie entgeistert an. "Du siehst schlecht aus, Diana. Ist dir nicht gut?"

Diana lächelte matt. "Gibt es so etwas wie Vergewaltigung mit vorheriger Einwilligung?"

"Ja, man nennt das Ehe. Aber wovon sprichst du eigentlich?" Dann sah sie Diana betroffen an. "Oh mein Gott, nein, du hast - "

"Bitte, Viv - "

"Hast du's gemacht, weil ich dies blöde Zeug gequatscht habe? Ich häng mich auf."

"Aber nein, überhaupt nicht. Aber ich falle auf der Stelle tot um, wenn ich kein Bad nehmen kann."

"Soll' ich dich nicht lieber zur Hütte fahren?"

"Nein, Viv, ich muß es sofort machen. Jetzt. B i t t e."

"Ist gut. Selbstverständlich. Ich werd' John sagen, dir wäre schwindlig von der Höhenluft oder irgend sowas."

Vivian brachte sie hinauf in ihr Zimmer, und Diana sagte, "Geh bitte wieder runter. Bitte. Ich muß alleine sein. Kannst du mir eine Stunde Zeit lassen?"

"Ja natürlich, natürlich, mein Liebling." Vivian umarmte sie herzlich.

Sobald die Tür sich hinter Vivian geschlossen hatte, ging Diana ins Badezimmer und gestattete es sich, an Chick Benson zu denken; sie beugte sich über das Waschbecken und übergab sich. Sie drehte die Wasserhähne voll auf, würgte ein paar Minuten lang, bis das ganze Abendessen herausgekommen war, und selbst dann krampfte ihr Magen sich noch weiter zusammen. Sie spülte und gurgelte mit Mundwasser, durchstöberte dann Vivians Kosmetikbeutel und ihren Koffer. Sie fand eine Reservezahnbürste, die sie benützte und wegwarf; mit traumwandlerischer Sicherheit suchte sie sich alles was sie brauchte aus Vivians Sachen heraus und legte es sich sorgfältig zurecht. Dann ließ sie Badewasser einlaufen, füllte die Wanne halb, tauchte langsam ein und ließ heißes Wasser nachlaufen, bis die Wanne fast voll war und ihr Körper beinahe gargekocht. Sie schrubbte ihre Haut, bis sie brannte.

Sie ließ das Wasser ablaufen und füllte die Wanne noch einmal halbvoll mit lauwarmem Wasser. Sie legte sich zurück, und erst dann erlaubte sie sich, an Lane zu denken, stellte sich vor, daß Lane ihre Arme um sie legte, und langsam ließ ihr Zittern nach und die Übelkeit verging.

Nachdem sie sich angekleidet hatte, setzte sie sich in einen Sessel; der Raum lag im Dunkel. Sie sah den Lichtern der Autos nach, die den Highway 50 herunterfuhren und dachte ruhig und leidenschaftslos: 'Diana Holland, schlimmer hättest du es ja nun nicht machen können. Du hast zugelassen, daß dieser grobschlächtige Ochse das mit dir macht, aber du wolltest nicht zulassen, daß eine zärtliche, sensible Frau, an der dir sehr viel liegt, das macht, was ihr beide wollt. Wenn man etwas nicht auslebt - heißt das, daß auch der Wunsch danach nicht mehr vorhanden ist? Wenn du letzte Nacht mit ihr geschlafen hättest, meinst du vielleicht, du wärst dann keine vollständige Person mehr? Keine richtige Frau? Meinst du, es hätte deinen Wert gemindert? Sie ist ein wunderbarer, außergewöhnlicher Mensch. Und du? Du hast keine Möglichkeit ausgelassen, schlimme, unverzeihliche Fehler zu machen. Vier Jahre lang hast du es zugelassen, daß ein besoffener Kerl dich im heiligen Stand der Ehe lieblos betatsche, zum Beispiel. Du hast dich von einem Mann fünf Jahre lang betrügen lassen, zum Beispiel. Heute abend, zum Beispiel.

Wovor hast du eigentlich Angst, Diana? Vor deinen Gefühlen? Davor, was die anderen Leute denken könnten? Was ist mit deinem Mut? Deiner Ehrlichkeit? Deiner Selbstachtung? Und außerdem, Diana Holland, was geht es dich an, mit wievielen Männern oder Frauen sie schon zusammengewesen ist? Hat sie danach gefragt, mit wievielen du schon zusammenwarst? Sie wollte mit dir sein. Und du kannst nur hoffen, daß sie es noch immer will.'

Sie sah Vivian von ferne und warf ihr eine Kußhand zu. Als sie über den Parkplatz zum Auto ging und ihre Hände tief in den Jackentaschen vergrub, um sie vor der Kälte zu schützen, fühlte sie ein festes Stück Papier. Sie zog eine kleine Karte heraus und ging unter eine Straßenlaterne, um sie genauer anzusehen. Es war Lanes Geschäftskarte. Sie drehte sie um und fand auf der Rückseite, in sauberen Druckbuchstaben geschrieben, Lanes Adresse und Telefonnummer in San Francisco. Diana betrachtete jeden einzelnen Buchstaben, drehte die Karte immer wieder von der einen Seite zur anderen. Unter der Telefonnummer war ein Tintenfleck; Lane hatte offenbar angesetzt, etwas zu schreiben, dachte Diana; Lane hatte diese Karte in ihre Jackentasche gesteckt, und damit war bereits alles gesagt.

Mit einem Gefühl, als würden Lanes Hände sie sanft berühren und streicheln, steckte Diana die Karte wieder ein und ging zu ihrem Auto.

Kurz vor zehn kam Diana vor der Hütte an. Durch das Fenster sah sie Lane, in dunklen Hosen und einem blauen Samtpullover; sie saß auf dem Kaminvorsprung, hielt die Knie mit den Händen umfaßt, lehnte mit dem Rücken gegen das Mauerwerk. Sie blickte zur Tür; vor dem Fenster konnte sie wegen der Spiegelungen des Lichts nichts erkennen. Diana wußte, daß sie das Geräusch des Wagens gehört hatte.

"Nach deinen Ankündigungen dachte ich, du würdest erst wesentlich später zurückkommen," sagte Liz, als Diana zur Tür hereinkam.

"Ich hab mir's anders überlegt, wollte doch lieber hier sein," erwiderte sie und sah Lane an. Lanes Augen waren dunkelblau; die Farbe wurde verstärkt durch das Blau des Pullovers.

"Bist du noch immer am Gewinnen?" fragte Chris.

"Ja, das wird auch so weitergehen, bis ich abreise, wenn ich nicht noch irgendeine Dummheit mache.

"Wie machst du das bloß?" fragte Madge säuerlich.

"Reine Glückssache," antwortete Diana.

"Es ist jedenfalls schön, daß du hier bist," sagte Liz. "Hast du Lust, mit mir ein Zweier-Scrabble zu spielen?"

"Ihr seid doch gerade mitten im Spiel," wandte Diana ein. Liz, Madge und Chris saßen um den kleinen runden Tisch herum; Millie spielte leise auf ihrer Gitarre. "Außerdem würde ich gerne unter die Dusche gehen." Ihre Haut hatte wieder zu jucken begonnen, als unangenehme Erinnerungen in ihrem Gedächtnis aufgetaucht waren.

"Wir sind gerade fertig," sagte Madge gähnend. "Chris und ich gehen zu Bett. Wir sind völlig erledigt."

"Lane und Chris haben gerade erst geduscht," sagte Liz. "Es dauert eine halbe Stunde, bis das Wasser wieder aufgeheizt ist. Na, wie wär's?"

Es beunruhigte Diana, daß Lane noch kein Wort gesprochen, sich noch nicht einmal bewegt hatte. Sie zuckte die Achseln und sagte zu Liz, "Okay."

"Möchtest du etwas Wein haben?" fragte Lane und erhob sich.

"Ist denn noch welcher da?" fragte Diana erleichtert und dachte dankbar, daß ein Schluck Wein - oder zwei - sicher eine gute Arznei für ihren leeren Magen wären.

"Ja, wir haben noch welchen."

Sie nahm das Glas aus Lanes Händen, und ihre Augen trafen sich, ihre Finger berührten sich; Lane ließ das Glas nur langsam los.

Liz legt das Scrabblespiel zurecht. Lane ging zurück zum Kamin, setzte sich wieder mit dem Rücken gegen das Mauerwerk; sie hatte ein Bein angewinkelt, ließ ihre Hand über das Knie baumeln.

"Ich glaub', ich geh auch ins Bett," sagte Millie und legte ihre Gitarre in den Kasten.

"Ich möchte an dieser Seite des Tisches sitzen," sagte Diana zu Liz. "Von hier aus kann ich ins Feuer schauen."

Sie sah Lane an; ein stilles Lächeln ging über ihr Gesicht. Diana ordnete die Plättchen mit den Buchstaben, bildete Worte daraus; von Zeit zu Zeit sah sie auf, wußte, daß sie jedesmal Lanes blauen Augen begegnen würde, Augen, die tiefblau erschienen gegen das warme Dunkel ihres Pullovers. Und wenn sie ihren Blick abwandte, fühlte sie das Blau auf sich ruhen; es wärmte ihre Haut, ihren Körper, ihr Blut.

Lane stand am Fenster, als Diana die Leiter heraufstieg. Sie blieb dort stehen, während Diana die Leiter hochzog und die Falltür schloß. "Es ist mir ganz entgangen, wer von euch beiden das Spiel gewonnen hat," sagte sie.

"Mir auch," sagte Diana und ging auf sie zu.

Lane nahm sie bei den Händen. "Diana," sagte sie leise, "ich bin so froh, daß du zurückgekommen bist. Ich wußte nicht . . . ich hatte niemals beabsichtigt, dich irgendwie zu verletzen - "

"Ich weiß."

"Ich hatte gedacht . . . hatte das Gefühl . . . die Art, wie du darauf eingegangen bist letzte Nacht . . . du hast unglaublich offen reagiert. Und deshalb dachte ich . . . du wolltest das auch, was zwischen uns geschah."

"Ich wollte es auch." Lächelnd fügte Diana hinzu, "Frauen sind manchmal sehr schwierig."

"Ja, das stimmt." Lanes Zähne schimmerten weiß, als sie lächelte. Ihre Hände verflochten sich mit Dianas. "Nichts wird heute nacht geschehen, was du nicht auch möchtest."

Diana sah ihr gerade in die Augen. "Es ist nicht möglich," sagte sie behutsam, "daß irgend etwas geschieht, was ich nicht auch sehr, sehr gerne möchte."

Sie legte die Arme um Lane, ihr Körper fühlte sich weich und gut an; sie schmiegte sich an sie, verlangend, suchte ihre Umarmung. Lane hielt sie ganz nahe und sagte, fast unhörbar, "Du läßt nie einen Zweifel daran, daß ich eine Frau in den Armen halte."

Diana flüsterte versunken, "Bitte halt' mich ganz fest." Wärme und ein tiefes Gefühl der Beruhigung durchströmten ihren Körper.

Ein heftiger Windstoß rüttelte am Fenster. Die Kiefern draußen rauschten und ächzten. Diana fröstelte und fühlte, wie Lanes Arme sich enger um sie schlossen. Lane murmelte, "Komm ins Bett. Du wirst die ganze Nacht in meinen Armen sein."

Das Fenster klirrte wieder, die Hütte knarrte und ächzte; ein Sturm war plötzlich aufgekommen. Lane saß auf der Bettkante und sagte, "Der Wind . . . ist so stark . . . ich hab' die Heizung angedreht, damit wir es warm haben." Ihre Stimme klang aufgeregt, verwirrt; ihre Hände öffneten Dianas Pyjama. "Ich möchte dich so sehr gerne ansehen," flüsterte sie.

Diana lag nackt, fühlte sich warm und wohlig unter Lanes Blick. Lane sagte ruhig, "Und ich hatte gedacht, ich könnte mir vorstellen, wie schön du bist."

Diana war sich ihrer Nacktheit nicht mehr bewußt, als sie Lane entkleidete. Lane ließ es anmutig, geduldig geschehen. Diana streifte langsam das Pyjamaoberteil von ihren Schultern, betrachtete sie lange, verlor sich im Anblick ihres schlanken Körpers, der warmen Tönung ihrer Haut, der vollkommenen runden Fülle ihrer zarten Brüste; ihre Brustwarzen zogen sich zusammen, als Diana nur darauf blickte. Zaghaft und scheu zog sie Lanes Pyjama die Hüften hinunter, sah gebannt auf den kleinen Hügel aus hellem, feinem Haar, auf die kräftige Wölbung ihrer festen runden Schenkel, ihrer Beine. Diana lehnte sich im Bett zurück, hielt stumm ihre Hände.

"Möchtest du, daß ich das Licht ausmache?" fragte Lane und beugte sich über sie.

"Nein, bitte nicht."

"Ich will es auch nicht. Ich möchte dich immer nur ansehen."

"Du bist wunderschön," flüsterte Diana und streichelte sie zärtlich.

Diana hörte ein gedämpftes, unterdrücktes Seufzen. Lippen berührten ihr Ohr, sie spürte warmen Atem, hörte eine leise Stimme sagen, "Oh, weich . . . und warm . . . wie Seide."

Auf der Innenseite ihrer Arme, an ihren Beinen, überall, mit jeder Pore ihres Körpers, der sich gegen die Frau drängte, die sie in den Armen hielt, fühlte Diana geschmeidige Weiche. Sie war überwältigt und wie betäubt von dieser Berührung. Wie von ferne, mit dem merkwürdigen Gefühl, ohne jede Orientierung zu sein, sagte sie "Lane", nur um ihre eigene Stimme zu hören.

Lane wiegte Dianas Kopf in den Händen und sah ihr in die Augen. Sie sagte sanft, "Fühlst du dich gut?"

Dianas Hände berührten, streichelten ihre entblößten zarten Schultern. Sie sah in Augen, die in den Schatten und dem gedämpften Schein der Lampe in dunklem Graublau glänzten. Sie dachte: Ich fühle deinen Körper. - Dieser Gedanke durchdrang sie, riß sie in einen Strudel von Sehnsucht und Begierde.

"Ja," flüsterte sie und fühlte blondes, seidenweiches Haar über ihre Hände fließen, als sie Lanes Mund herabzog zu ihrem.

Sie küßten sich innig, langsam, wieder und wieder, streichelten sich zärtlich; mit sanftem Erstaunen strichen Dianas Hände über Lanes weiche Haut. Sie atmete tief ihren Duft ein, küßte ihren Hals, ihre Schultern; aber Lane schob sachte ihren Mund beiseite und führte Dianas Lippen wieder an die ihren. Lanes Hände bewegten sich warm und unendlich langsam auf ihrem Körper; ihre Lippen berührten sie, überall, verweilend, - weiche, schmelzende Süße, und Diana hörte ein verhaltenes Flüstern, "Diana . . . es ist so wunderschön . . ." Lane streichelte sanft ihre Brüste, küßte sie, lange, immer wieder, strich zärlich über ihre Brustwarzen, und Diana gab sich ihrer Lust hin, seufzte, bewegte sich, wand sich leise, stöhnte.

Lanes Hände berührten wieder ihren Körper, streichelten sie, überwältigten sie. Diana glühte vor Begehren; sie bewegte sich unter diesen Händen, rhythmisch kreisend, bäumte sich auf. Jede Berührung, jede Liebkosung erregte sie mehr. Sie hörte Lanes leichten, raschen Atem, ihr unterdrücktes Stöhnen. Lane preßte Diana fest an sich, eher heftig als sanft, drängte ihren weichen Körper an sie, küßte sie mit leidenschaftlichem

Begehren. Diana atmete stoßweise, ihr Körper bebte vor Erregung, und atemlos stieß sie ihr Verlangen hervor, als Lanes Hände wieder ihre Schenkel berührten.

"Diana . . . Diana." Lanes Mund war ganz nah an ihrem. Sie fühlte ihre Hand, sanft gleitende, feuchte, liebkosende Finger. Elektrisiert vom Strom des Entzückens bäumte Diana sich zitternd auf, hielt mühsam den Atem zurück. Lanes Finger hielten inne, und einen Augenblick später fiel ihr Haar weich über Dianas Schenkel. Diana keuchte, wölbte sich Lane entgegen, als sie die Innenseite ihre Schenkel küßte. Lane stöhnte, ein leiser, verzückter Ton. Und dann war ihr Mund überwältigende Weiche, überwältigende Lust, und Diana verlor sich in Ekstase; ihr Körper spannte sich an und zitterte, öffnete sich langsam, vollkommen, wie eine Blume; sie war bis ins Innerste erfüllt von einem Rausch, einer Ekstase, die so überströmend heftig wurde, daß ihr Körper innehielt und alle Kraft sich auf einen Punkt zusammenzog. Ihre Hüfte bäumten sich auf, sie zuckte, wurde ein einziger, weißglühender Orgasmus.

Sie lag in Lanes Armen, rang nach Atem; ihr Körper schien mit jedem Herzschlag zu zerbersten. Lane hatte ihr Gesicht in Dianas Haar, flüsterte "Diana", murmelte es immer und immer wieder.

Irgendwann kamen Diana die anderen Frauen, die unten schliefen, in den Sinn; sie schluckte, fand mühsam atmend ihre Stimme wieder. "War ich zu . . . konnte . . . irgend jemand es hören?"

"Nein," erwiderte Lane heiser. "Nur ich."

Diana saß neben Lane, ihr Körper war wieder ruhig, entspannt; sie fühlte sich durch und durch angenehm ermattet; sie hatte die Augen geschlossen, ließ vor ihrem inneren Auge die Bilder der Schönheit des Körpers, den sie liebkoste, der warmen Rundungen unter ihren Händen vorbeiziehen. Sie verweilte lange bei dem üppigen Rund der Brüste, die geschmeidig und glatt unter ihren Fingern nachgaben und im nächsten Augenblick ihre sinnlich ebenmäßige Form wieder annahmen; sie strich über weiches, feines Haar, ließ das Gefühl auf sich wirken, nahm es in sich auf. Ihre Hände bewegten sich langsam Lanes Beine hinunter, verweilten bei den Waden, gingen weiter zu den Fesseln, den Füßen.

Sie dachte: Ich habe deine Schönheit in mir aufgenommen und werde sie für immer bewahren.

Sie legte sich ganz nahe an Lanes Körper, sah in graublaue Augen, deren Ausdruck sie nicht genau deuten konnte; etwas

Fragendes lag in dem Blick. Sie sagte, "Du weißt, wie wunderschön du bist."

"Nur wenn du es mir sagst. Ich muß es von dir hören. Von dir."

Diana war ergriffen von der Schutzlosigkeit dieser Worte und sagte, von Zärtlichkeit überwältigt, "Ich würde es dir gerne ohne Worte sagen."

Mit wachsender Erregung und Intensität streichelte sie Lane, küßte ihre Brüste und die zarten Mulden ihres Körpers, liebkoste sie mit leichten, lustvollen Stößen ihrer Zunge, wurde Erwiderungen gewahr, die ganz anders waren als ihre eigenen. Lanes Körper lag still, ihre Erregung offenbarte sich nur in den Atemstößen; sie hatte ihre Hände in Dianas Haar, zog ihren Mund zu sich herunter. Diana strich mit ihren Haaren über Lanes Körper, ihre Brüste, ließ sie wellenförmig kreisen, genoß Lanes leises Stöhnen, die Lust, die sie bereitete. "Du bist so wunderschön, so wunderschön," flüsterte sie. "Du fühlst dich wundervoll an, überall." Ihre Lippen wanderten die sanften Rundungen bis zu den Schenkeln hinunter, ihre Finger berührten sanft und scheu das weiche helle Haar an ihrer Wange. Sie hörte Lane leise flüstern, "Ich möchte dich umarmen."

Diana tauchte auf und nahm sie in die Arme. Lane führte Dianas Hand zwischen ihre Schenkel, schloß sie fest zusammen; sanft stöhnend schlang sie ihre Arme um sie; ihre Hände umklammerten Dianas Schultern, sie drückte ihr Gesicht in ihre Halsmulde. Tief bewegt, voller Zärtlichkeit fühlte Diana weich und zart die warme Feuchte, die ihre Finger umhüllte.

Lane flüsterte kaum hörbar, "Kannst du bitte . . . nach innen gehen?"

"Ja," flüsterte Diana. "Weich wie Seide," murmelte sie, fühlte ihre Finger zart umschlossen, fühlte Lanes Körper erschauern. Sie bewegte sacht ihre Finger, ließ sie zärtlich streichelnd gleiten.

"Ja. Oh . . ."

Lanes Hände drückten sich fester an ihre Schultern, ihr Körper spannte sich an und bebte; ihre Hüften wölbten sich, stoßweise, in immer drängenderen Rhythmen, ihr Atem ging rascher, wurde wildes Keuchen. Ihr Körper war plötzlich ganz ruhig, fast starr; sie stöhnte leise an Dianas Hals; ihre Finger gruben sich fest in Dianas Schultern, und Diana fühlte ein Beben, fühlte Lanes Körper, der ganz nahe an ihren gepreßt war, erschauern, zittern, wie Blätter im Wind.

Dianas Herz dröhnte schmerzhaft, als sie Lane in ihren Armen hielt. Lane atmete wieder ruhig, kuschelte sich ermattet an sie, seufzte zufrieden; ihr blondes Haar floß über Dianas Brüste. Sie hatte die ganze Zeit ihren Körper fest an Diana gedrängt, hatte, auch im heftigsten Moment, Dianas Finger in sich gehalten, hatte dann die Beine geschlossen; und es dauerte lange, bis sie Diana erlaubte, ihre Finger zu lösen.

Diana, voller Sehnsucht, sie zu berühren, sie wieder zu liebkosen, sagte, "Ich möchte gerne deinen Rücken küssen. Meinst du, du bist damit einverstanden?"

"Mmm," murmelte Lane lächelnd und küßte Dianas Brüste, bevor sie sich umdrehte.

Diana erkundete mit ihren Händen die Ebenen, die glatten, geschmeidigen Rundungen ihres Rückens, verweilte in der Höhlung zwischen ihrem Rücken und der sanften Anhöhe ihrer Hüften, streichelten zart hin und her, sinnlich verlangend. Sie küßte sie zärtlich, mit warmem Atemhauch, mit kleinen Stößen ihrer Zungenspitze, lächelte, als Lane vor Behagen übertrieben laut schnurrte. Sie ließ ihre Hände unter Lanes Körper gleiten, umfaßte und liebkoste ihre Brüste, seufzte glückselig, drängte ihre eigenen Brüste an ihren Rücken. Ihr Mund wanderte langsam über Lanes Körper, hielt in der Mulde am Ende ihres Rückgrats inne, berührte sanft die feinen Härchen mit der Zunge und fühlte Lanes Brustwarzen in ihren Händen anschwellen und hart werden.

Ihr Erregung wuchs; sie wollte nicht, daß Lane sich herumdrehte und ihr Einhalt gebot und ließ ihren Mund weiter Lanes Körper hinunterwandern, fühlte die samtene Kühle ihrer Hüften angenehm an ihrem glühenden Gesicht, ließ ihre Zunge langsam, zärtlich kreisen in der zarten Spalte zwischen ihren Hüften. Lanes Atem veränderte, vertiefte sich; ihre Hüften kreisten in sanft schwingenden Wellen, lustvoll erregt. Mit klopfendem Herzen ließ Diana ihre Hand in das weiche, feine Haar gleiten, streichelte sanft, suchend.

Lanes Atem ging wieder rascher, wurde heftiger, ihre Hüften bewegten sich im Rhythmus, den Dianas Hände bestimmten. Diana sagte, "Dreh dich um."

Ganz erfüllt von Lust und Begehren, ihrer eigenen sinnlichen Erregung hingegeben, berührte sie mit ihren Lippen das weiche, feine Haar, spürte den Geschmack der warmen Nässe, den ihre Finger schon erfahren hatten.

"Diana . . . Diana . . ."

Langsam entdeckte sie Lane mit ihrem Mund, war entzückt von dem sich leicht verändernden, einzigartigen Geschmack; ihre Erregung wuchs mit der steigenden Heftigkeit von Lanes Bewegungen. Lane hatte ihre Hände in Dianas Haar, leitete, führte sie, bis ihr Körper sich plötzlich anspannte, erstarrte. Diana fühlte Lanes kraftvolle Schauer, durchströmt von mächtigen Wogen sinnlichen Rausches.

Lanes Schenkel, die sich unter ihren Händen gewunden hatten, waren jetzt kraftlos, waren ergreifend verwundbar und ungeschützt, zitternd und schauernd. Lanes Hände strichen erschöpft durch Dianas Haar; sie atmete tief und angestrengt. Diana hatte nur den einzigen Wunsch, sie in den Armen zu halten, löste zärtlich ihren Mund aus ihr, aus der dunkelsüßen feuchten Fülle, ihrem Duft; tauchte auf, wie aus einem Meer.

Sie lagen nahe beieinander; Lane hielt Dianas Hand, betrachtete sie, strich gedankenversunken mit einem Finger über ihre Handfläche. - Sie hatte lange ruhig und bewegungslos in Dianas Arm gelegen; plötzlich warf sie ihr einen kurzen Blick zu und sagte mit sanfter, warmer Stimme, "Planst du noch mehr solche Überfälle aus dem Hinterhalt?"

"Vielleicht. Vielleicht nicht," sagte Diana lächelnd.

"Ich weiß noch, wann du das das letzte Mal gesagt hast; es war, als ich dich bei den Encounterspielen fragte, ob du mich auch wirklich auffangen wolltest."

"Es war das erste Mal, daß ich meine Arme um dich legte."

"Es hat dir so gut gefallen, daß du mich auf dem Boden landen ließest," neckte Lane.

"Das hattest du nicht besser verdient. Du hast mir mißtraut."

Lane sagte ernst, "Du bist sehr vertrauenswürdig. Du bist ein sehr mutiger und aufrichtiger Mensch."

"Besonders mutig bin ich nicht," murmelte Diana. "Ich weiß nicht, warum du das sagst. Du bist sehr aufrichtig."

"Bei dir, ja."

"Warst du bei den anderen Frauen nicht so ehrlich?"

Lane sah sie lange, schmunzelnd an. "Was glaubst du, wieviele andere Frauen es gab?"

"Tausende."

Lane lachte. "Warum denkst du das?"

"Einfach wegen der Art, wie du mich berührst."

Lane rollte sich zur Seite, auf den Bauch, stützte sich auf die Ellbogen und beugte sich lächelnd zu Diana hinunter. "Hast du denn schon vergessen, was du gerade mit mir gemacht hast?"

Diana sagte verlegen, "Das ist einfach . . . von selbst gekommen."

"Ja. Aber woher wußtest du denn, wie du mich berühren mußt?"

"Ich . . . wußte es einfach. Du hast es mir sehr leicht gemacht, es zu wissen. Einfach so, wie du mit mir warst . . . und von mir selbst, und dann hatte ich das Gefühl, du würdest es mögen, wie ich dich berühre . . . und ich wollte dich auch so berühren."
"Es ging mir genauso; ich wollte es einfach tun. Ich wollte, daß du dich gut fühlst, und ich wollte . . . alles. Wollte dich überall berühren. Und daher wußte ich, wie ich es machen muß."
Lane legte sich wieder auf den Rücken, verschränkte ihre Arme hinter dem Kopf. Sie blickte aus dem Fenster. "Als ich siebzehn war, Diana, da gab es mal eine Frau. Sie war eine Klasse über mir in der Highschool, eine Oberstufenschülerin. Wir wurden Freundinnen. - Freundinnen.," wiederholte sie ironisch. "Für mich war die Freundschaft mit ihr eine Art Gottesgeschenk. Ich hatte mich nie zuvor jemandem so nahe gefühlt, außer meinem Vater. Wir berührten uns oft, hielten uns an den Händen, wenn wir allein waren. Ich hatte vor mir selber eine sehr einfache Rechtfertigung dafür, weißt du - die anderen würden einfach nicht verstehen, wie eng unsere Freundschaft war, daß es eben etwas ganz Besonderes war. Ich war eine Närrin, eine Idiotin. Eines Abends war ich bei ihr zu Hause, und wir waren in ihrem Zimmer und sahen fern. Wir saßen auf ihrem Bett, hielten uns bei den Händen. Ihre Eltern waren ausgegangen. Wir hatten schon oft so gesessen, aber dieses Mal legte sie ihren Arm um mich, und plötzlich hielten wir uns umarmt und küßten uns, und ich wußte auf einmal, daß ich das schon die ganze Zeit gewollt hatte. Wir entkleideten uns gegenseitig. Sie hieß Carol. Ich war völlig verblüfft über meine sexuellen Gefühle, völlig verunsichert davon, wie sich ihr Körper für mich anfühlte, was die Berührung in mir auslöste. Bei keinem der Jungen, mit denen ich zusammengewesen war - und ich war damals keine Jungfrau mehr - bei keinem hatte ich auch nur etwas annähernd Ähnliches empfunden. Zwischen uns passierte nichts - ich war fürchterlich erschrocken, zog meine Kleider an und rannte weg. Ich wollte sie nie wieder sehen. Irgendwann einmal gab sie es auf, es zu versuchen. Ich wußte, wie sehr ich sie verletzte, aber ich wußte auch, daß es wieder geschehen würde, wenn ich sie wieder träfe, und ich wußte auch, daß es mir dann nicht gelingen würde, rechtzeitig aufzuhören."
"Und das war das einzige Mal?"
"Ja. Ich war sehr erleichtert, als ich mich in Mark verliebte, war froh, daß ich ihn anziehend fand. Und seither gab's natürlich

viele Männer, Dutzende - Gott weiß wieviele."

"Lane, deine Erfahrung damals gehörte einfach zur Pubertät. Hat deine Liebe zu Mark dir das nicht gezeigt?"

"Siebzehn ist ein bißchen alt für eine Pubertätserfahrung. Du klingst wie eine meiner Rationalisierungen," sagte sie leise lächelnd. "Es gab keine einzige Rationalisierung auf der Welt, die ich mir nicht ausgedacht hätte, um mir meine Gefühle für Carol zu erklären. Aber das hat mich nicht davor geschützt, daß in meinen Träumen immer und immer wieder eine Frau auftauchte, deren Gesicht ich nie erkennen konnte, - jahrelang."

"Ich glaube nicht, daß das ein ungewöhnlicher Traum ist, für eine Frau."

"Schon wieder eine meiner Rationalisierungen. Ich habe es nie gewagt, mit einer Frau so eine Freundschaft zu haben, wie du sie mit Vivian hast. Höchstens ganz zufällige, oberflächliche Bekanntschaften mit Frauen wie Madge. Ich hab's nach der Sache mit Carol nie mehr riskiert; hatte Angst, aus einem freundschaftlichen Gefühl zu einer anderen Frau könnte sich wieder eine körperliche Anziehung entwickeln. - Zu dir hab' ich mich vom ersten Augenblick an hingezogen gefühlt. Ich bin nicht mit ins Spielkasino gegangen, als du mich fragtest, weil ich dich viel zu anziehend fand."

"Und doch läßt du es jetzt zu."

"Ich scheine gegen dich keine Abwehrstoffe zu haben."

Diana sagte langsam, "Ich war die erste für dich."

"Ja. Und es war schöner, als je ein Traum hätte sein können."

Diana war verstummt, ließ sich alles noch einmal durch den Kopf gehen, vor dem Hintergrund dieses neuen Wissens. Schließlich sagte sie, "Lane, warum hast du mir das nicht schon früher gesagt? Gestern nacht? Heute morgen?"

"Woher hätte ich das Recht nehmen sollen, das zu tun? Ich hatte davor dieselben Ängste wie du; ich bin jahrelang davor davongelaufen. Du mußtest das selbst entscheiden. Ich hatte auch so ein Gefühl, als ob dies eine Art ausgleichender Gerechtigkeit wäre. Du bist vor mir so davongerannt, wie ich damals vor Carol."

"Was ist aus ihr geworden?"

Sie lebt in San Francisco. Mit einer Frau zusammen, soweit ich weiß."

"Du mußt sehr einsam gewesen sein."

"Ich arbeite sehr viel. Und ich war mit Männern zusammen." Sie hielt inne. - "Als mein Vater noch lebte, war es nicht so schlimm. Wir standen uns sehr nahe. Er hat mir geholfen, über Marks Tod hinwegzukommen. Seinen Tod hätte ich fast nicht überlebt. Lange, furchtbar lange Zeit wollte ich nicht mehr leben. Meine Arbeit hat mich gerettet, mehr als irgend etwas anderes."

"Ich wünschte, ich hätte dich damals schon gekannt."

"Ich weiß nicht, ob ich es damals hätte zulassen können, Diana. Ob es überhaupt geschehen wäre, ohne Umstände wie diese." Nachdenklich fuhr sie fort, "In der ersten Nacht dachte ich, du wärst schon mit Frauen zusammengewesen. Ich hatte das Gefühl, du gehst auf mich zu, du wolltest, daß wir uns küssen. Du warst so verletzt von diesen Encounterspielen, und alles was ich wollte, war, dich zu trösten, zu umarmen; ich wollte versuchen, alles wieder gutzumachen - "

"Ja, und du warst so zärtlich . . . es war wie selbstverständlich für mich, dich zu küssen. Und dann hab' ich mir den ganzen Tag überlegt, was du jetzt wohl denkst. Und dann, letzte Nacht, als du zu mir kamst, die Art, wie du das machtest, da dachte ich, du hättest ganz viel Erfahrung."

"Es war alles sehr merkwürdig. Nach unserer ersten Nacht war ich so durcheinander, daß ich nichts anderes mehr tun konnte als zu versuchen, mir über meine Gefühle klar zu werden. Dann fiel mir ein, daß du ja auch ganz verwirrt sein mußtest, daß du wahrscheinlich sehr besorgt wärst. Ich versuchte mit dir darüber zu reden, bei dem Drink im Kasino. Danach gab es keine Gelegenheit mehr dazu."

"Und ich dachte, du wolltest mir sagen, daß du dir gar keine Gedanken darum machst, daß es überhaupt keine Bedeutung für dich hat."

"Ach so. Das erklärt einiges. Ich habe am Fenster auf dich gewartet, hatte gehofft, daß wir dann reden können. Und du bist einfach ins Bett gegangen. Ich hab' das überhaupt nicht verstanden." Sie lächelte. "Und dann dachte ich, ich hätte mich vielleicht nicht genau genug ausgedrückt, und deshalb kam ich zu dir."

"Ich war völlig überrascht. Es war das letzte, was ich erwartet hätte."

"Ich hätte es wissen müssen. Aber ich habe es nicht verstanden, bis . . . " Lane fuhr sehr sanft fort, "Ich wußte nicht mehr, was ich tun oder sagen sollte. Es war ein furchtbares, grauenvolles Gefühl. Mir blieb nichts anderes übrig als zu hoffen, du würdest nicht sofort zurück nach Los Angeles fahren und damit alles beenden. Hast du meine Karte gefunden?"

"Ja, ich war unendlich froh, als ich sie fand."

"Ich hätte es niemals tun sollen, aber ich konnte einfach nicht anders."

"Den ganzen Rückweg über hatte ich Angst, du könntest dir inzwischen überlegt haben, daß es mit einer dieser willigen Frauen in San Francisco wesentlich problemloser wäre."

Lane lächelte. "Mir ging's sehr, sehr schlecht, weil ich immerzu an dich denken mußte. Auf Skiern war ich eine Gefahr für die Öffentlichkeit. Bin dauernd hingefallen, habe beinahe Bäume umgefahren. Ich konnte an nichts anderes denken als an dich. Wie es sich anfühlt, dich in den Armen zu halten, dich zu küssen. Hast du . . . hast du dich nie zuvor von einer anderen Frau angezogen gefühlt?"

"Ich . . . " Sie wußte nicht, wie sie ihr Gefühl für Barbara beschreiben sollte und sagte, "Eine körperliche Beziehung . . . der Gedanke ist mir einfach nie gekommen." Sie sah Lane an und sagte offen und ehrlich, "Ich kann dich nicht ansehen, ohne dich ganz zu wollen."

Lane kam nahe zu ihr. "Und ich will dich. Will dich so sehr."

Lane löste ihren Mund von Dianas, ging weiter zu ihrem Körper, bewegte sich unendlich langsam hinunter. Sie küßte hingebungsvoll die Innenseite ihrer Schenkel, streichelte sie zärtlich, vertraut. Diana zitterte am ganzen Körper, stöhnte laut auf.

Später lag Lane mit ihrem Kopf auf Dianas Bauch, hielt ihre Hände fest umschlossen. "So süß," flüsterte sie. "Diana, du schmeckst so süß."

Dianas Atem ging rasch; sie war noch ganz überrascht von der machtvollen Intensität ihres Orgasmus. Lanes Brüste waren zwischen ihren Beinen, drängten sich in sie; feste Brustwarzen, eine nach der anderen, rieben kreisend ihre Feuchte. Lane seufzte, stöhnte lustvoll, als sie Diana wieder glühen ließ vor Erregung. Dianas Beine zitterten, und Lanes Mund tauchte in sie ein, langsam, wissender. Der Orgasmus kam noch machtvoller, durchströmte Dianas aufs äußerste angespannten Körper mit hellem Entzücken.

Lane stöhnte, als, Körper auf Körper, Diana ihre Arme, ihre Beine fest um sie schlang. Lane bewegte sich auf ihr, sinnlich, zärtlich liebkosend; sie hatte die Augen geschlossen. Diana versank, überwältigt, im Taumel ihrer Sinne. Lane hielt Dianas Gesicht fest in beiden Händen und sagte mit heiserer Stimme und einem Gesicht, das vor Verlangen ganz hart und streng geworden war, "Ich muß das jetzt mit dir machen." Heftig drängte und stieß sie ihre Zunge in Dianas Mund, hielt dabei den wilden Bewegungen von Dianas Körper unter dem ihren mit erstaunlicher Kraft stand. Ihr Mund glitt zwischen

Dianas Beine, und Dianas Hüften stießen wild, rhythmisch, bäumten sich auf, und sie stöhnte laut, konnte ihre Schreie nicht länger unterdrücken, bis ihr Körper sich anspannte im Orgasmus, zerschmolz, mit einem Gefühl, als würden auch alle Knochen zerschmelzen.

Mit Tränen in den Augen und zitternd lag sie in Lanes Armen.

"Ich weine nicht," sagte sie schwankend.

"Ich weiß." Lane küßte sacht die Tränen fort, die sich in ihren Augenwinkeln sammelten.

"Es wird mit jedem Mal . . . mehr."

"Ja, ich weiß."

"Ich werd' an dir noch sterben."

"Nein, das wirst du nicht tun," erwiderte Lane ernsthaft, in sachlich-nüchternem Ton. Sie fragte, "Möchtest du ein bißchen schlafen?"

Diana streichelte mit den Händen über ihre Schultern, fuhr den Rücken hinunter, umfaßte fest das runde, geschmeidige Fleisch ihrer Hüften. "Nein," sagte sie. Sie drehte sich um, schob sanft Lanes Körper unter den ihren. "Lane," seufzte sie, und ihr Mund berührte Lanes Brüste.

Draußen vor der Hütte heulte der Sturmwind, rüttelte das Fenster mit heftigen Stößen. Der elektrische Heizer in ihrem Raum summte und knackte, rotglühend.

Und sie zerwühlten ihr Bett. Die Decke fiel auf den Fußboden; die Kissen lagen überall im Raum verstreut; und auf dem Höhepunkt des Orgasmus riß Lane die Laken aus ihrer Befestigung. Dianas Lust an Lanes Körper vertiefte sich immer mehr, ließ ihren eigenen Körper glühen, und sie versanken in einem Taumel der Leidenschaft.

11. KAPITEL

Sie lagen eng umschlungen, küßten sich; von unten drangen gedämpft die Stimmen der Frauen herauf.

Diana wandte ihr Gesicht ab. "Du kannst heute nicht abfahren." Sie löste sich aus der Umarmung und setzte sich auf. "Das geht einfach nicht."

"Du hast recht. Das geht nicht. Ich werde von der Stadt aus anrufen."

Diana fiel ein Stein vom Herzen, und sie fragte, obwohl sie sich keine allzu großen Sorgen deswegen machte, "Kommst du damit in große Schwierigkeiten?"

"Ich werde sie darum bitten müssen, ein paar Sachen für mich zu erledigen. Viel schwieriger sind die da unten." Sie zeigte auf die Falltür. "Wie soll ich ihnen erklären, daß ich noch einen Tag bleibe?"

"Du könntest ihnen sagen, daß du mit mir ins Spielkasino gehen willst. Ich hätte dich dazu überredet."

Lane nickte und setzte sich auf. "Ja, das könnte gehen. Madge wird es allerdings absolut untypisch finden für mich, mit Recht. Ich nehme normalerweise meine Arbeit sehr ernst. Und Liz merkt so ziemlich alles. Es war ein Glück, daß sie gestern abend mit dem Rücken zu mir saß und nicht sehen konnte, wie wir uns anschauten."

Diana stieg aus dem Bett und suchte ihren Pyjama. "Was sollten sie vermuten? Unsere Lebensgeschichten weisen auf nichts dergleichen hin."

Lane lächelte. "Das ist wahr. Laß mal überlegen - heute vormittag wollten wir Ski fahren, und nachmittags wollte ich abreisen. Wenn ich morgen früh fahre, bin ich in San Francisco um . . . " Sie schloß die Augen und dachte nach.

Bei den Worten 'San Francisco' fühlte Diana sich plötzlich ganz verlassen.

"Es wird wohl einen besseren Eindruck machen, wenn ich ein paar Stunden Skifahren gehe," sagte Lane versonnen. "Und dann komm' ich hierher zurück, zieh mich um und treffe dich in der Stadt."

"Ich werde hier auf dich warten," sagte Diana fest entschlossen.

"Ski fahren. Ich muß Ski fahren. Oh, grausames, unerbittliches Schicksal. Es ist so etwa das letzte, wonach mein Körper sich jetzt sehnt. Oh je, oh je." Jammernd ließ sie sich ins Bett zurückfallen.

Diana lachte bei ihrem Anblick: ein Bündel der Verzweiflung, das alle Viere von sich streckte, lag inmitten ihres zerwühlten Bettes. "Ich hab' noch nie jemanden gesehen, der so wenig wie eine Rechtsanwältin aussah."

Lane verkroch sich unter einem Bettlaken. Ihre Stimme ertönte gedämpft unter dem Laken hervor, "Es ist sehr schwer für einen Menschen, seine Würde zu bewahren, ohne Kleider am Leib." Sie warf das Laken beiseite und rieb sich die Augen. "Ich muß jetzt meinen Kopf zusammennehmen, muß versuchen, mich daran zu erinnern, wie mein Arbeitsplan für morgen aussieht, und wie ich das von hier aus regeln kann. Kannst du nicht bitte nach unten gehen? Ich werd' das Zimmer ein bißchen aufräumen und meine Gedanken ordnen. Sieh dir das bloß an," sagte sie, setzte sich auf und betrachtete das Bett.

Diana grinste vergnügt. "Wir haben uns ein wenig . . . vergessen."

Lane lachte. "Kannst du nicht noch eine kleine Minute hierherkommen, bevor du dich anziehst?"

Einige Minuten später gaben ihre Arme Diana frei. "Guten Morgen," sagte sie und sah ihr lächelnd in die Augen. "Fühlst du dich auch so unglaublich gut wie ich?"

"Guten Morgen," flüsterte Diana lächelnd. "Ja."

Sie stieg die Leiter hinunter, winkte den Frauen am Feuer zu und ging ins Badezimmer. Sie spritzte sich Wasser ins Gesicht, hielt inne, fühlte sich plötzlich ganz weich und gut, als sie Lanes Duft an ihren Händen wahrnahm. Sie sah in den Spiegel, betrachtete lange ihr strahlendes Gesicht, fühlte ihren Körper rund und warm und wohlig. Sie hätte gern gewußt, ob auch sie Lane eine ähnliche Befriedigung und Erfüllung geschenkt hatte. Ihr fiel wieder ein, daß sie beide in den drei vergangenen Nächten nur wenige Stunden geschlafen hatten - Lane wahrscheinlich noch weniger als sie - und sie nahm sich vor, Lane diese Nacht schlafen zu lassen; Diana würde Lanes zarten, wunderschönen Körper in ihren Armen halten, während sie schlief.

Sie lächelte bei diesem Gedanken und begann, ihr Haar zu bürsten. Überrascht beugte sie sich vor und sah genauer in den Spiegel: auf ihren Schultern waren Kratzspuren und hellblau verschwimmende Flecke. Sowas Verrücktes, dachte sie. Attila, der All-American-Hunne fällt brutal über dich her - und die

zärtlichste Person der Welt hinterläßt blaue Flecken.
Sie zog sich an und gesellte sich zu den anderen Frauen; Lane war inzwischen ins Badezimmer gegangen. "Ich hab' Lane überredet, noch einen Tag zu bleiben," sagte sie. "Ist dir das recht, Liz?"
"Du hast w a s getan?" fragte Madge.
"Aber sicher doch, es freut mich," sagte Liz. "Sie selbst hat doch darauf bestanden, daß sie so früh zurückfahren muß."
"Ich glaube das nicht," sagte Madge. "Ich hab's mal erlebt, da hatten wir Karten für ein Theaterstück, das sie schon seit Monaten sehen wollte, und sie hat in der letzten Sekunde abgesagt, weil irgendwas mit der Arbeit war. Und das war nicht das einzige Mal. Nichts geht ihr über ihre Arbeit."
"Ich hab' all meine Überzeugungskraft aufgewandt," sagte Diana lächelnd. "Ich hab's fertiggebracht, daß sie aus ihrem Skript ausgebrochen ist."
Die Frauen lachten, aber Madge wandte ein, "Ich weiß, daß sie im Moment Schwierigkeiten im Büro hat, deshalb hatte sie diese Ferientage schon so verkürzt. Wie hast du das nur angestellt? Was hast du zu ihr gesagt?"
"Frag sie doch selbst," erwiderte Diana verärgert; Lane war gerade aus dem Badezimmer gekommen. Sie war Rechtsanwältin und konnte ihre Redekunst jetzt gut einsetzen, um diese Nervensäge abzuwimmeln.
Madge sagte spitz, mit unverhohlenem Sarkasmus, "Lane, wie hat Diana es fertiggebracht, die Mauer deines unerschütterlichen Pflichtbewußtseins zu durchbrechen?"
Lane antwortete mit hinreißendem Lächeln, "Sie hat mich davon überzeugt, daß ein Hauch von Unberechenbarkeit meinem Image im Beruf sehr gut tun würde."
"Schaden kann's nichts," sagte Liz gleichgültig.
Madge hob die Augenbrauen, trank einen kleinen Schluck Kaffee und sah Lane nachdenklich an.
Chris sagte, "Neulich nacht hat Lane doch selbst gesagt, daß man jederzeit, bis ins Greisenalter, seine Lebensgewohnheiten ändern kann. Stimmt's, Lane?"
"Ja, das stimmt, Chris."
Madge nickte, offenbar zufrieden. "Es wurde auch Zeit, daß du mal sowas wie eine menschliche Regung zeigst."
Lane lachte und sah Diana strahlend an. "Ich geb's zu, ich habe auch meine Schwächen."
"Ach, wirklich? Nenn mir eine," sagte Liz und grinste herausfordernd.

"Dein Essen, zum Beispiel."

Liz strahlte. "Auf zum Frühstück."

"Ich find's ganz toll, daß du noch bleibst," sagte Chris. Diese kleine Arbeitspause scheint dir ungeheuer gutzutun. Du und Diana, ihr beide seht fantastisch aus heute morgen."

Diana und Lane verspeisten Riesenberge von Eiern, Schinken und Pfannkuchen. "Das macht die einmalige Bergluft - und dein einmaliges Essen, Liz," murmelte Diana und sah dabei Lane an.

Lanes Augen blitzen vergnügt.

"Kann ich euch beide zum Abendessen zurückerwarten?" fragte Liz.

"Nein," antwortete Diana schnell und blickte dann Lane fragend an.

Lane nickte und sagte lächelnd zu Liz, "Ich habe die Absicht, eine ganz verruchte Spielerin zu werden."

Diana sah Lane nach, die beschwingt die Straße hinunter zu ihrem Auto lief; ihr Atem stieg in kleinen Wolken in die kalte Luft. Sie ließ den Wagen an, einen flachen, silbergrauen Mercedes, wartete eine ganze Weile, bis der Wagen in der eisigen dünnen Höhenluft warmgelaufen war und fuhr dann langsam in die Stadt hinunter.

Die anderen Frauen verließen das Haus, nur Chris blieb da. Sie hatte sich im letzten Moment entschlossen, einen Tag mit Skifahren auszusetzen. Diana war enttäuscht; sie wäre gern allein gewesen mit ihren Gedanken, ihren Träumen. Sie nahm ein Buch zur Hand und setzte sich neben den Kamin; ab und zu sprach sie gezwungenermaßen ein paar Worte mit Chris. Sie war wie betäubt von den Erinnerungen an die Nacht, versank darin - wie in einem Rausch; voller Sehnsucht wartete sie auf Lanes Rückkehr.

Lane kam kurz nach elf zurück. Ihr Gesicht glühte, ihre Skihosen sahen ganz durchnäßt aus.

Wie ist denn das passiert?" fragte Chris besorgt.

"Ich war da draußen nicht gerade Margot Fonteyn," brummte Lane und sah sie erstaunt an. "Ich bin in ein paar Minuten wieder unten," sagte sie zu Diana.

"Ich muß auch kurz raufgehen," sagte Diana.

Als sie den Raum betraten, knurrte Lane verhalten heftig, "Warum muß sie denn ausgerechnet jetzt hier sein? Ich bin zurückgekommen, sobald ich nur konnte . . . ich kann dich nicht mal umarmen, bin viel zu naß und kalt."

Diana seufzte. "Vielleicht ist's auch besser so. Lane, kannst du mir bitte einen Gefallen tun - kannst du bitte die weiße Seidenbluse anziehen, die mit der Kordel am Hals?"

"Dein Wunsch ist mir Befehl. Und wenn wir schon dabei sind, Wünsche zu äußern: könntest du bitte den weißen Pullover mit dem V-Ausschnitt anziehen?"

Diana zog ihren goldfarbenen Pullover aus und holte den weißen Kaschmirpullover aus der Schublade. Sie fühlte Lanes Augen auf sich ruhen und wandte sich ihr zu. Lane hatte ihre Skikleidung abgestreift; sie stand vor dem Schrank und blickte unverwandt auf Lanes Brüste. Dianas Augen fielen auf hauchdünne weiße Spitze über Lanes Hüften.

"Meine Hände sind jetzt warm," sagte Lane.

"Lane, es könnte ihr einfallen, die Leiter hochzusteigen," brachte Diana mühsam hervor; sie glühte vor Verlangen; ihre Brustwarzen waren fest zusammengezogen.

"Ich hasse sie."

"Ich auch."

Lane sagte, "Komm, wir nehmen mein Auto. Es ist gut aufgeheizt."

"Ein schönes Auto," sagte Diana.

"Es gehörte meinem Vater. Möchtest du fahren?"

"Nein, nicht bei diesem Eis und Schnee auf der Straße."

"Ach, komm." Lane warf ihr den Schlüssel zu. "Ich vertraue dir."

Diana fuhr vorsichtig, achtete auf eisglatte Stellen. Als sie bemerkte, daß die Straße frei und trocken war, löste sich ihre Anspannung, und sie genoß das Fahren. "Du bist heute schon auf dieser Straße gefahren," sagte sie vorwurfsvoll, "du wußtest, daß sie geräumt ist. Wie soll ich je erfahren, ob du mir wirklich vertraust.?"

"Ich vertraue dir."

Sie fühlte Lanes Blick und sagte, "Das ist ein schöner Wagen für zwei Leute."

"Ja. Sehr intim."

"Ich kann kaum fahren, wenn du mich dabei ansiehst."

"Aber ich gucke doch nur."

"Dein Blick ist wie eine Berührung."

Gehorsam sah Lane zum Fenster hinaus und fragte, "Was hast du heute morgen gemacht?"

"Ich habe mich erinnert." Diana fragte, "Warum warst du so naß und durchgefroren? War der Schnee nicht gut?"

"Doch, aber ich bin dauernd hingefallen. Und dann habe ich lange in einer Schneewehe gesessen und habe mich auch erinnert. Dabei ist, glaub' ich, mein Skianzug so naß geworden."

"Der Gedanke, daß du hinfällst, ist mir gar nicht lieb. Du könntest dich verletzen dabei."
"Das werde ich nicht tun."
Diana parkte den Wagen bei Harrahs. "Für einen Drink ist es wahrscheinlich noch ein bißchen früh," sagte sie, als sie über den Parkplatz liefen, "aber ich weiß bei Harrahs einen Raum mit einer wunderbaren Aussicht. Ich würde gerne dort mit dir sitzen."
"Gut. Einverstanden."
"Aber erst muß ich noch Vivian finden, muß ihr erklären, warum ich heute nicht mit ihr spielen kann. Überlaß' es nur mir, ich weiß schon, wie ich's ihr beibringe."
"Wir sind zwei Fremde in einer fremden Stadt," bemerkte Lane. "Es ist erstaunlich, welche Menschenmengen hier in der Landschaft herumschwirren."
Sie fanden Vivian bei Harveys. "Ich hab' dich heute morgen schon gesehen, meine Süße," sagte Vivian zu Lane. "Bei Harrahs in der Juwelierabteilung. Ich hab' 'Hallo' gerufen, aber du hast durch mich hindurchgeschaut."
"Oh, wirklich? Meine Güte, das tut mir leid." Lane sah so bestürzt aus, daß Diana und Vivian unwillkürlich lachten. "Ich mußte ein paar Telefonanrufe erledigen und war ganz in Gedanken."
Vivian zuckte die Achseln. "Ich hab mir schon gedacht, daß irgendwas los ist. Laß nur, Vivians Ego ist unverwüstlich." Sie lächelte Lane zu. "Das gilt auch für ihre Neugier." Als Lane keine Anstalten machte, zu antworten, zuckte sie wieder die Achseln.
Diana sah Vivian verwirrt an, weigerte sich aber dann, ihrem Gefühl weiter nachzugehen.
Sie sagte, "Ich wollte jetzt Lane zeigen, wie man Blackjack spielt; und dann wollten wir hochfahren zum Restaurant 'Nordküste'. Hast du auch Lust, zu kommen?"
"Um Gotteswillen, nein. Da oben ist es, selbst wenn viel los ist, ruhig wie in einer Gruft. Viel Spaß, Mädels. Vivian bleibt lieber da, wo ein paar lebendige Körper rumlaufen und spielt mit ihren Automaten."
Sie fuhren mit dem Fahrstuhl hoch, und Lane sagte, "Ich nehme an, du wußtest, daß sie nein sagen würde."
Diana nickte. "Ich hab' das Gefühl, wir sind jetzt für eine Weile einigermaßen unter uns."
Ein paar Minuten später saßen sie sich gegenüber, blickten auf ein Panorama aus Bäumen und Schnee. Lane sagte, "Es ist wunderschön hier."

Der Kellner brachte ihren Wein. Lane hatte Diana aufmerksam angesehen, und als sie wieder allein waren, sagte sie, "Deine Augen sind ganz hellbraun, aber im Tageslicht sieht man ein paar grüne Tupfen darin."

"Die Augen meiner Mutter waren grün."

"Von deiner Mutter hast du noch nie gesprochen, nur von deinem Vater."

"Sie starb, als ich vier Jahre alt war. Sie wurde von einem Auto überfahren, direkt vor unserem Haus. Den Fahrer des Wagens hat man nie gefunden - Fahrerflucht."

"Eine furchtbare Tragödie," sagte Lane leise. "Hast du noch irgendwelche Erinnerungen an deine Mutter?"

"Ganz verschwommen. - Nach ihrem Tod waren viele Frauen bei uns im Haus, eine nach der anderen; alle versuchten, mich zu bemuttern - wahrscheinlich, um Vater für sich zu gewinnen. Aber er hat nie wieder geheiratet. Was ist mit deiner Mutter?"

"Sie ist verheiratet. Lebt in Pacifica. Nach Vaters Tod sind wir uns wieder ein bißchen näher gekommen, aber wir sehen uns sehr selten. Als ich zehn war, hat sie sich von Vater scheiden lassen; ich wollte unbedingt bei ihm bleiben, weil ich ihn vergötterte. Ich denke, es wäre für jede Mutter schwer gewesen, das zu verstehen oder zu verzeihen. Für mich war es ganz klar: ich war seine Tochter, hatte seine Haarfarbe, seine Augenfarbe. - Und doch hatte meine Mutter allen Grund, sich von ihm scheiden zu lassen. Er war ein Schürzenjäger. Ein sehr gutaussehender Mann - er hatte dauernd irgendwelche Geschichten mit anderen Frauen."

"Wie war das für dich?"

"Ich war eifersüchtig damals; habe nicht verstanden, wie wenig diese Frauen ihm bedeuteten. Seit ich hier bin, habe ich viel darüber nachgedacht, Diana, und auch über Madges Skript-Theorien. Er war mit unzähligen Frauen zusammen - ich mit unzähligen Männern. Und dann fiel mir wieder etwas ein; ich habe mich plötzlich ganz deutlich erinnert an etwas, das vor der Geschichte mit Carol war . . . " Lane blickte finster. "Er hat mir damals gesagt, daß die gleichgeschlechtliche Liebe zwischen Frauen die hirnrißigste, abscheulichste, lächerlichste Perversion überhaupt sei."

Diana fragte erstaunt, "Wie kam er darauf, so etwas zu sagen? Wie kann er irgend etwas davon gewußt haben? Wie kann überhaupt ein Mann etwas davon wissen?"

"Ich glaube nicht, daß er etwas wußte. Ich denke eher, daß er . . . bei mir irgend etwas ahnte."

"Das ist möglich . . . jetzt verstehe ich auch, wie es kam,

daß du vor etwas davongelaufen bist, das du eigentlich wolltest. Es hatte nichts mit persönlichem Mut zu tun - es war deine Furcht, von einem Menschen verurteilt zu werden, dessen Meinung für dich mehr Gewicht hatte als die irgendeines anderen Menschen auf der Welt."

Lane sagte langsam, "Das, was Madge über das Skript gesagt hat, ist gar nicht so dumm. Aber mein Vater wollte eher verhindern, daß ich ein ähnliches Leben führte wie er. Mir ist erst sehr spät klargeworden, wie einsam er tatsächlich war, wie sehr in sich selbst gefangen, und er wollte nicht, daß es mir auch so ginge. Mark war kein Mann, den er sich für mich als Ehepartner vorgestellt hatte - Mark war ihm nicht ehrgeizig genug. Aber als er ihn näher kennenlernte, mochte er ihn sehr gern; er war auch froh, daß ich mich nicht mehr so herumtrieb wie früher - er wollte einfach, daß ich unter die Haube kam; ich sollte glücklich verheiratet mit einem Mann zusammenleben. Marks Tod war für Vater fast genauso ein Schlag wie für mich."

"Ich würde gern wissen, was Mark für ein Mensch war. Erzählst du mir etwas von ihm?"

"Ja, wenn du möchtest. Er arbeitete in der Werbebranche. Sah gut aus - für meine Begriffe jedenfalls. Er war sehr schlank, hatte dunkelbraunes Haar, das ihm fast bis zu den Schultern reichte, dunkelbraune Augen. Er hatte ein sensibles Gesicht, war ein sensibler Mann, sehr ungewöhnlich. Meine ganzen kleinen Spiele hat er einfach ignoriert."

"Spiele?"

"Dominanzspiele. Das Wenn-du-mit-mir-zusammensein-willst-mußt-du-tun-was-ich-will-denn-ich-werde-nicht-tun-was-du-willst-Spiel. Sowas Ähnliches scheine ich immer zu spielen und dabei zu gewinnen. Obwohl du bei dieser Art von Gewinnen natürlich eigentlich der Verlierer bist. Alle meine männlichen Bekannten sind auf diesem Schlachtfeld ausgespielt worden. Ich bin nicht stolz darauf, Diana, es ist einfach so. Mark war die einzige Ausnahme."

"Warum war es bei ihm anders?" Diana hatte das Bedürfnis, mehr über den Mann zu erfahren, den Lane geliebt hatte.

"Ich glaube . . . er hat es einfach abgelehnt, sein Ego da hinein zu verstricken. Aber er liebte mich sehr. Er sagte immer, 'Du verhältst dich wieder wie ein Kind, Lane,' ging hinaus und arbeitete in seinem Garten. Er hatte ein kleines Haus mit einem Felsengarten, in dem all mögliche Arten exotischer Farne und ungewöhnlicher Pflanzen wuchsen. Er hatte eine Vorliebe für solche Dinge, war gern mit sich allein.

Manchmal machte er lange Spaziergänge, lief einfach, meilenweit; wenn er zurückkam, erzählte er mir immer witzige Geschichten von Dingen, die er gesehen hatte. Er hatte eine ganz ungewöhnliche Sicht der Dinge, die schwer zu beschreiben ist. Er kochte gern. Er versorgte mich gern, zeigte mir seine Zuneigung auf diese Weise. Er war in vieler Hinsicht wie ein Bruder, ein Freund für mich."

"Ich bin froh, daß er jemanden wie dich gefunden hat."

"Es ist sehr lieb, daß du das sagst. Aber ich bin froh, daß ich ihm begegnet bin. Ich habe durch ihn gelernt, die Dinge anders zu sehen; er hat mir für vieles die Augen geöffnet. Aber ich war damals zu jung, um das wirklich zu begreifen und habe wahrscheinlich nicht viel Interesse gezeigt. Noch überhaupt niemandem gegenüber, glaube ich; mit dir jetzt, das ist etwas ganz Neues."

Lane sagte, und überlegte dabei jedes Wort genau, "Mir ist das nicht klar . . . mit deinem Freund, der dich so verletzt hat."

"Ich versuche selbst noch, mir darüber klar zu werden. Ich habe Jack nicht geheiratet - hatte genug von meiner ersten Ehe, die wie ein Gefängnis war. Aber es kann gut sein, daß dies für ihn ein Grund war, unsere Beziehung nicht so ernst zu nehmen." Und ganz mühelos sprach sie aus, was sie noch nie jemandem gesagt hatte, "Er hatte andere Frauen. Jetzt schwört er, daß so etwas nie wieder vorkommen wird; er möchte, daß ich ihm noch eine Chance gebe, aber ich kann ihm nicht verzeihen - es ist mir einfach nicht möglich."

Lane hob leicht die Augenbrauen. "Er muß verrückt sein. Du hast alle Eigenschaften einer Frau, von denen jeder Mann träumt."

Diana sagte verlegen, "Mit dir . . . bin ich anders . . . als ich je mit irgend jemand gewesen bin."

"Das geht mir mit dir genauso."

"Ich kann dich mit nichts und niemandem vergleichen."

"Ich dich auch nicht."

Diana sagte, "Ist dir bewußt, wie sehr deine Augen ständig die Farbe wechseln? Jetzt im Augenblick sind sie genau zwischen grau und blau. So habe ich sie schon oft gesehen. Wunderschön."

"Danke, Diana . . . heute morgen habe ich blaue Flecken auf deinen Schultern gesehen." Sie seufzte. "Ich weiß nicht, wann das passiert ist. Ich verstehe gar nicht, wie ich dir das antun konnte."

Sie saßen einander zugeneigt, sprachen leise. Diana sagte,

"Du hattest deine Arme um mich gelegt, deine Hände waren auf meinen Schultern. Und dann wurde dein Griff immer fester."
"Es tut mir leid."
Diana sah Lane in die Augen, wollte gern ihre Hände streicheln und sagte, "Es soll dir nicht leid tun, ganz bestimmt nicht. Du warst so zärtlich zu mir . . . es war . . . als es bei dir das erste Mal war . . . und du mir zeigtest, wo ich dich . . . wie du gern . . . berührt werden wolltest."
"Ich erinnere mich daran. Ich weiß noch, wie ich deine Schultern festhielt. Aber ich wußte dabei nicht, wie hart ich zufaßte."
"Das hast du auch nicht getan. Nur dann auf einmal." Diana strich mit den Fingerspitzen über ihren Pullover, über die Stellen, wo die blauen Flecken waren. "Ich mag sie sehr gern."
"Habe ich dir noch öfter wehgetan . . . ohne es zu merken?"
"Einmal, als du deine Hände in meinem Haar hattest. Und dann noch einmal. Die anderen Male hielten deine Hände immer die Bettdecke oder das Laken fest."
"Bei dir ist das ganz anders." Lane streckte ihre Hände aus, spreizte ihre schlanken Finger so weit auseinander wie sie nur konnte. "So sehen deine Hände aus. Vollkommen erstarrt. Und sie zittern, wie dein ganzer Körper."
Diana gab keine Antwort; sie traute ihrer Stimme nicht.
Lane spielte mit ihrem Weinglas und sah aus dem Fenster; Diana blickte auf ihre Finger, die über das beschlagene Glas fuhren.
Nach einer Weile fragte Diana, "Woran denkst du gerade?"
Lane sah Diana in die Augen. Ihr Gesicht schien verhärtet, hatte einen asketischen Zug bekommen; ihre Augen hatten eine tiefdunkle Farbe angenommen, waren fast schwarz. "An dich. Wie du schmeckst," sagte sie. "Hast du das wirklich nicht gewußt?"
Diana wandte ihren Blick ab, sah aus dem Fenster; ihr Kopf war wie leergefegt, kein einziger Gedanke war mehr darin, ihr Herz hämmerte dumpf. Lane sagte, "Kannst du mir nicht bitte die Spielregeln von Blackjack erklären?"
Diana erklärte ihr das Spiel in allen Einzelheiten, war dankbar für die Ablenkung. Lane hörte aufmerksam zu und stellte viele Fragen.
"Manchmal reden alle freundlich miteinander, die Croupieuse mit eingeschlossen," sagte Diana und kam zum Ende, "aber normalerweise ist es ein ruhiges Spiel, und Sex spielt auch keine Rolle dabei. Die Männer beachten einen kaum."

"Das wird eine wohltuende Abwechslung sein."
"Macht dir dein Aussehen zu schaffen?"
"Manchmal."
"Wärst du lieber weniger attraktiv?"
"Im Augenblick nicht," erwiderte Lane und legte einen Geldschein auf die Rechnung. "Bitte keine Diskussion darüber, wer bezahlt, okay?"
Diana sah sie an.
Lane schaute zur Seite und sagte mit heiserer Stimme, "Ich glaube, wir sollten . . . mit unseren Blicken etwas vorsichtiger sein."
"Lane . . . wenn du wieder in San Francisco bist – "
"Ich möchte nicht darüber sprechen," sagte Lane ruhig. "Ich möchte an nichts anderes denken als an dich und daran, daß wir heute zusammen waren und jetzt zusammen sind und heute nacht zusammen sein werden."
Sie gingen hinunter ins Kasino.
"Es soll dir Glück bringen," sagte Diana. Sie hatte zehn Dollar auf das Spielfeld vor Lane gesetzt.
Die Croupieuse zog für sich einen Blackjack, begleitet von den unzufriedenen Lauten der Tischrunde.
"Das war nicht hübsch von Ihnen," bemerkte Lane und nahm eine Fünfzigdollarnote aus ihrer Brieftasche.
"Recht hast du, Schätzchen," sagte die Croupieuse, eine stämmige Frau mit dichtgelocktem schwarzem Haar. "Ich bin dafür bekannt, daß ich ausgesprochen garstig bin."
Diana kicherte, besah sich ihr Namensschild. Sie fragte irritiert, "Ihr Vorname ist Benny?"
"Nee, Carlotta. Hab' mein Namensschild verloren. Dies hier lag irgendwo rum."
Die Spieler am Tisch lachten. Die Croupieuse zuckte die Achseln. "Die Geschäftsleitung wünscht, daß wir so ein Ding tragen. Wen schert's, was draufsteht? Was meint ihr, wovon ist 'Benny' die Abkürzung?"
"Wie wär's mit Bernadette?" schlug Lane vor.
"Bernadette, Benny," sagte die Croupieuse und wechselte Lanes Fünfzigdollarnote in Chips um. "Kann sein. Ist das nicht der Name von so einer Heiligen, die starb, um ihre Jungfräulichkeit zu retten?"
"So wird es wohl gewesen sein," sagte Lane lachend.
"Ganz schön blöde, oder?"
Lane beugte sich vor und setzte zehn Dollar auf das Spielfeld vor Diana; ihre Arme berührten sich kurz, Diana roch den Duft ihres Parfums. "Es soll dir Glück bringen," sagte Lane.

Ihre Augen trafen sich. Diana blickte hinunter auf Lanes Taille, auf die sanfte Rundung ihres Körpers, die von einem schmalen goldenen Gürtel umgeben war; ihre Augen wanderten weiter zu ihren Schenkeln. Eine ungeheure warme Welle des Verlangens durchströmte sie.

Sie sah in Lanes Karten, lehnte sich nahe an sie, erläuterte ihr die Zahlen, freute sich an ihren Reaktionen auf die Gewinne und Verluste, sah ihr beim Spielen zu, blickte auf ihre Hände, die mit Karten und Geld und Chips beschäftigt waren, ihre langen schlanken Finger, die leicht gerundeten Nägel.

Der Mann neben Lane fragte etwas, das Diana nicht verstand. "Nein, ich bin ausgebucht," antwortete Lane abwesend und sah ihm kurz ins Gesicht; sie nahm die Karten wieder auf und ignorierte ihn.

Diana blickte auf Lanes zarte Handgelenke, erinnerte sich, wie es war, sie zu küssen, mit der Zunge darüberzustreichen. Sie sah Lanes Brüste, die sich durch die Bluse abzeichneten, sah, daß ihre Brustwarzen sich zusammengezogen hatten. Die Croupieuse klopfte auf den Tisch, wartete auf sie. "Oh, tut mir leid," sagte Diana und schaute in ihre Karten.

Sie sagte zu Lane, "Du hast sehr schöne Hände."

"Danke," sagte Lane belustigt, "ich bin sehr froh, daß sie dir gefallen." Sie bewegte sich unruhig auf ihrem Stuhl hin und her.

Diana dachte an ihren schlanken Körper unter der weißen Seide, stellte sich vor, wie er in ihren Armen schauerte, und erneut durchströmte sie eine mächtige Welle des Verlangens, schnürte ihr die Kehle zusammen.

Die Croupieuse klopfte wieder auf den Tisch. "Vorhin warst du doch noch ganz munter, Engelchen. Hab' ich irgendwas gesagt, das wie eine Schlaftablette wirkt?"

"Komm, wir spielen jetzt was anderes," sagte Lane und suchte ihr Geld zusammen.

"Ich kann mich gerade wahnsinnig schwer konzentrieren," sagte Diana zu der Croupieuse, "tut mir leid."

"Macht überhaupt nichts, Kleine. 'Ne Menge Leute hier oben kriegen nicht genug Schlaf."

"Was möchtest du jetzt machen?" fragte Lane, als sie durch das Kasino schlenderten.

Diana zuckte seufzend die Achseln. "Am zweitliebsten würde ich, glaub ich, gern ein bißchen Auto fahren."

"Und was würdest du am liebsten tun?"

Leise lächelnd erwiderte Diana, "Weißt du das wirklich nicht?"

"Nein." Lane nahm sie am Arm, führte sie in eine ruhige Ecke und sah sie durchdringend an. "Sag es mir. Sag mir, was du wirklich tun möchtest, Diana."

"Ich möchte mit dir schlafen. Und du weißt das."

"Ich möchte es auch. Und zwar auf der Stelle. Sollen wir in ein Motel gehen?"

"Ja."

"Ich fahre. Du schaust."

Lane bog vom Parkplatz in die Straße ein. "An der nächsten Ecke, bei Stateline," sagte Diana. "Warum haben wir so lange gebraucht, bis wir auf diese Idee kamen?"

"Weil wir beide daran gewöhnt sind, daß jemand anders für uns die Initiative ergreift. Ich bin auch noch nie im Leben körperlich aggressiv geworden – vor zwei Nächten zum ersten Mal. Wenigstens lernen wir schnell. Vielleicht finden wir im Kieferngehölz einen schönen Platz."

Diana betrachtete Lane beim Fahren – sie sah einen schlanken Fuß im Lederstiefel auf dem Gaspedal; das freie Bein berührte sacht ihren Schenkel. Ihr Blick wanderte von den behandschuhten Händen am Lenkrad weiter zu Lanes Gesicht, das von goldenem Haar umrahmt war; sah ihr klares, schönes Profil gegen den strahlenden Himmel.

Lane sagte neckend, "Ich kann kaum fahren, wenn du mich dabei ansiehst."

"Aber ich gucke doch nur," erwiderte Lane lächelnd.

"Du hast recht, ein Blick kann wie eine Berührung sein." Lane sah zu ihr hinüber. "Übrigens – du solltest eigentlich nach einem Motel Ausschau halten."

Diana hängte die Mäntel in den Schrank, und Lane öffnete die Vorhänge, um Licht in ihr Zimmer zu lassen. "Lieber Himmel, sieh dir das an," sagte Lane, zeigte auf den See und die kreideweißen Berge.

"Ja," sagte Diana. Ihr Blick ruhte auf Lane; sie näherte sich ihr von hinten, schlang die Arme um sie, badete ihr Gesicht in duftendem Haar. Sie küßte ihren Nacken, fühlte Lanes Körper erschauern. Lane zog Dianas Arme nahe zu sich heran, lehnte ihren Kopf weit zurück, so daß ihre Gesichter sich berührten. Dianas Finger öffneten Lanes Gürtel; sie zog ihn langsam durch die Schlaufen, bis die schmalen Goldglieder in ihrer Hand lagen. Sie gab Lane frei, drehte sie um und nahm die dünne Kordel der weißen Seidenbluse in ihre Hände – bemerkte die raschen Pulsschläge an ihrem Hals. Sie nahm sie in die Arme; aber Lane war träge, beinahe schwerfällig, atmete flach. Diana sah sie an, sah, daß ihr Gesicht sich wieder verhärtet hatte zu derselben angespannten asketischen Schönheit, die sie in der Bar bei Harrahs schon wahrgenommen hatte. Ihre Augen waren tiefgrau, sahen verschleiert, verschwommen aus.

Lane sagte matt, "Ich glaube, ich . . . ich muß mich furchtbar zusammennehmen, um mich nicht auf dich zu stürzen."

"Wunderbar. Wunderbar."

Lane stand unbewegt da, während Diana sie behutsam und ohne innezuhalten entkleidete. "Ich möchte nicht . . . so sein." — "Es ist gut. Ganz gut. Glaub' mir." Diana gab sich alle Mühe, überzeugend zu wirken und sagte angespannt, "Glaub' mir, es ist gut so." Sie zog sich selbst aus und führte Lane zum Bett.

"Ich muß dich dringend umarmen," sagte Lane hilflos.

Diana saß auf dem Bett, zog Lane rittlings zu sich herunter.

"Oh Diana," flüsterte Lane, schlang die Arme fest um ihre Schultern.

"Lane," antwortete sie; ihre Finger suchten sie.

Lanes Körper zog sich zusammen, sie konnte kaum mehr atmen. Diana streichelte sie, glitt in sie, aber Lanes Körper bäumte sich auf, ihre Hüften bewegten sich heftig in ihrem eigenen zwingenden Rhythmus, ihre Arme bebten an Dianas Schultern, sie keuchte, stöhnte. "Lane," flüsterte Diana wieder und wieder. Lanes Hüften wandten sich auf ihren Schenkeln in einem wilden erotischen Tanz, ihr Atem war nur noch rasendes Schluchzen, ihre Hände krallten sich in Dianas Schultern. "Diana," stöhnte sie, als ihr Körper sich plötzlich anspannte. "Diana - " Ihr Kopf zuckte zurück, die Laute in ihrer Kehle verstummten abrupt, ihr Körper krampfte sich schauernd zusammen.

Diana legte einen Arm um ihre Schultern, ließ sie sanft aufs Bett sinken; sie hielt die Finger noch in ihr, fühlte den mächtigen, zuckenden Puls, hörte Lane nach Atem ringen. Ihre Lippen berührten Lanes Gesicht und den fliegenden Puls an ihrer Kehle. "Du bist wunderschön," sagte sie zärtlich. "So sehr, sehr wunderschön."

Strähnen von blondem Haar lagen über Dianas Gesicht; sie blies sachte hinein, sah sie leise fliegen; mit einem Arm umfing sie Lanes Schultern. Lange Zeit sprachen sie nichts; dann sagte Lane ruhig, ganz nahe an Dianas Ohr, "Danke, daß du mir - nach dem allem hier - noch sagst, du findest mich schön."

"Du warst es. Du bist es."

"Schon als wir zusammen den Wein tranken konnte ich es kaum mehr aushalten, wollte ich, daß du mich so anfaßt. Als wir Blackjack spielten. Als dieser Mann mich zu einem Drink einlud - wollte ich, daß du mich so berührst."

"Lane," flüsterte Diana mit geschlossenen Augen; ihre Arme legten sich fester um Lane.

Nach einer Weile sagte Lane, "Es hat wie ein Beruhigungsmittel auf mich gewirkt, aber ich möchte jetzt nicht schlafen. Hast du Lust, mit mir unter die Dusche zu gehen?"

"Schlaf doch ein bißchen, und ich halte dich dabei in den Armen."

"Ich möchte nicht schlafen. Ich möchte mit dir zusammen duschen."

Diana lächelte. Lanes Stimme hatte so trotzig geklungen wie die eines Kindes.

"Wir können gar nicht anders," sagte Lane. "Du weißt doch, die obligatorische Duschszene!" Sie lächelte verführerisch; ihre Augenlider waren ganz schwer vor Müdigkeit.

"Ja, wenn es obligatorisch ist," erwiderte Diana, küßte zärtlich ihre Stirn, fügte sich ihrem Willen wie dem eines Kindes.

Lane stand unter dem kalten Wasserstrahl. Diana blickte sie an, durch die geöffnete Tür der Duschkabine, sah das Wasser ihren schlanken Körper hinunterfließen. Lane stellte die Temperatur höher und streckte die Hand aus.

Während Diana das Wasser über sich perlen ließ, stand Lane gegen die Wand gelehnt und sah ihr zu. Sie nahm Diana in die Arme, küßte zärtlich, langsam, die blauen Flecken auf ihren Schultern.

Lane murmelte, "Ich hoffe sehr, daß sie davon weggehen."

Verspielt schubste Diana sie zur Seite und fuhr sich über die Schultern, als wollte sie die Küsse abreiben. "Ich mag sie. Ich will nicht, daß sie weggehen." Lächelnd ließ sie ihre Arme um Lanes Schultern gleiten und stellte sich auf die Zehenspitzen, so daß ihre Augen auf gleicher Höhe waren.

Lane lachte. "Du bist verrückt. Und bezaubernd. So bezaubernd, daß ich mich nicht entscheiden kann, was ich an dir am liebsten mag. In der ersten Nacht dachte ich, es sei dieses." Sie küßte sanft ihren Mund. "Dann dachte ich, sie wären das höchste der Gefühle." Lanes Hände umfaßten ihre Brüste. "Wunderbares Weich in meinen Händen. Unglaubliche Lust für meinen Mund. Und letzte Nacht dann entdeckte ich eine gänzlich neue Stelle." Lanes Mund kam nahe an ihr Ohr. "Im Moment ist es meine Lieblingsstelle."

"Ich habe keine Vorlieben," sagte Diana neckend, "ich liebe dich überall."

"Überall?"

"Überall."

"Küß meine Brust. Du kannst dir eine aussuchen."

"Ich trau dir nicht ganz. Was führst du im Schilde?" Sie beugte sich hinunter, und Lane hielt ihr das Seifenstück vor den Mund.

"Was ist los? Ich denke, du liebst mich überall?"

"Du Sadistin. Kleine, verkommene Sadistin." Diana hielt sie fest und kitzelte sie.

"Ich kann Kitzeln nicht ausstehen," kreischte sie überzeugend; Diana hörte auf. Lane seifte energisch Dianas Körper ein; Diana wand sich unter ihren Händen und lachte. "Ja, was ist denn das, Diana? Bist du etwa kitzlig? Bist du's?" Sie probierte es aus.

"Natürlich nicht," sagte Diana und biß die Zähne zusammen.

"Aha!" Diana war plötzlich ihren Händen entkommen. "Lügnerin!" Lane griff nach ihr, preßte ihren Körper an sich, rieb sich wollüstig an dem Seifenschaum; ihre Augen funkelten übermütig. "Du siehst entzückend aus in Seifenschaum. Allerliebst."

Diana spürte feuchte Lippen auf den ihren, dann die Berührung einer Zungenspitze, fühlte warmen Atem an ihrem Ohr, Lanes zärtliche Zunge; Lanes Mund kam wieder zu ihrem, schwächte sie mit jedem Stoß ihrer Zunge mehr. Lanes Hände bewegten sich über ihre Hüften, hinunter zu den Schenkeln. Diana preßte sich an sie. Der Strahl der Dusche spülte den Schaum von ihren Körpern; Lane hielt sie in ihren Armen, küßte sie, streichelte sie.

"Bitte mach's mir, küß mich," stöhnte Diana zitternd.

Lane drückte sie sanft an die Wand der Duschkabine. "Sag das bitte noch einmal." Sie kniete sich vor ihr hin. "Ich möchte hören, wie du es sagst."

"Lane, ich will, daß du mich küßt," flüsterte Diana. Sie hielt die Augen fest geschlossen; die Innenseiten ihrer Schenkel bebten unter sanften, warmen Zungenstößen. Ihr Körper wand und bog sich, und das Wasser der Dusche trommelte auf Lanes Schultern, wirbelte durch ihr Haar.

"Man hat wirklich zu wenig Bewegungsfreiheit in diesen Duschkabinen," sagte Lane und rubbelte kräftig ihr Haar trokken. "Und das Wasser spülte fort, was man gern schmecken möchte."

"Mir hat's gut gefallen," sagte Diana, deren Beine immer noch ein wenig zitterten. Sie nahm Lane das Handtuch ab, rieb sie trocken und küßte dabei immer wieder die durchsichtigen Tropfen von ihrer Haut.

"Komm ins Bett," sagte Lane und nahm sie bei der Hand.

Sie legten sich zueinander; Diana umarmte Lane. "Ich möchte dich eine Weile ganz festhalten."

"Ich will nicht schlafen," sagte Lane mir ihrer trotzigen Kinderstimme. "Willst du nicht auch, was ich will?"

Diana sagte besänftigend, "Natürlich will ich." Sie zog die Bettdecke höher, legte Lanes Gesicht an ihre Brüste und streichelte ihr Haar. "Laß uns nur erst ein bißchen warm werden."

Genüßlich seufzend preßte Lane ihr Gesicht an Dianas Brüste. Wenige Augenblicke später hielt Diana, rundum glücklich, Lanes weichen, schlafenden Körper in ihren Armen.

12. KAPITEL

Als Diana erwachte, war es draußen dunkel. Sie nahm ihre Armbanduhr vom Nachttisch. Es war neun Uhr.

Sie setzte sich auf, betrachtete Lane, die schlafend auf dem Bauch lag; die Hände lagen neben ihrem Kopf, wie bei einem Kind. Dann blickte sie aus dem Fenster, sah die dunklen Umrisse der Sierras; zum ersten Mal seit zwei Tagen fiel ihr Jack wieder ein.

Wie war es möglich, dachte sie, daß sie leidenschaftlich gern die breiten, kräftigen Schultern eines Mannes umarmt hatte; und wieder betrachtete sie Lane im Schlaf, diese schmalen zarten Schultern. Daß sie es liebte, ihr Gesicht in Jacks starker, behaarter Brust zu vergraben und es liebte, ihr Gesicht an Lanes unglaublich weiche Brüste zu drücken, ihren wohltuenden Duft einzuatmen. Sie dachte an seinen Mund - der hart war, gierig, aufregend. Ihr Mund - süß, weich, schmelzend. Seine Arme, sein Körper - fordernd, sie tragend, sie mitreißend. Ihre Arme, ihr Körper - zärtlich, hingebungsvoll, auf sie eingehend, sie auflösend. Mit ihm zusammen eingehüllt in wirres Gefühlsdunkel, verbunden mit seinem Drängen, seiner Erregung. Ihr Orgasmus kraftvoll und klar - eine Sonnenfinsternis, manchmal Sternchen hinter den Augen - mit Lane zusammen das Gefühl, ein anderer Mensch lebte liebend die Intensität ihrer Ekstase mit, nahm sie wahr. Und ihre eigene Liebe, wenn Ekstase Lane überflutete, Ekstase, die sie ihr bereitet hatte....

Schmetterlingsaffäre. Dieses Wort geisterte in ihrem Kopf herum. Würde Lane, nachdem sie ihr Verlangen befriedigt hatte, eine Frau zu besitzen, einfach nach San Francisco zurückkehren? Ihr Leben wieder aufnehmen, ohne noch einmal zurückzublicken? Die Zukunft erschien ihr als schwarzer, furchterregender Schatten, und sie versuchte, an etwas anderes zu denken.

Versonnen betrachtete sie Lane - ein wunderschönes, zartes blondes Kind, das tief und ruhig atmete; ihr Körper bewegte sich kaum wahrnehmbar. Du bist die Erfüllung all meiner Wünsche, sagte Diana zu sich selbst. Dich hier zu sehen und zu wissen, daß ich dich in meinen Armen halten kann, ist alles was ich begehre.

"Lane," sagte sie sehr sanft und weckte sie mit einem Kuß auf die Stirn.

"Diana," erwiderte Lane schlaftrunken, wandte sich ihr zu und umarmte sie. "Wie spät ist es?"

"Halb zehn," sagte Diana und streichelte ihr Haar.

Lane hielt sie fest in den Armen, küßte ihr Gesicht, ihre Augen. Sie setzte sich auf, hielt mit einem Arm Dianas Schultern umfangen und blickte erstaunt auf die dunklen Umrisse der Berge. "Ich versteh' gar nicht, daß es schon so spät ist."

Diana küßte ihre Wange und sagte, "Wir sollten wohl so langsam zurückfahren."

Sie kleideten sich an. Diana legte ihr Armband um und sah Lane zu, die vor dem Spiegel stand und ihr Haar mit ein paar raschen, geübten Strichen bürstete. Dianas Augen wanderten ihren Körper hinunter, verweilten bei den Hüften. Glühendheiße Lust durchströmte sie bei der Erinnerung an die vergangene Nacht, die Leidenschaft ihres Mundes und ihrer Hände auf Lanes Körper, an Lanes Stöhnen und Seufzen, kaum gedämpft vom Kopfkissen.

Ihre Augen trafen sich im Spiegel. "Ich hab' dich erwischt," sagte Lane und ging halb ernst, halb lächelnd auf sie zu. Sie umfaßte Dianas Taille. "Sag mir genau, woran du gerade gedacht hast."

Diana blickte sie offen an. "Ich habe etwas geplant, das ich wieder mit dir machen werde."

"Eine von uns muß sexbesessen sein."

Diana ließ die Hände über Lanes Schultern gleiten. "Welche denn?"

Voller Vetrauen in ihre Macht, einander alle Lust der Welt bereiten zu können, sahen sie sich kühn in die Augen. Lane lächelte wieder mit halb ernstem Gesicht; sie küßte Diana, ließ die Hände langsam ihren Rücken hinauf unter ihren Pullover gleiten.

Voller Erregung fühlte Diana die Berührung, das sanfte Streicheln, gab sich den Armen hin, die sich fest um sie schlossen. Ihr Körper vibrierte vor Verlangen, süß, glühend, schmelzend. Lanes Hände strichen über Dianas Rücken, zu den Hüften hinunter; ihre Küsse vertieften sich, sie ergriff fest Dianas Hüften, preßte ihren Körper an sich, bewegte sich sanft kreisend. Diana befreite ihren Mund, schwer atmend.

"Ich bin die Besessene," sagte Lane und öffnete den Gürtel von Dianas Hose.

"Wir müssen zurück," sagte Diana mit unsicherer Stimme. Dann spannte sich ihr Körper an; und bald darauf begann sie zu zittern. Lane ließ sie sanft auf das Bett gleiten, streifte die Kleidung von ihren Hüften, ihrem Körper, kniete sich neben das Bett. Sie flüsterte, "Oh, Diana . . ."

Diana stöhnte, ihre Beine hoben sich, schlangen sich um kühle Seide.

13. KAPITEL

Auf ihrem Weg zur Hütte fuhren sie rasch den Highway 50 hinunter. Diana hatte den Kopf an die Nackenstütze gelehnt; sie sah Lane beim Fahren zu, bemerkte, daß sie prüfende Blicke auf die Restaurants warf, an denen sie vorbeikamen. Sie fragte, "Bist du hungrig?"
"Ich bin kurz vorm Verhungern. Gerade wollte ich dich danach fragen."
"Mir geht es genauso," erwiderte Diana, die plötzlich einen Bärenhunger verspürte.
"Gott sei Dank. Ich hatte gefürchtet, du würdest mir jetzt wieder sagen, daß wir zurückfahren müssen."
"Ich erinnere mich nur sehr, sehr dunkel, mal so etwas erwähnt zu haben. Irgendwie muß ich geahnt haben, daß du die Welt in flammende Stücke springen lassen würdest."
Lane lachte leise und vergnügt in sich hinein. "Wie wär's mit ein bißchen Junkfood?" Sie zeigte auf ein McDonald-Schild neben dem Highway.
"Ich bin absolut süchtig nach sowas." Lane kaute zufrieden an ihrem Hamburger. "Ganz egal, ob das nun ernährungsmäßig gesehen ungesund und unvernünftig ist."
"Kochst du manchmal selber?" fragte Diana und sah sie belustigt an.
"Wenn ich Zeit habe. Manchmal macht es mir Spaß. Und du?"
"Ja. Als ich verheiratet war, mußte ich es tun, und auch als ich mit Jack zusammenlebte. Aber ich mach's gern, sogar für mich selber."
"McDonalds Fritten sind die besten der Welt," sagte Lane und zerknüllte die leere Pappschachtel. "Lebst du gern allein?"
"Eigentlich nicht. Eine Weile hab' ich's gebraucht. Und du . . . lebst du allein?"
"Inzwischen, ja. Es ist einfacher, in vieler Hinsicht."
Eine Frage tauchte in Dianas Hinterkopf auf. Sie fragte beiläufig, "Was war Carol für ein Mensch?"
Lane warf ihr einen raschen Blick zu. "Ich weiß nicht genau, was du wissen möchtest."
"Einfach wie sie war, von der Art her."

"Sie war damals achtzehn. Ich glaube nicht, daß jemand mit achtzehn besonders interessant ist."

Diana ärgerte sich über die ausweichende Antwort. "Wie sah sie aus?"

Lane nahm einen kleinen Schluck Cola, ehe sie antwortete. "Groß, dunkle Haare, dunkle Augen."

"War sie hübsch?"

"Ungewöhnlich hübsch. Sie kam in die Endrunde bei den Junior-Miss-Beauty-Wahlen."

"Oh." Diana biß finster in ihren Hamburger.

"Carols Mutter hat sie immer zu sowas angestachelt. Es war wirklich kriminell. Carol wurde vollkommen narzißtisch, hatte nur noch ihr Aussehen im Kopf, verwandte unglaublich viel Zeit darauf." Lane trank wieder einen Schluck Cola. "Mein Vater nannte Carols Mutter immer ein Ungeheuer. Er schärfte mir ein, daß Schönheit in unserer Gesellschaft auf groteske Weise überbewertet wird, und daß schöne Menschen mit dieser Gabe eher geschlagen als gesegnet seien."

"Glaubst du das auch?"

"Ganz und gar. Es war letzten Endes der Grund für meine ganzen kleinen Spiele. Ich mußte herausfinden, wer mich als Person wahrnahm und wer mich nur als Schmuckstück zum Herzeigen brauchte."

Diana fragte unvermittelt, "Lane, magst du mich eigentlich?"

Lane blickte sie an. "Dein Mut verblüfft mich immer wieder."

"Ich versteh' gar nicht, warum du das dauernd sagst. Als wir heute in diesem Motel ankamen - das, was du mir da anvertraut hast . . . diesen Mut hätte ich nicht gehabt."

Lane erwiderte ernst, "Dazu hab' ich wirklich . . . meinen ganzen Mut gebraucht. Ich hätte das . . . bei jemand anderem nicht gemacht. Ich habe viel von dir gelernt in den vergangenen Tagen, was Mut anbetrifft . . . und Vertrauen."

"Beantwortest du meine Frage noch?"

"Ja. Aber nicht jetzt. Und nicht hier. Jetzt würde ich gern das Auto dort hinüber fahren." Sie zeigte auf eine leere Ecke des Parkplatzes.

Sie schaltete die Zündung aus, nahm Dianas Hand, legte sie auf ihren Schenkel, verhakte ihre Finger ineinander. "Kannst du mit einer Hand essen?"

"Mit Leichtigkeit," erwiderte Diana lächelnd.

Als sie zur Hütte hinauffuhren, ruhte ihre Hand auf Lanes Schenkel. Ihre Finger wanderten weiter zur Innenseite, fühlten Wärme und Festigkeit durch den Stoff.

"Ich fahre gleich in den Straßengraben," sagte Lane.

Diana nahm ihre Hand fort, und Lane sagte, "Bitte laß sie da; nur ruhig mußt du sie halten. Inzwischen könntest du wirklich bemerkt haben, was du damit bei mir anrichtest." Sie sah kurz zu Diana hin, deren Hand wieder auf ihrem Schenkel lag. "Deine Hand ist so warm. Du bist so warm. Ich bin sehr glücklich darüber, mit dir zusammenzusein," sagte sie versonnen, während sie den Wagen an den dunklen Bergen vorbei um die Kurven lenkte. "Glücklich. Nicht nur körperlich. Auch anders - ich weiß nicht, wie ich es beschreiben soll."

"Das Körperliche zwischen uns ist unglaublich," murmelte Diana.

"Ja, das stimmt."

"Glaubst du, daß es oft vorkommt, ich meine, daß es zwischen Frauen oft so gut ist?"

Lanes Hand, die ohne Handschuh vom Lenkrad kühl geworden war, ergriff Dianas und drückte sie fest in die Wärme zwischen ihren Schenkeln. "Ich weiß nur, daß es bei uns so ist."

Kurz vor elf kamen sie in der Hütte an und erfuhren, daß Madge am Nachmittag abgereist war.

"Sie hat sich's in den Kopf gesetzt, früher zurückzufahren und Arthur damit zu überraschen," sagte Liz. "Ich hoffe nur, daß Arthur nicht wirklich davon überrascht wir. Ich hab' ihr gesagt, sie soll doch von Placerville aus mal anrufen. Hoffentlich macht sie's auch." Liz kicherte. "Ich wette meinen Keuschheitsgürtel, daß Arthur nicht allein ist, - bei dem vielen Raum zum Atmen, den er hat."

"Ob sie wohl wirklich vorher anruft?" sagte Lane nachdenklich.

"Wer weiß," sagte Liz. "Bearbeitest du auch Scheidungen?"

Lane schüttelte grinsend den Kopf.

"Habt ihr Mädels euch einen schönen Tag gemacht?" fragte Chris.

"Einen wunderschönen Tag," erwiderte Lane.

"Lane ist die geborene Spielerin," sagte Diana.

"Und wie ist der neueste Stand?" fragte Millie Lane. "Liegst du vorne oder hinten?" fügte sie ungeduldig hinzu, als Lane sie verständnislos anblickte.

"Ach so. Ungefähr mit fünfzig Dollar vorne."

"Das kommt ungefähr hin," sagte Diana lächelnd.

"Komm, erzähl uns doch alles ausführlich, solange Diana im Badezimmer ist," sagte Chris.

"Ja, mach das doch," sagte Diana übermütig lächelnd, als sie Lanes beunruhigten Blick sah. "Erzähl' ihnen alles von

Benny, der Croupieuse."

"Eine gute Idee."

Als Diana den Raum wieder betrat, sah sie Lane am Kamin sitzen; das Weinglas stand noch unberührt, sie hörte den Spielbankgeschichten der anderen Frauen zu.

"Das Badezimmer steht ganz zu deiner Verfügung," sagte Diana. Lane erhob sich, entschuldigte sich kurz und überreichte Diana das Weinglas; ihre Augen sprühten vor Lachen.

Lane senkte die Falltür. "Sie haben mich wirklich den Wölfen zum Fraß vorgeworfen, Frau Holland. Ohne mit der Wimper zu zucken."

"Sie sind Rechtsanwältin, Frau Christianson. Können sie sich nicht aus allem herausreden? Aus allem?"

Sie saßen auf dem Bett; Diana hatte ihren Kopf an Lanes Schulter gelehnt.

"Gott sei Dank haben sie angefangen, ihre eigenen Spielbankabenteuer zu erzählen," sagte Lane; ihre Hände glitten unter Lanes Pyjama und streichelten sanft ihren Körper.

"Ich hatte so eine Ahnung, daß sie das tun würden. Leute, die spielen, können stundenlang darüber reden."

Sie küßten sich lange, hielten sich bei den Händen. "Eine ganze Stunde lang schon habe ich dich nicht umarmen können," sagte Lane leise. "Ich muß gestehen, es gefällt mir gar nicht, wenn ich dich nicht berühren darf." Sie nahm Dianas Gesicht in ihre Hände. "Du hast mich heute zum Schlafen gebracht; ich hatte es auch wirklich nötig. Wir beide brauchten es nötig. Du sorgst gut für mich."

"Es macht mir Spaß, für dich zu sorgen. Oh wie gut, wir haben jetzt viel Zeit zum Reden."

"Und für alles, wonach uns sonst noch sein mag."

Schon wieder so ein Ausweichmanöver, dachte Diana betrübt.

Aber Lane sagte, "Komm, wir richten uns das Bett schön her, und dann reden wir."

Sie deckten das Bett auf, probierten hin und her, bis schließlich Lane an einen dicken Berg Kissen gelehnt aufrecht saß; Dianas Kopf ruhte auf einem Kissen in ihrem Schoß. Die Steppdecke lag ausgebreitet und wärmte sie beide.

"Ein gemütliches Iglu," sagte Lane zufrieden.

"Vollkommen," erwiderte Diana und streichelte ihr Haar. "Erzähl mir von dir. Über deine Arbeit. Wie sieht es in deinem Büro aus?"

"Es ist schön. Mein Vater hat mir damals beim Einrichten geholfen. Es ist in Gold- und Brauntönen gehalten. Ein paar gute Stücke sind drin, ein Queen-Anne-Stuhl, ein antiker Tisch, zwei Ölbilder. Vaters Schreibtisch steht jetzt auch darin; ich bin sehr stolz darauf. Nachts mag ich das Büro besonders gern. In der Nacht ist eine ganz andere Art von Ruhe, eine sanfte Stille, und die Stadt ist unglaublich schön."

"Ich würde dein Büro gern einmal sehen. Deine Stadt liebe ich auch sehr." Lane erwiderte nichts darauf, und Diana fuhr fort, "Erzähl mir was von den Menschen, mit denen du zusammenarbeitest."

Lane gab kurze, amüsante Charakterskizzen der Männer, mit denen sie arbeitete, sprach über Probleme und Vorhaben, die sie gerade beschäftigten. "Ich bin eine sehr schlechte Verliererin," sagte sie. "Es quält mich wochenlang, wenn ich einen Prozeß verloren habe. Ich denke dann immer, wenn ich nur mehr gearbeitet hätte, mich besser vorbereitet, meine Argumente besser eingebracht hätte . . . ich h a s s e es, zu verlieren." Sie erzählte von ihrem Jurastudium. "Interessiert dich das denn wirklich?" fragte sie. "Langweile ich dich auch nicht?"

"Ganz im Gegenteil. Es ist faszinierend. Der Einfluß deines Vaters mag ja sehr groß gewesen sein, aber meiner Meinung nach bist du prädestiniert für diesen Beruf."

Lane sprach mit ruhiger Stimme, sah oft aus dem Fenster in die Ferne, während sie ihre Gedanken in Worte faßte; ihre Hände liebkosten Dianas Haar. Von Zeit zu Zeit hielt sie inne, berührte Dianas Gesicht mit dem ihren, leicht und warm atmend. Sie sprach über ihre Kindheit in Oklahoma, über die Jugendzeit in Kalifornien.

"Das ist also dein Leben, Lane Christianson," witzelte sie. "Lieber Gott, so viel hab' ich in meinem ganzen Leben noch nicht erzählt. Ich möchte gern etwas von dir hören. Erzähl mir etwas von deiner Arbeit."

"Da gibt's nicht viel zu erzählen. Ich würde gern in die Personalverwaltung gehen. Vor drei Jahren hab' ich endlich das College abgeschlossen, aber mein Leben war so eng mit Jacks verknüpft, und es war wohl auch ein gut Teil Bequemlichkeit - es ist eben einfach, beim Altgewohnten zu bleiben. Heute denke ich anders darüber. Es gibt so viele Möglichkeiten, so viele aufregende Dinge . . . manchmal fühl ich mich wie Madges Giraffe, hab' meinen langen Hals hochgestreckt und gucke neugierig herunter, was um mich herum so alles vor sich geht."

Lane lächelte und küßte sie, - zärtliche Küsse auf ihre Augen, ihre Lippen.

Diana hielt die Augen geschlossen und flüsterte, "Du hast den süßesten, weichsten, zartesten Mund der Welt."

Lanes Fingerspitze berührte Dianas Lippen, strich sanft darüber. "Deine Lippen sind so voll und weich. Erzähl mir noch etwas von Dingen, die du magst. Welche Bücher hast du gern?"

Sie redeten über Bücher, über Musik. Lane streichelte Dianas Haar, zeichnete die Konturen ihres Gesichts nach.

"Du bist unglaublich schön," sagte Lane. "Deine feinen, weichen Gesichtszüge. Alles an dir ist so sanft und rund, sogar die Art, wie sich deine Haare ums Gesicht kringeln. Erzähl mir einen Tageslauf von dir. In einer Minute." Sie küßten sich innig, tief, verweilten lange; Dianas Hände streichelten Lanes Schultern.

Diana sprach über ihre Alltagsarbeit, ihr Leben in Los Angeles. Lanes Finger strichen über ihre Kehle, knöpften ihr Pyjamaoberteil auf, liebkosten ihre Schultern, streichelten zart den Brustansatz. Und schon lange zuvor war Dianas Begehren erwacht, hatte sich immer mehr gesteigert; es überraschte sie nicht mehr, wie rasch und wie heftig sie Lane begehrte.

"Erzähl mir etwas von dem Ort, an dem du wohnst, beschreibe ihn mir." Fingernägel strichen leicht über Dianas Halsmulde, über ihre Schultern.

"Du machst mir das Reden ziemlich schwer."

"Ich weiß. Ich höre es an deiner Stimme. Ich möchte es so sehr gern hören, was du fühlst, wenn ich dich berühre. Geht das?"

"Ja. Wenn ich's schaffe."

"Dein Hals ist so weich, deine Schultern sind so warm und schön. Erzähl mir etwas von deiner Wohnung."

"Es ist ein kleines Appartementhaus im Village. Sehr ruhig gelegen, ein Schlafzimmer, ein kleines Eßzimmer . . ."

Sie sprach weiter, und Lane sah ihr in die Augen, streichelte ihre Arme, die Beuge ihrer Ellbogen, ihre Handgelenke; sie küßte ihre Finger, ihre Hände. "Deine Hände sind so süß und weich," sagte Lane, "so weiblich; deine Arme um mich sind immer so warm, sie haben solch süße, köstliche Stellen, die ich immerzu berühren, küssen möchte. Erzähl mir, welche Farben dein Schlafzimmer hat. Beschreib es mir in allen Einzelheiten."

"Die Tapeten sind weiß, leicht getönt. Die Bettdecke ist dunkelblau. An einer Wand sind große Bilder vom Meer . . ."

Lane umfaßte ihre Brüste; lange, geschmeidige Finger zogen

kleine Kreise. Sie sah Diana gerade in die Augen. Diana konnte nur mühsam sprechen, drohte, von Lust überwältigt zu werden.

"Was ist deine Lieblingsfarbe?" fragte Lane; ihre Fingerspitzen glitten zart, rhythmisch über Dianas Brustwarzen.

"Grau . . . blau," stöhnte Diana.

"Nicht Blau-grau?" Lane lächelte.

Diana redete etwas entspannter weiter, als die Fingerspitzen ihre Brustwarzen verließen, wieder ihre Brüste liebkosten. "Nein, im Zimmer ist mehr Grau als Blau," sagte sie und sah ihr in die Augen.

"Es gibt Dinge, die kann man einfach nicht beschreiben," sagte Lane mit leiser, nachdenklicher Stimme. "Die Festigkeit, die himmlische Weiche deiner Brüste. Wie sie sich in der Form meinen Händen anpassen. Wunderschön, so wunderschön - Diana, sag mir, wo du gerne leben würdest, wenn du wählen könntest."

"Am Meer."

"Beschreibe es mir. Wie würde dein Haus am Meer aussehen?"

Diana sagte, "Es würde direkt am Strand stehen. Es hätte riesige Fenster . . . von der Decke bis zum Boden. Und . . . einen Kamin . . . in der Nähe des Fensters, damit man . . . ins Feuer schauen könnte . . . und aufs Wasser." Lanes Mund verließ die eine Brust, ging zu der anderen. "Und überall an den Wänden wären . . . Bücherregale. Und . . . ein dicker weicher Teppich . . . für uns. . . " Diana drückte Lanes Mund an sich.

"Diana."

"Ja," flüsterte sie.

"Sieh mich an. Sag mir, was du fühlst."

Diana öffnete die Augen. Ihre Lider waren schwer, geschwollen. "Alles in mir fühlt sich an wie . . . Schlagsahne."

"Über deinen Brustwarzen ist eine kleine, ganz zarte Stelle, die ich wahnsinnig gern küsse. Ich liebe deine Brüste, könnte sie immerzu küssen. Es gibt nur noch eine einzige andere Stelle, bei der ich, wenn ich sie küsse, so genau erfahre, welche Lust ich bereite . . . " Sie küßte Dianas Körper, ihre Hände streiften Dianas Pyjama über die Hüften. "Ich liebe diese Macht . . . Diana?"

"Ja." Sie lag nackt, atmete schwer vor Erregung; Lanes Hände und Lippen, ihre Zunge liebkosten ihren Körper, seidenes Haar strich über ihre Haut.

"Dein schöner Körper . . . immer wenn ich dich in die Arme nehme, ist es, als würdest du mit mir verschmelzen . . для meine Lippen, meine Hände fühlst du dich überall so

weich, so süß an . . . erzähl mir noch etwas von deinem Haus am Meer. Erzähl mir von deinem Schlafzimmer. Welche Farbe hat es?"
""Blau . . . verschiedene Blautöne." Sie erschauerte unter Lanes Berührungen, fühlte ihren Mund, ihre Hände auf der Innenseite ihrer Schenkel.
"Wie Samt . . . ich würde am liebsten nie mehr aufhören, dich hier zu berühren, zu küssen. Dein Zittern . . . dein weiches Haar . . . Erzähl mir mehr von deinem Schlafzimmer, Diana. Sprich zu mir. . . erzähl mir von deinem Schlafzimmer."
"Glas . . . bis hinunter . . . zum Fußboden . . . und . . . ein Kamin . . . "
"Oh Diana, so süß . . . Diana . . . sprich weiter . . . "
"Lane . . . "

Sie sprach weiter, flüsternd, hielt immer wieder inne, verlegen, suchte nach Worten. "Ein Fluß, Ströme, Gefühlswellen. Und dann fühle ich mich wie bis zum Rand gefüllt mit heißer Flüssigkeit, die beinahe überfließt, beinahe, beinahe, und, lieber Himmel, dann fließt sie über, strömt durch den ganzen Körper, fließt überall auf einmal hin, in meine Kehle, die Beine hinunter, durch die Arme, in die Handgelenke. Überall, alles in mir . . . glüht. Dein Mund ist das Paradies," sagte sie abschließend und war wütend auf sich selbst, weil sie versucht hatte, etwas zu beschreiben, das man nicht beschreiben konnte, ärgerte sich über die Armseligkeit ihrer Worte. Lanes Arme schlossen sich plötzlich ganz fest um sie, überraschten sie mit dieser festen, fast schmerzhaften Umarmung.
"Lane, wonach schmecke ich?"
Lane schwieg eine Weile, streichelte Dianas Haar. "Ich könnte es gar nicht nur einfach Geschmack nennen - es ist mehr. Du fühlst dich an - es fühlt sich an . . . wie Seide, und . . . gleichzeitig verwirrend, verwickelt. Und es duftet wie Bäume und Blumen, Erde und Regen. Der Geschmack . . . wie könnte ich - " Sie lächelte plötzlich. "Jetzt weiß ich es. Unsere Emily hat einmal von einem Kolibri geschrieben, der trunken war von Nektar: 'I taste a liquor never brewed'.* Das ist dein Geschmack, Diana."
"Du bist für mich wie ein Meer."
"So . . . salzig?"

---

* "Ich koste einen Trank, der nie gebraut - "

"Vielleicht eine Spur davon. Ich weiß nicht genau, ich kann es nicht anders erklären. Für mich fühlt es sich an, als wäre ich am Meer. Es ist himmlisch."

Diana löste sich von Lane, setzte sich auf. "Warum weigerst du dich, davon zu sprechen, was danach kommt? Bin ich für dich eine Schmetterlingsaffäre, Lane?"

"Nein. Aber ich denke, ich könnte für dich gut eine sein."

Diana saß wie versteinert da, dann schüttelte sie bestürzt den Kopf. "Das verstehe ich nicht."

"Wir haben beide in den letzten Tagen viel Neues über uns erfahren. Aber das, was du neu entdeckt hast - deine Erfahrung - ist anders als meine. Du weißt jetzt, daß es für dich möglich ist, mit einer Frau zusammenzusein. Ich weiß für mich, daß ich eine Frau brauche, daß ich nur noch mit einer Frau zusammensein kann."

"Ich verstehe überhaupt nichts mehr."

"Ich will damit sagen, daß du für dich die Möglichkeit der Sexualität mit einer anderen Frau entdeckt hast, aber du hast dir noch keine Gedanken darüber gemacht, ob diese Möglichkeit lebbar ist - in der Wirklichkeit, die uns umgibt."

"Doch, das habe ich." Diana dachte an die Zerreißprobe, die sie zu Chick Benson geführt hatte. "Die Schwierigkeiten können überwunden werden, wenn wir . . . zusammensein wollen."

"Diana, das sagst du jetzt. Aber du hattest doch noch gar keine Zeit, es genau zu überlegen. Wirklich nicht. Ich weiß, wovon ich spreche. Ich lebe seit fünfzehn Jahren allein. Ich glaube, du bringst jetzt Mut und Wissen durcheinander.

"Lane, ich bin nicht nur ein geschlechtliches Wesen."

"Das ist genau der Punkt."

"Und außerdem kein Kind mehr. Ich bin vierunddreißig Jahre alt."

"Du hast viele Bedürfnisse - und Entscheidungsmöglichkeiten."

Diana sagte heftig, "Ich kann so ein Darumherumgerede nicht ausstehen, besonders von dir nicht. Ich will mit dir zusammen sein. Mit dir."

"Ich wollte dich doch nur bitten, es dir genau zu überlegen."

Diana erwiderte verzweifelt, "Ich brauche es mir nicht zu überlegen. Ich weiß doch, was ich fühle. Und das kann ich dir jetzt, in diesem Augenblick sagen."

Lane winkte entschieden ab. "Nein, das kannst du nicht. Du mußt erst einmal eine Weile fort sein von dieser Umgebung - den Sternen, dem Schnee und - diesem Raum."

"Von dir."

"Eine Weile."

"Brauchst du Zeit, um über mich nachzudenken?"

"Für mich ist das anders. Ich weiß inzwischen, daß Mark für mich eine zufällige Begegnung war - so wie ich es für dich bin."

"Aber so etwas ist doch bei jedem möglich."

Lane seufzte. "Möglich sind viele Dinge für die Menschen; das Schubladendenken ist eigentlich ganz widersinnig. Aber deine Auffassung wird die Wirklichkeit nicht ändern. Ich bitte dich darum, nimm dir die Zeit, darüber nachzudenken: über mich, im Zusammenhang mit deinem Leben. Denk daran, wie es ist, wenn du mit deiner Familie, deinen Freunden zusammenbist. Im Zusammenhang mit deiner beruflichen Laufbahn. Ich habe dir erzählt, wie mein Vater auf eine Beziehung wie die unsere reagiert hätte. Was würde dein Vater denken?"

"Mein Vater hat mir immer gesagt, daß er mich für sehr klug hält, daß ich sicher die lebenswichtigen Entscheidungen für mich selbst richtig treffen würde, und daß ich dabei immer mein eigenes Glück als Ziel vor Augen haben sollte."

"Glaubst du, daß er damit glücklich wäre?"

Diana zögerte. "Es ist mein Leben, Lane."

"Und wie ist es mit deinen Freunden und Freundinnen? Vivian zum Beispiel. Den Menschen, mit denen du zusammenarbeitest?"

"Es ist mein Leben," wiederholte Diana unbeirrt.

"Das sage ich ja auch. Ich möchte nur, daß du dir sehr genau überlegst, ob du wirklich glücklich leben könntest damit."

"Und wie lange soll ich mir das deiner Meinung nach überlegen?"

"Einen Monat lang, hatte ich gedacht."

"Einen Monat?" fragte Diana ungläubig. "Ohne dich zu sehen? Kann ich denn wenigstens mit dir sprechen?"

Lane schüttelte den Kopf. "Es ist doch gut möglich, daß du über die Sache mit mir wegkommst wie über einen Grippeanfall. Einen hochansteckenden allerdings," sagte sie lächelnd, mit einem Anflug von Stolz. "Du bist im Augenblick sehr enttäuscht von einem Mann, den du sehr mochtest; es kann sein, daß du zu ihm zurückgehst - oder zu einem anderen Mann - und ich werde in deinem Tagebuch verewigt als eine deiner nicht ganz uninteressanten, aber auf jeden Fall ungewöhnlichen Affären. Vielleicht spielt ja auch ein psychologischer Faktor eine Rolle, dessen du dir nicht bewußt bist; etwas, das mit deiner frühen Kindheit zu tun hat, das dich dazu veranlaßt hat, die körperliche Nähe einer Frau zu suchen. Und es kann sein, daß du dieses Bedürfnis jetzt erkannt hast, dich hindurchgearbeitet hast. Es ist auch möglich, daß du zu einem Therapeuten gehen wirst, um deine Gefühle besser verstehen zu lernen."

"Ein Monat ist eine Ewigkeit," sagte Diana beharrlich. "Eine furchtbar lange Zeit!"

"Nach der ersten Nacht mit dir, als ich wußte, daß ich wieder mit dir zusammensein würde, ging mir den ganzen Tag über eine Gedichtzeile von Emily Dickinson durch den Kopf: 'I had been hungry, all the Years'.*"

Lane sah sie lange an. "Für mich waren es Jahre, Diana. Ich verlange von Dir nur einen Monat. Einen Monat. Um dir zu überlegen, ob es für dich das Richtige ist."

"Ich bin auch die ganzen Jahre über hungrig danach gewesen, Lane. Habe auf Lane Christianson gewartet, den Menschen - egal, ob das nun eine Frau oder ein Mann sein würde."

"Ich, für mich persönlich, akzeptiere die Tatsache," sagte Lane ruhig, "daß mir der Mensch Diana Holland als Frau wichtig ist, - daß ich eine Frau einem Mann vorziehe."

Diana sagte, "Und was ist, wenn ich nicht den ganzen Monat brauche?"

Lane lächelte. "Einen Monat, Diana. In dem Gedicht von Emily Dickinson heißt es weiter, daß für manche Dinge der Hunger ein Ende findet; die Sehnsucht danach ist gestillt. Wenn die Sehnsucht nicht gestillt ist, bleiben viele Jahre..."

Niemals wird sie mich einen ganzen Monat warten lassen, dachte Diana. "Ist gut," sagte sie.

"Heute in vier Wochen rufst du mich an. Am Donnerstag. Um sieben Uhr abends. Bist du einverstanden?"

Niemals wird sie mich warten lassen, dachte Diana. "Einverstanden."

"Ich hab' hier noch etwas für dich." Lane öffnete die Nachttischschublade. "Ich hab's an dem Vormittag gefunden, als ich unten in der Stadt die Telefongespräche erledigte." Sie gab Diana ein kleines schwarzes Samtkästchen.

Diana nahm das Kästchen entgegen, sah Lane verwundert an. Sie öffnete es, hielt es ins Sternenlicht. Auf dem schwarzen Samt im Innern lag ein silbernes Kreuz mit einer hauchdünnen Silberkette. An jedem Ende des Kreuzes funkelte ein Diamant. "Das Kreuz des Südens," flüsterte Diana.

"Ich wollte es unbedingt für dich haben. Damit du dein eigenes hast und es ansehen kannst, bis du einmal das wirkliche siehst. Ich war so glücklich, als ich es fand; es fiel mir sofort ins Auge. Es lag da, ganz für sich, auf einem schwarzen Samt-

---

* "Hungrig war ich gewesen, all die Jahre - "

kissen."

"Lane . . . es ist wundervoll." Diana betrachtete es ungläubig, drehte das Kästchen in ihren Händen, blickte auf das sanft glänzende Silber und die funkelnden Diamanten. "Es sieht sehr teuer aus."

"Es ist sehr teuer. Stört dich das?"

Diana überlegte. "Nein. Ich habe es sehr, sehr gern. Es sei denn, du hast es aus einem extravaganten Impuls heraus gekauft, den du dir eigentlich nicht leisten kannst."

"Ich kann ihn mir leisten. Soll ich es dir anlegen?"

"Ich wünschte, ich hätte auch etwas für dich. Ich wünschte, ich könnte dir schenken, daß du nackt durch den Regen läufst."

Lane lächelte. "Wenn du's dir genau überlegst, Diana, bin ich nicht bereits nackt durch den Regen gelaufen, mit dem Regen auf meinem Gesicht?"

Diana gab Lane das Kästchen, sah zu, wie ihre Finger das Kreuz und die Kette von dem schwarzen Samt hoben. Lane legte die Kette um Dianas Hals, schloß sie, hielt das Kreuz fest, küßte genau die Stelle an Dianas Hals, über der das Kreuz ruhte und legte es dann darauf.

"Es sieht wunderschön an dir aus," sagte sie.

Diana berührte Lanes Gesicht und küßte sie zärtlich. "Ich danke dir, Lane."

"Bitte," erwiderte Lane heiser; sie hatte die Augen geschlossen.

Diana sagte mit gespielter Lässigkeit, "Ich nehme an, daß ich dafür jetzt was bezahlen muß. Du hast es mir nicht aus rein platonischen Absichten geschenkt, oder?"

Lane sah zur Seite, aber ihre Mundwinkel zuckten, sie lächelte unwillkürlich. "Dir gegenüber habe ich schon seit geraumer Zeit nicht die winzigste platonische Absicht."

"So etwas nennt man doch üblicherweise: etwas auf dem Handelswege austragen?"

Lane sah sie lächelnd an. "Ich fürchte, du hast recht. Aber laß mich bitte erst das Kreuz abnehmen. Es könnte dich verletzen, wenn wir nicht vorsichtig sind. Und ich habe nicht die Absicht, vorsichtig zu sein."

"Bist du dir überhaupt sicher, ob du nicht doch lieber einfach nach San Francisco zurückgehen willst und dann dort mit einer von diesen willigen Frauen anbandeln?"

"Entdecke ich soeben die Anzeichen einer eifersüchtigen Frau?"

"Eigentlich war ich nie eifersüchtig. Ich wäre nie auf den Gedanken gekommen, daß ich irgendwelche Ähnlichkeiten

147

mit Liz habe, aber wenn du es wagen solltest, eine andere Frau auch nur anzusehen - "

"Es gefällt mir sehr, wenn du eifersüchtig bist," sagte Lane und legte lächelnd das Kreuz in das schwarze Samtkästchen, "aber es gibt keinen Grund."

Diana seufzte. "Jetzt ist dein Pyjama dran. Ich werde ihn dir ausziehen, so wie ich es will." Sie schob Lanes Hände beiseite, verbot ihnen, den Pyjama selbst aufzuknöpfen. Sie umarmte Lane und sagte neckend, "Erstmal mußt du mir ganz viele Dinge beschreiben. Deine Wohnung, und dann - "

"Ich kann es nicht," sagte Lane ernst. "Ich kann gerade noch atmen, sonst nichts."

Diana hielt Lanes Gesicht in den Händen, strich blondes Haar zurück, küßte ihre Stirn. "Gerecht ist gerecht." Sie schlang ihre Arme um sie und zog sie auf die Kissen hinunter. "Ich werde dich jetzt von Kopf bis Fuß küssen; ungefähr in der Mitte plane ich einen längeren Aufenthalt. Könntest du bitte wenigstens ein- oder zweimal stöhnen?"

"Ja, für Stöhnen gebe ich jede Garantie," flüsterte Lane.

14. KAPITEL

"Herzlichen Dank für alles, Liz," sagte Diana. "Ich weiß gar nicht, wie ich dir danken kann; es war wunderschön hier."

Die Frauen waren alle vor der Hütte versammelt: Liz, Chris und Millie wollten skifahren gehen, Lane stand bei ihrem Wagen und verstaute das Gepäck im Kofferraum.

Liz strahlte. "Es war toll, daß du hier warst, Diana. Freut mich sehr, wenn es dir gefallen hat."

"Und bitte ruf an, wenn du mal in Los Angeles bist. Du bist jederzeit willkommen. Und tausend Dank nochmal für alles."

"Gern geschehen, gern geschehen. Vielleicht kommst du ja auch mal nach San Francisco?"

"Das würde ich sehr gerne." Sie verabschiedete sich von Millie und Chris, gab Millie die Hand, umarmte Chris. Dann ergriff sie wortlos Lanes Hände.

Lane sah sie lange an, drückte ihre Hände und ließ sie los. Sie wandte sich um und stieg in ihr Auto.

Diana fuhr hinter Lanes Wagen die Gebirgsstraße hinunter. Bei der Abzweigung zum Highway 50, bevor sie auf die Hauptstraße einbog, blickte Lane zurück und ließ das Seitenfenster hinunter.

"Diana?" rief sie.

"Ja?" antwortete Diana voller Erwartung.

"Paß gut auf dich auf, Diana."

"Und du auf dich, Lane." Sie sah dem kleinen silberfarbenen Wagen nach, bis er verschwunden war; dann fuhr sie weiter zu Harrahs, um Vivian abzuholen.

"Ich werd erstmal bis Placerville fahren," sagte Vivian, "dort können wir uns abwechseln. Wahrscheinlich ist es besser, wenn wir oft wechseln, Engelchen. Wir sind beide ganz schön erschöpft."

"Ich bin eigentlich ganz wach." Sie fühlte sich innerlich leer, nur erfüllt von Trauer und Zweifeln.

"Du blöder Sack, beweg doch endlich deinen lahmen Arsch," brummte Vivian einem Lastwagen zu, der vor ihnen herkroch. "Wann kommt die nächste Überholspur?"

"Noch etwa vier Meilen," sagte Diana abwesend. "Sag mal, Viv, mir geht da was im Kopf rum. Ich würde gern wissen, was du davon hältst. Nimm mal an, eine . . . jüdische Frau verliebt sich in . . . einen schwarzen Mann. Sie verliebt sich einfach, kann nichts dagegen machen, und – "

"Das ist doch klar," unterbrach Vivian. "Wenn sie ihren Grips noch beisammen hätte, würde sie ihn auch benützen!"

Diana ignorierte diesen Einwand, überlegte sorgfältig ihre Worte. "Sie schlafen zusammen; er sagt ihr nicht direkt, daß er sie sehr gern mag, verhält sich aber deutlich so; alles was er tut, weist sehr klar darauf hin, daß er sie liebt. Er macht ihr ein teures Geschenk, sagt ihr, sie solle sich einen Monat Bedenkzeit nehmen, solle über alles nochmal genau nachdenken, solle versuchen, sich über ihre Gefühle klarzuwerden, um sicherzugehen, daß sie sich wirklich den ganzen Konflikten aussetzen wolle, die ihre Beziehung mit sich bringen würde. Was glaubst du, meint er es ernst?" Als Vivian sie befremdet ansah, fügte sie rasch hinzu, "Wir hatten neulich abend in der Hütte eine Auseinandersetzung darüber."

"Das ist ja 'ne merkwürdige Auseinandersetzung," sagte Vivian, sah wieder nach vorne und hängte sich dicht hinter den Lastwagen. "Ich würde sagen, nein, er meint es nicht ernst. Der beste Beweis dafür ist das teure Geschenk – das ist immer der große Abschiedskuß. Wenn du jemanden wirklich liebst, etwas von ihm willst, scherst du dich doch einen Teufel um die Konsequenzen. Diese andere Art von Liebe – die Sorte, bei der einer den anderen so sehr liebt, daß er es sogar riskiert, ihn zu verlieren – das gibt's nur in Märchenbüchern."

Diana war äußerst bestürzt von dieser Antwort und protestierte, "Also, ich halte es zumindest für möglich."

"Vielleicht bist du noch zu jung und glaubst noch daran. Aber eins ist sicher: dein frei erfundenes jüdisches Mädel wird's in einem Monat herausgefunden haben." Vivian kicherte. "Ich würd' sagen, wenn sie bei ihm anruft, und er kann sich nicht mehr an ihren Namen erinnern, dann sieht sie alt aus. – Ihr hattet ja wirklich seltsame Gespräche da oben in der Hütte."

"Das stimmt." Um sich ein wenig zu beruhigen, holte Diana das Kreuz unter ihrem Pullover hervor und rieb das Metall zwischen den Fingern, das noch ganz warm von ihrer Haut war.

Vivian scherte mit dem Wagen aus und überholte mit heulendem Motor den Lastwagen. "Du Schneckenarsch, jetzt schleich zu deinem Kohlkopf!" brüllte sie und zeigte ihm den Mittelfinger. Sie bog wieder auf die rechte Spur ein und warf Diana einen kurzen Blick zu. "Diana! Was hast du denn da? Ich hab' gestern Lane Christianson gesehen, wie sie das bei Harrahs kaufte."

"Ich hab's mir von ihr ausgeliehen," murmelte Diana und merkte, daß sie kreidebleich wurde.

"Ausgeliehen?" fragte Vivian ungläubig und bremste scharf vor einer Kurve. "Sowas Verrücktes hab' ich ja noch nie gehört. Es ist e c h t. Da wo sie's her hat, verkauft man keine Nachahmungen."

"Ja. Sie wollte es unbedingt." Diana überlegte fieberhaft, was sie noch sagen könnte. "Sie hat's für . . . eine Kusine gekauft . . . die in Laguna Beach wohnt - "

"Eine Kusine?"

"Ich glaub . . . nein, es war ihre Schwester," sagte Diana verzweifelt. "Sie fährt Ende des Monats zu ihr und meinte, es wäre sicherer, wenn ich's solange aufhebe - "

"Das glaub ich gern," sagte Vivian. "San Fransisco hat sich unglaublich verändert; ich würde für kein Geld der Welt dort wohnen wollen. Für eine Schwester ja ein ganz schön teures Geschenk."

Diana versuchte, ihre Stimme so neutral wie möglich klingen zu lassen. "Warum? Sie hat doch Geld. Ist Rechtsanwältin, fährt einen Mercedes."

"Ja klar, aber trotzdem, für eine Schwester - "

Diana sagte rasch, "Lane hat mir gar nicht erzählt, daß sie dich bei Harrahs gesehen hat."

"Aber ich hab's gestern erzählt, als ich euch beide traf. Weißt du das nicht mehr? Sie war sehr zugeknöpft, als ich's erwähnte, und außerdem hat sie sich verdammt komisch benommen, als sie's kaufte."

"Komisch?"

"Ja. So, als ob sie in anderen Sphären schwebte. Und neugierig wie Vivian eben ist ging ich rüber zu ihr, weil ich sehen wollte, was sie kauft. Ich hab' sie angesprochen, und sie hat durch mich hindurchgesehen als wäre ich Luft, die reine Luft. Aber gut aussehen tut sie, da kann man nichts sagen."

"Finde ich auch."

"Liz hat mir erzählt, daß sie durch die Männerwelt geht wie ein Rasenmäher durchs Gras. Madge nennt sie Venus-Männerfalle."

Diana lachte und war sehr erleichtert darüber, daß ihr Gespräch diese Wendung genommen hatte. "Ach wirklich?" fragte sie gleichgültig. Sie stellte erstaunt fest, daß ihr die Männer egal waren, mit denen Lane zusammengewesen war - solange sie die einzige Frau war.

"Ist sie Nymphomanin?"

"Du fragst manchmal aber auch Sachen," sagte Diana verblüfft. "Woher soll ich denn das wissen?"

"Ihr wart doch lange genug zusammen. Worüber habt ihr geredet?"

"Über Astronomie, Jura, Musik, Bücher." Lächelnd fügte sie hinzu, "Architektur, Inneneinrichtungen."

"Ach du lieber Gott! Aber so wie die aussieht, und die vielen Männer, die sie hat - ich glaub', sie ist Nymphomanin. Sonst wäre sie doch verheiratet."

"Warum bist du nicht verheiratet? Warum bin ich nicht verheiratet?"

"Jetzt werd' mal nicht gleich so fuchtig; es ist mir auch scheißegal, was mit ihr ist!" Vivian schnitt eine Kurve. "Diese verfluchte einspurige Straße; sie sollten das wirklich ausbauen." In etwas ruhigerem Ton fuhr sie fort, "Diana, mein Liebling, es tut mir schrecklich leid, daß du neulich an so einen Dreckskerl geraten bist."

"Ach komm, laß nur, du brauchst dir keine Gedanken darüber zu machen. Ich bin dir bis zum Ende meiner Tage dankbar dafür, daß du mich überredet hast, mit hierher zu kommen."

"Na, das ist doch wohl ein wenig übertrieben." Vivian klang erfreut, aber auch leicht verwirrt.

"Doch, ich meine das ganz ernst."

"Und wie geht's dir jetzt mit Jack? Fühlst du dich besser?"

"Mit mir selber ja. Ich hab' mir vorgenommen, von jetzt an besitzergreifend zu werden - bei allem was ich liebe. Ich werde, wenn's sein muß, auch darum kämpfen, um es nicht zu verlieren."

"Du meinst das nicht in Bezug auf Jack, oder?"

"Ich meine es ganz allgemein."

"Ich hoffe nur, daß du ihn inzwischen ein wenig distanzierter sehen kannst; meiner Meinung nach ist er kein großer Verlust. Wenn ein Mann mit achtunddreißig an den Wochenenden nichts als Golfspielen im Sinn hat, mußt du fast annehmen, daß er am liebsten noch mit seinem Teddybären spielen würde."

Diana kicherte. "Ich nehme den Hut ab angesichts deiner erhabenen Weisheit, Viv."

"Vivian weiß wovon sie spricht."

Vivian redete weiter, und Diana befühlte noch einmal das Kreuz an ihrem Hals; dabei erinnerte sie sich, daß ihr um ein

Haar keine Lüge mehr eingefallen wäre. Sie war das Lügen nicht gewöhnt. Und die Verleugnungen würden kein Ende mehr finden, wenn sie sich und die Menschen die sie liebte schützen wollte - und Lane. Lane hatte sie darum gebeten, sich ihre Beziehung im Zusammenhang mit ihrem Leben genau zu überlegen. Konnte sie Lüge, Verstellungen, Verdrehungen für sich akzeptieren? Sie versuchte, frei von Emotionen darüber nachzudenken, welchen Mut es erforderte, aus der abgeschlossenen Verborgenheit hinauszutreten, in die sie gerade erst hineingegangen war. Sie bewunderte die Menschen, die das taten. Und wieviel Mut würde sie haben? Wieviel Kraft hatte sie?

15. KAPITEL

Als Diana an jenem Abend in ihre Wohnung zurückkehrte, fand sie einen Zettel bei der Post.

Diana,
die Sekretärin in Deiner Abteilung sagte mir, daß Du in Tahoe bist. Ich verspreche Dir, Dich nie mehr zu belästigen, wenn Du mir erlaubst, noch einmal zu Dir zu kommen. Wenn ich nichts anderes von Dir höre, komme ich Montagabend um acht Uhr vorbei.
Bitte tu mir den Gefallen. Es ist sehr wichtig für mich.
JACK

Diana packte niedergeschlagen ihre Koffer aus und ging sofort zu Bett. Beim Einschlafen erinnerte sie sich an das Motel und den See, an Lanes zarten Körper, an Lanes goldblonde Haare auf ihren Brüsten, als Lane in ihren Armen geschlafen hatte.

Es war genau acht Uhr, als Diana am folgenden Montag Jack Gordon die Wohnungstür öffnete.
Wärme durchströmte sie bei seinem vertrauten Anblick, aber sie war unendlich erleichtert, daß er keinen Versuch machte, sie zu berühren. "Komm rein. Möchtest du etwas trinken? Scotch?"
"Ja, gern, wenn du etwas zum Mixen da hast. Um ehrlich zu sein, ich habe diesen Whiskygeschmack noch nie gemocht."
"Ja, das habe ich geahnt." Sie sah ihn überrascht an. Er hatte den Whisky immer mit Wasser getrunken, ohne sichtbaren Genuß - hatte immer gesagt, gemixte Drinks seien labberiges Zeug.
"Hattest du schöne Ferien? Hast du dich gut erholt?"
"Ja, ein bißchen. Der Ort ist wunderschön."
"Ja, ja, ich erinnere mich. Du wolltest immer mal wieder dort hinfahren; hätten wir das nur gemacht. Du siehst fantastisch aus, Diana. Wirklich besser als je zuvor."
"Danke, sehr freundlich. Magst du Wodka mit Ginger Ale? Schmeckt vielleicht besser."

Er nickte, folgte ihr in die Küche und sah zu, wie sie ihm den Drink einschenkte. "Hübsch hast du's hier," sagte er und blickte sich um. "Hast du wirklich schön eingerichtet. Für solche Sachen hast du ein ungeheures Talent."

"Danke. Du siehst übrigens auch gut aus," sagte sie zu ihm. "Sehr schick." Er war frisch rasiert, trug einen hellgrauen Anzug, ein weißes Hemd und eine dezent gestreifte Krawatte. Ein gutaussehender junger Mann.

Sie saßen sich im Wohnzimmer gegenüber. Jack erzählte von seinen Verwandten, von gemeinsamen Bekannten. Diana hörte ihm ohne viel Interesse zu, wurde ungeduldig, merkte bald, daß sie sich langweilte.

Jack schwieg eine Weile, räusperte sich und sagte dann, "Ich wollte dir noch sagen, daß ich bei einem Psychiater war. Mir ging's unheimlich schlecht; ich konnte es überhaupt nicht mehr verstehen, wie ich es fertiggebracht habe, alles zwischen uns zu zerstören. Ich will ganz offen mit dir reden. Eigentlich bin ich zu ihm hingegangen, weil ich hoffte, daß er mir dabei helfen würde, dich zurückzubekommen."

Diana hatte die Hand an ihren Hals gelegt und sah Jack nachdenklich an.

Er redete weiter. "Seit drei Wochen geh ich jetzt schon zu ihm hin, viermal in der Woche. Er hat mir die Augen dafür geöffnet, wie mies ich mich benommen habe. Ich hab' mir 'ne Menge unangenehmer Dinge über mich anhören müssen, das war nicht einfach, glaub's mir, aber ich habe viel gelernt dabei. Und er hatte recht mit dem was er sagte. Es war auch wirklich Zeit, daß ich erwachsen wurde, Diana. Er hat mich nach dir gefragt, nach deinen Interessen, und ich konnte ihm keine Antwort darauf geben. Was du für Ansichten hast. Welche Bücher du liest. Und, lieber Gott, ich wußte es nicht. Ich habe fünf Jahre mit dir zusammengelebt, habe dich geliebt und - wußte es nicht. Denk' nicht, daß ich stolz darauf bin, wie ich mit dir umgegangen bin. Ich war ein Idiot."

Sie starrte ihn verblüfft an.

"Ich bin viel ernster geworden, seit du . . . seit wir auseinander sind. Ich glaube, in der Firma haben sie irgendwie versucht, mir zu helfen. Richardson hat mich als Verkaufsleiter vorgeschlagen."

Diana freute sich sehr für ihn und sagte aufgeregt, "Jack, das ist ja fantastisch! Das ist genau die richtige Arbeit für dich. Du hast ein solches Geschick, mit Leuten umzugehen -"

Er lächelte lebhaft erfreut. "Ich dank' dir, Schatz. Aber die Sache hat einen Haken: ich werde in die Zweigstelle nach Florida versetzt. Übernächste Woche muß ich umziehen."

"Ach so." Ihr war zumute, als würden ihr lauter kleine Schläge versetzt.

"Ich hab's mir sehr genau überlegt; hab' auch mit Doktor Phipps darüber gesprochen. Und dann hab' ich beschlossen, daß ich es machen werde. Wenn wir nicht wieder zusammenkommen, ist es besser für mich, wegzuziehen. Und wenn es mit uns beiden wieder ginge, wäre es gut, nochmal neu anzufangen, in einer anderen Stadt. Du siehst also, ich bin inzwischen wirklich erwachsen geworden." Er sah sie flehend an. "Florida ist als Wohnort nicht schlecht. Und wenn ich gute Arbeit mache, werd' ich dort höchstens ein Jahr bleiben, oder vielleicht zwei. Und wenn's uns überhaupt nicht gefiele, könnten wir auf der Stelle zurückgehen."

"Ich bin ganz sicher, daß Florida kein schlechter Wohnort ist," sagte sie leise.

"Ich möchte, daß du mit mir kommst. Laß uns nochmal neu anfangen. Ich würde dich auch gern heiraten, aber wenn du das nicht willst, ist es auch recht. Ich möchte, daß du mit mir kommst, Diana - bitte gib mir noch eine Chance."

Diana sagte mit äußerster Bestimmtheit und ohne daß es ihr weh tat, "Nein, Jack."

Jack seufzte, schaute in sein Glas, ließ die Eiswürfel klappern. "Bitte überleg's dir. Nimm dir ein paar Tage Zeit dazu."

"Nein, das brauche ich nicht."

"Ich liebe dich, Diana. Ich brauch' dich." Er bettelte mit seinen Augen, seiner Stimme.

Sie sagte resigniert - wußte, daß es sich nicht vermeiden ließ, so zu sprechen, obwohl sie es haßte - "Du brauchst einen anderen Menschen. Nicht notwendigerweise mich. Du kannst viele Frauen lieben. Vielleicht solltest du das auch tun."

"Du bist die einzige Frau, mit der ich zusammensein will. Die anderen haben mir nie etwas bedeutet. Du hast mich einmal geliebt. Weißt du das nicht mehr?"

"Das ist nicht genug."

"Wir haben so viele schöne Dinge zusammen gemacht. Erinnerst du dich? An die guten Dinge? Das Frühstück im Bett. Und wie wir uns immer gegenseitig aus der Zeitung vorgelesen haben. Weißt du noch, in der Bourbon Street? Als wir uns das erste Mal sahen? Weißt du nicht mehr, wie schön das alles war? Unsere Ausflüge nach Las Vegas? Weihnachten damals in Yosemite? Herrgott nochmal, es war wahnsinnig schön. Unsere Freunde hätten so gern, daß wir wieder zusammen sind. Bud und Rita fragen immer nach uns beim Poker Freitagabends."

"Das ist nicht genug."

"Es war wahnsinnig gut im Bett, das weißt du doch auch. Wir konnten einfach unheimlich gut miteinander. Doktor Phipps sagt, daß nicht viele Menschen sich sexuell so gut verstehen wie wir. Wir haben's viel häufiger gemacht als die meisten anderen. Und daß wir's nach fünf Jahren immer noch absolut wollten, ist wirklich ungewöhnlich; wir haben uns da einfach unheimlich gut verstanden."

"Das ist nicht genug."

"Du hast jemand anders. Stimmt das, Diana?"

Sie berührte das Kreuz an ihrem Hals, das in den Falten des Kleides verborgen war. "Ich habe keine Lust, dir diese Frage zu beantworten."

"Es g i b t jemand anderen."

Sie zuckte die Achseln. "Diese Frage habe ich bereits beantwortet."

Er nahm seinen Drink in die Hand. Von dem beschlagenen Glas fiel ein Tropfen auf den Tisch. Sie dachte an Lanes schlanke Finger, die über das Glas fuhren. Jack wischte den Tropfen sorgfältig weg und stellte sein Glas wieder hin.

"Es ist also wirklich vorbei?"

Diana nickte. "Ja," sagte sie.

Er sagte, "Doktor Phipps hat mir erklärt, daß die Liebe, wenn sie endet, einfach zu Ende ist. Nichts ist übrig, der Funke ist verlöscht, es ist aus, einfach so."

Diana gab keine Antwort darauf.

Er sagte, "Ich weiß nicht, ob das stimmt, aber ich glaube auf jeden Fall, daß es keinen Sinn hat, die Dinge zu überstürzen. Ich bin ein guter Kaufmann, und du kennst das Produkt, das ich dir gern verkaufen würde; du hast es fünf Jahre lang besessen. Aber alles was ich dir gern sagen möchte ist, daß dies Produkt jetzt ein neues ist; es ist verbessert worden. Ich komm' nächste Woche nochmal vorbei. Vielleicht überlegst du es dir ja noch anders."

Er erhob sich. Auf dem Weg zur Tür verlangsamte er den Schritt, drehte sich noch einmal um. "Können wir wenigstens Freunde bleiben?"

"Ja. Aber ich denke, daß unsere Wege sehr getrennt verlaufen werden." Sie öffnete die Tür, wollte, daß er schnell hinausginge. Sie war den Tränen nahe.

"Darf ich dich küssen?"

"Nein, Jack, laß das bitte," sagte sie in scharfem Ton, als er versuchte, sich ihr zu nähern.

"Ekelst du dich so vor mir?" fragte er und verzog verletzt und ärgerlich das Gesicht.

"Nein," erwiderte sie, "aber es gibt absolut keinen Grund dafür."

"Alles Gute," sagte er abrupt. "Du weißt, wo ich zu finden bin."

"Ich wünsch' dir auch alles Gute."

Sie stand am Wohnzimmerfenster, verzweifelt und einsam, wischte die Tränen ab und erinnerte sich an die zarten Lippen, die ihre Augen geküßt hatten, ihr Gesicht, die warm und süß ihre Tränen fortgewischt hatten. Sie wandte sich um und starrte auf das Telefon. In drei Wochen und drei Nächten würde sie anrufen; sehnsüchtig erwartete sie diesen Zeitpunkt und quälte sich mit dem Gedanken, daß möglicherweise am anderen Ende niemand den Hörer abnehmen würde.

Sie hörte den Motor von Jacks Wagen aufheulen, sah den Scheinwerfern nach, die rasch in der Dunkelheit verschwanden. Draußen in der Frühlingsluft roch es nach verbranntem Holz; jemand machte in seinem Garten ein Feuer. Diana sog den Duft tief ein und dachte dabei an den Geruch brennender Brücken.

16. KAPITEL

Diana ging jeden Abend früh zu Bett, schlief an den Wochenenden lange aus. In dem halbwachen Zustand zwischen Tag und Traum lag sie stundenlang im Bett, ließ ihre Gedanken durch eine unendliche Galerie der Erinnerungsbilder schweifen, rief sich ganze Episoden, kurze Szenen, einzelne Bilder vor Augen.

Sie durchlebte noch einmal den endlosen Strom der Gefühle in ihrer Zeit mit Lane, hielt fest an Augenblicken dieses zeitlosen Traumes: die glasklare Konzentration und Intelligenz in Lanes Augen, wenn sie einen Gedanken in Worte faßte; Lanes Lächeln; Lanes Gesicht in den Schatten des Raumes; Lanes Gesicht, als sie sich liebten - ihre vollen Lippen, die sich langsam öffneten, ihr Atmen, ihr Stöhnen, die festgeschlossenen Augen, mit denen Lane, im Augenblick des Orgasmus in ihre eigenen Tiefen versunken, ihr Gefühl vor Diana verbarg.

Bald hatte sie Mühe, sich auf Lanes Gesicht zu konzentrieren; in dem Augenblick, in dem sie versuchte, es festzuhalten, es scharf einzustellen, begann es zu verschwimmen, entglitt ihr. Bitter warf sie sich vor, daß sie kein Bild von Lane hatte. Plötzlich tauchten Bilder von anderen Menschen auf, Einzelheiten: jemandes Gesichtszüge, die Körperform, die Art, wie jemand sich bewegte, eine Haarsträhne über einer Stirn - atemberaubende Bilder, die sofort wieder verschwanden, wenn sie versuchte, sie klarer zu sehen.

Sie war sich peinlich genau ihres Körpers bewußt, betrachtete sich überkritisch - ihre Figur, ihre Haut, die Spannkraft jedes einzelnen Muskels. Sie bürstete stundenlang ihr Haar, feilte sorgfältig die Nägel, machte Gymnastik, jeden Tag eine Stunde; die Übungen waren so anstrengend, daß sie hinterher immer völlig erschöpft war und am ganzen Körper zitterte. In den Abendstunden machte sie lange Spaziergänge, versuchte, ihre Gedanken aufzulösen und nur dem Rhythmus ihrer Schritte zu lauschen.

Aber dann kam ihr der Gedanke, daß Lane vielleicht anrufen würde - ganz spontan, aus einem Gefühl heraus. Ihre Vernunft sagte ihr zwar, daß Lane für so etwas viel zu viel Selbstdisziplin hatte, viel zu kontrolliert war, und trotzdem - Diana hörte auf, abends spazierenzugehen.

Eine Woche nachdem Jack dagewesen war lief sie mit langen Schritten in ihrer Wohnung auf und ab; der Zorn nagte an ihr. Wenn Lane auch nur das Geringste an ihr läge, würde sie sie nicht so lange warten lassen, hätte Mitleid mit ihr, würde es selbst nicht aushalten, würde die Abmachung brechen und einfach anrufen. Lane mutete ihr das zu, ließ sie tausend Zweifel und Qualen erleiden.

Während der Woche arbeitete sie intensiv, konnte sich bis zu einem gewissen Grad damit ablenken; sie erledigte alle Schreibarbeiten mit ungewohnter Pedanterie und konzentrierte sich bei den Einstellungsgesprächen vollkommen auf ihr Gegenüber. An den Abenden versuchte sie fernzusehen oder zu lesen, aber das gelang ihr immer nur für kurze Zeit - sie konnte nicht ruhig sitzen. Sie konnte auch keine Musik hören; es quälte sie. Und so kochte sie sich mit viel Mühe und Aufwand sorgfältig ausgewählte, mehrgängige Gerichte. Ihre Neuschöpfungen aß sie dann mehr oder weniger abwesend und interesselos, blätterte zerstreut in Zeitungen und Illustrierten. Die Bedeutung dieser Mahlzeiten lag ausschließlich in ihrer Zubereitung.

Drei Wochen nachdem sie von Lake Tahoe zurückgekommen waren, lud Vivian sie zum Essen ein; sie schalt Diana mit ihrer bärbeißigen Zuneigung, "Du besuchst mich nicht mehr, rufst nicht mal an; ich weiß, ich bin stinkig langweilig, aber so aus Höflichkeit könntest du dich schon mal melden - schließlich waren wir jahrelang gut befreundet. Lieber Himmel, Diana . . . ich hatte gedacht, es würde wieder besser gehen, nachdem wir in Tahoe waren."

Diana erwiderte zerknirscht, "Es tut mir leid, aber ich kann gerade nicht anders, brauche viel Zeit für mich; ich muß irgendwie allein sein im Moment. Das ändert sich auch wieder. Du brauchst dir wirklich keine Sorgen um mich zu machen - laß mich doch einfach."

"Nein, das geht nicht, Engelchen. Du bist ganz allein da in der Wohnung." Vivian nahm Dianas Hände und rieb sie zwischen den ihren. "Mein Liebling," sagte sie besorgt, "Menschen, die niemand sehen wollen, mit niemandem reden, brüten oft . . . Probleme aus. Diana, Schatz, es kann leicht vorkommen, daß die Nerven das irgendwann nicht mehr mitmachen."

"Oh Viv, mach dir darum keine Sorgen, sagte Diana schuldbewußt. "Es hat nicht im entferntesten mit so etwas zu tun. Ich brauche einfach gerade ein bißchen Zeit für mich. Und dann wird sich alles wieder . . . wird sich vollkommen verändern, ich versprech's dir."

Vivian klang nicht sehr überzeugt, als sie sagte, "Na ja,

gut. Ich seh dich ja wenigstens jeden Tag im Büro."

Die Tage schleppten sich dahin, und Dianas Überzeugung wuchs, daß Lanes Gefühle diese Trennung nicht überdauern würden; es gab zu viele Faktoren, die dagegen arbeiteten. Sie waren fünf Tage und fünf Nächte zusammengewesen; das war eine sehr kurze Zeit, viel zu kurz. Wie konnte eine Beziehung halten, die so wenig gefestigt und so gefährdet war? Lane würde wieder ganz von ihrer Arbeit in Anspruch genommen sein, würde ihr Gefühl und ihre Energie auf ihre Karriere konzentrieren; der Einfluß ihres Vaters würde wieder Besitz von ihr ergreifen - sogar vom Grab aus würde die Furcht vor seiner Mißbilligung Lane dazu bringen, weiterhin auf die Erfüllung ihrer stärksten Wünsche und Bedürfnisse zu verzichten.

Der Gedanke an Carol verfolgte sie. Eifersucht war ein neues Gefühl für sie, und es setzte ihr auf bösartigste Weise zu. Carol mußte jetzt dreiunddreißig sein; zweifellos war sie noch immer sehr schön - vielleicht sogar schöner als früher. Es gab Frauen, die mit den Jahren immer besser aussahen. Ob Lane noch Interesse an ihr hatte? Es war ja gut möglich, gerade weil so viele Jahre dazwischenlagen. Würde Lane sie aufsuchen? Schließlich hatte sie sich ja jetzt von den Hemmungen befreit, die damals eine Beziehung verhindert hatten - eine Beziehung, die sie so sehnlichst gewünscht hatte. Dianas Gedanken kreisten unablässig um Carol, bei der Gymnastik, beim Feilen und Polieren der Fingernägel, beim Eincremen der Haut und beim Haarebürsten - alles war vergiftet von wütendem, eifersüchtigem Haß auf diese Frau.

Manchmal kam Diana der Gedanke an Jack und schmerzte sie sehr. Er hatte noch einmal angerufen, bevor er nach Florida ging, hatte gebettelt, gefleht, war schließlich zusammengebrochen und hatte geweint. Niemals zuvor hatte sie ihn weinend erlebt. Sie war ganz ruhig geblieben, hatte sich seine neue Adresse in Fort Lauderdale notiert, so als wäre es eine beiläufige Information, die ihr ein Wildfremder gab. Nach dem Telefonanruf hatte sie stundenlang auf dem Sofa gelegen, sich an ihn erinnert und geweint; der Gedanke an sein Schluchzen stach ihr ins Herz, sie hatte sich einsamer und unglücklicher gefühlt als je in ihrem Leben.

Die langen Wochenenden waren am schwersten zu ertragen. Um ihrem Alleinsein zu entfliehen, besuchte sie ihren Vater. Drei Sonntage verbrachte sie bei ihm zu Hause, ging schon am Vormittag hin und blieb bis zum späten Abend, sah mit ihm zusammen die Sportschau im Fernsehen, kochte für ihn, spielte mit ihm Karten, hörte seinen Anekdoten zu und schwelgte mit ihm gemeinsam in Erinnerungen an vergangene Zeiten.

Der Sonntag bevor sie Lane anrufen sollte war ein milder, sonniger Apriltag. An jenem Nachmittag saß sie mit ihrem Vater im Garten an einem kleinen runden Tisch und spielte Karten. Sie war gerade dabei, die Deckkarte abzuheben und die Karten für ein neues Spiel zu mischen, als ihr Vater sachte ihre Hände ergriff und umschloß.

"Du weißt, daß ich mich nie in deine Angelegenheiten mische," sagte er.

"Ich bin nicht sicher, ob ich dein Vertrauen wirklich verdient habe," sagte sie und genoß die Wärme und Zuneigung, die er ausstrahlte, "aber ich bin dir immer sehr dankbar dafür gewesen."

"Manchmal ist es mir schwer gefallen, mich nicht einzumischen, besonders in der Zeit deiner Ehe. Aber du warst erwachsen . . ." Er ließ ihre Hände los und holte seine Pfeife aus der Brusttasche seines karierten Hemdes. "In letzter Zeit bist du sehr oft hier gewesen . . . natürlich freue ich mich immer sehr, wenn du bei mir bist - "

"Mir geht's gut, Vater," murmelte sie und senkte die Augen. "Es ist nichts besonderes los."

Er zündete seine Pfeife an, stopfte den Tabak fest, während er das Streichholz daranhielt; sie hatte sich immer gewundert, daß er sich dabei nie den Zeigefinger verbrannte.

"Mein Liebes, ich bin ein wenig in Sorge um dich, und das hat mehrere Gründe. Da ist einmal Jack. Ich muß dir gestehen, daß ich die ganze Zeit über, in der ihr zusammengelebt habt, viele Vorbehalte gegen ihn hatte. Mir gefällt ein Mann besser, der seine Frau heiratet, der ihr Sicherheit und Schutz gibt. Mag sein, daß meine Ansichten für einen gestandenen Liberaldemokraten da altmodisch sind, aber in dieser Hinsicht bin ich eben ein bißchen schrullig. Jetzt hat mir aber Jack eine ganz neue, reifere Seite von sich gezeigt. Er hat mich gebeten, ihm zu helfen, wollte, daß ich mit dir rede. Natürlich habe ich das nicht getan, ich konnte es nicht, wollte mich nicht . . . aber er ist seither in meiner Achtung gestiegen."

Diana schwieg, sah zu, wie ihr Vater, mit einer altvertrauten Geste, seinen grauen Bart zwischen Daumen und Mittelfinger nahm und glattstrich. Er zog an seiner Pfeife und sah sie aufmerksam aus seinen hellbraunen Augen an, die in der Form genau den ihren glichen.

"Dann hat Vivian mich angerufen. Das war sehr ungewöhnlich, Vivian . . . " Er seufzte. "Wir sind beide mit ihr befreundet, gut, aber wenn sie an jemandem hängt, dann bist du es. Jedenfalls war ich beunruhigt. Auch darüber, daß du mich in letzter Zeit so oft besucht hast. Wenn ein erwachsenes Kind plötzlich so sehr die Nähe des Vaters sucht . . ." Er seufzte noch einmal. "Was auch immer sein mag, ich bin mir ziemlich sicher, daß es nichts mit Jack zu tun hat. Ich weiß, wie zerstörerisch die Scheidung für deine Selbstachtung war . . . und ich glaube nicht, daß die Sache mit Jack dem gleichkommt. Bitte sage mir, was du auf dem Herzen hast."

Diana blätterte durch die Karten und überlegte. Sie konnte es ihrem Vater nicht sagen - aber was sollte sie ihm erzählen? "Vater," sagte sie schließlich, "ich möchte dir keine Lügen auftischen und behaupten, daß alles in Ordnung sei. Aber mir geht's trotzdem nicht schlecht, ganz bestimmt nicht." Sie lächelte, - ein entwaffnendes Lächeln, wie sie hoffte. "Und ich möchte dich höflich und voller Respekt darum bitten, doch wieder zu deiner Politik der Nichteinmischung zurückzukehren."

Er schmunzelte, schüttelte sich eine Strähne braungraues Haar aus der Stirn. "Es gab früher auch bei mir Dinge, die ich meinen Eltern nie erzählt habe. Besonders in der Zeit, als ich ein junger Mann war. Aber die Zeiten haben sich geändert, und wir sind beide erwachsene, intelligente Menschen - wahrscheinlich ausgeprägter als die meisten anderen. Auf dieser Welt gibt es nicht mehr viel, das mich überraschen könnte oder das mir fremd wäre."

Diana zögerte, blätterte in den Karten, sah ihren Vater unsicher und besorgt an. Er legte die Pfeife auf den Tisch und ergriff wieder ihre Hände. "Ich kenne dich. Was auch immer du auf dem Herzen hast und vielleicht aussprechen wirst . . . es ist mir bestimmt nicht fremd."

"Vater," sagte sie, nahm all ihren Mut zusammen und sah ihm in die Augen, "was würdest du sagen, wenn ich dir erzählte, daß ich mich in eine Frau verliebt habe?"

Er senkte den Blick, sah auf ihre Hände. Dann drehte er sie um und rieb eine Weile seine Handflächen an den ihren. "Als du sechzehn Jahre alt wurdest," sagte er und sah ihr wieder ins Gesicht, vermied aber ihre Augen, "habe ich damit begonnen, mich auf alles gefaßt zu machen. Ich stellte mir vor, du würdest einen schwarzen Mann, einen Chicano, einen bärtigen orthodoxen Juden mit nach Hause bringen - "

Diana lachte in sich hinein.

" - Ich habe mir sogar einen jungen Mann vorgestellt, dessen Haare bis hinunter zur Hüfte reichten und der Sitar spielte." Er lächelte plötzlich, selbstironisch. "Ich weiß nicht, warum ich nie auf die Idee gekommen bin, mich einzustellen auf - "

Er gab ihre Hände frei und nahm wieder seine Pfeife. "Gib mir ein wenig Zeit . . . Weißt du, warum das . . . " Er sah sie hilflos an.

"Ich habe selbst nie gewußt, welche Bedürfnisse ich habe. Und dann . . . bin ich darauf gekommen."

"Ist es . . . ist es, weil nach Mutters Tod . . . " Er schluckte und sagte angestrengt, "weil ich dir nie eine andere - "

Sie nahm ihn bei den Armen. "Oh Vater, nein. Das ist Unsinn. Die meisten Kinder bekommen von Vater und Mutter zusammen nicht annähernd die Liebe, die du mir gegeben hast."

"Mein Kleines," sagte er, "ich verstehe nicht - warum das jetzt kam. Oder . . . war es auch. . . damals mit Barbara?"

"Nein." Dann räumte sie ein, "Vielleicht . . . hätte es sein können. Aber es war nichts."

"Diese . . . diese Liebe macht dich aber offensichtlich nicht glücklich. Ganz im Gegenteil."

"Ich bin nicht wegen meiner Gefühle unglücklich. Es ist nur . . . ich weiß nicht, was sie fühlt, ob sie mich liebt. Sie hat darauf bestanden, daß wir uns trennen. Damit ich Zeit habe - in Ruhe über alles nachzudenken."

"Wie lange kennst du sie schon?"

"Ungefähr . . . einen Monat."

Sichtlich erleichtert nahm er wieder die Pfeife in den Mund und paffte. - Er will sein Lächeln verbergen, dachte Diana scharfsichtig.

"Vater," sagte sie ruhig, "es ist das tiefste und ernsteste Gefühl, das ich je in meinem Leben gehabt habe."

Er legte die Pfeife wieder hin, beugte sich über den Tisch, ergriff ihre Schultern, gab sie wieder frei. "Ich weiß, ich bin ein Mann, aber ich muß dir sagen, daß ich das nicht verstehe. Was gibt sie dir?"

"Zärtlichkeit," erwiderte Diana nach einer Weile. "Und ihr eigenes Bedürfnis danach; Zärtlichkeit, die sie von mir möchte."

"Das Körperliche . . . ist doch sicher nicht . . .von großer Bedeutung?"

Diana versuchte, jeden Ausdruck auf ihrem Gesicht zu vermeiden und antwortete, "Möchtest du wirklich, daß ich darüber rede?"

"Diana, was wirst du machen, wenn das jetzt nicht so geht, wie du es dir vorstellst?"

Sie verstand, was er sagen wollte und überlegte lange, bevor sie erwiderte, "Ich würde wieder danach suchen. Allerdings ohne jede Hoffnung, es je wieder zu finden. Weil ich, egal, wo ich auch suchte, immer -"

"Mein Kleines," sagte er, und sie wußte, daß er eine klare Antwort hören wollte. "Es gibt auf dieser Welt viele wunderbare Menschen; viele Menschen, die . . . Zärtlichkeit geben können und sich selbst danach sehnen."

"Vater, warum hast du nie wieder geheiratet? Mutter ist vor über dreißig Jahren gestorben."

Er sah sie erstaunt an. "Du vergleichst das wirklich . . . damit?"

"Ja, das tue ich. Wann hast du zum ersten Mal bemerkt, daß du Mutter liebst? Wie lange hat es gedauert, bis du sie liebtest? Hast du jemals einen anderen Menschen so geliebt wie sie?"

Er antwortete nicht. Auch Diana schwieg.

Sie atmete den unbeschreiblich süßen Duft der Orangenblüten ein, der vom Nachbargarten herüberwehte. Nach langer Zeit sagte sie, "Du hast darauf bestanden, es zu erfahren." Und sie fügte so unbeschwert wie möglich hinzu, "Du hast mir versprochen, daß dir nichts fremd sein würde."

Seine Augen schimmerten, und er sagte leise, "Bitte versuche zu verstehen, daß ich nicht glücklich darüber bin, denn du gehst einen Weg, der sehr viele Möglichkeiten in sich birgt, dich zu verletzen. Du weißt, wie sehr ich dich liebe." Er räusperte sich, strich seinen Bart glatt und versuchte zu lächeln. "Gib deinem liberaldemokratischen Vater ein wenig Zeit." Er nahm den Stapel Spielkarten auf und reichte ihn ihr. "Unterdessen können wir ja noch eine Runde spielen. Heb ab."

17. KAPITEL

Am Morgen des Tages, an dessen Abend sie Lane anrufen würde, erwachte Diana erfrischt aus einem tiefen, traumlosen Schlaf. Endlich war die Zeit des Wartens vorüber, und sie ging, von Vorfreude erfüllt, zur Arbeit.

Abends rief sie die Zeitansage an und stellte ihre Uhr danach. Mit langen Schritten lief sie in der Wohnung auf und ab; dann setzte sie sich angespannt an den Schreibtisch im Wohnzimmer, starrte wie gebannt auf die Uhr, verfolgte, wie die Zeiger unendlich langsam auf sieben Uhr zukrochen.

Mit dumpf schlagendem Herzen wählte sie die Nummer auf der Visitenkarte, die ans Telefon geklemmt war, die Nummer, die tief in ihr Gedächtnis eingeprägt war, drückte sorgsam Knopf um Knopf, erst die Vorwahl, dann die übrigen Zahlen.

"Diana?" Das Telefon hatte erst ein halbes Mal geklingelt, als der Hörer abgenommen wurde.

"Guten Abend. Hier ist die Tanzschule Arthur Murray. Ich wollte fragen, ob Sie Interesse an einem Kursus haben," sagte Diana und war selber überrascht, wie mühelos ihr das gelungen war.

Lanes Lachen klang weich und warm. "Geht's dir gut?"

"Ja, und dir?" Sie zitterte vor Erleichterung und Freude.

"Mir geht's gut. Aber du klingst . . . ist wirklich alles in Ordnung bei dir?"

"Ja, aber dazu hast du nicht das geringste beigetragen. Den ganzen Monat lang hatte ich tausend Ängste, du könntest krank sein oder irgendwas wäre, und ich wüßte nichts davon -"

"Es ging mir mit dir genauso. Was hast du die vier Wochen über gemacht?"

"Ich habe darauf gewartet, daß sie vorübergehen."

"Hast du . . . ein wenig nachgedacht?"

Diana erwiderte ruhig, "Ich habe eingesehen, daß es für dich wichtig war, mir Zeit zu geben. Aber zum Nachdenken gab es nicht viel für mich."

Am anderen Ende der Leitung war Schweigen. Diana hörte ein Ausatmen und das Summen des Telefons. Dann sagte Lane, "Es war . . . ein sehr langer Monat. Es gibt so vieles, worüber wir jetzt sprechen müssen; ich möchte dir gern so vieles sagen.."

Diana hatte die Augen fest geschlossen, konzentrierte sich vollkommen auf den Klang von Lanes Stimme, nahm jeden Ton auf. Sie sagte, "Es ist so schwer, am Telefon zu reden. Ich wünschte - ich wünschte, ich könnte dich sehen."
"Darf ich das als Einladung verstehen?" fragte Lane leise. "Ich kann in zwei Stunden bei dir sein, kurz nach neun."
"Oh Lane, ja." Dianas Herz schlug bis zum Hals.
"Western-Flug eins-zwanzig-vier. Landet um zehn nach neun in Burbank. Holst du mich ab?"
"Ja, natürlich."
"Diana?"
"Was ist, Lane?"
"Nichts," sagte Lane heiser. "Also bis in zwei Stunden."
Das Telefon klickte leise.
Diana erhob sich benommen und sah sich in der Wohnung um. Sie ging zum Sofa, klopfte die Kissen zurecht, hob Illustrierte vom Teetisch auf und ordnete sie.
Heute abend würde sie mit Lane zusammensein. Mit Lane. Sie warf die Illustrierten zu Boden, rannte ins Badezimmer und ließ sich Wasser für ein Schaumbad einlaufen; dabei überlegte sie fieberhaft, was sie zum Flughafen anziehen sollte.

Lane war die dritte Passagierin, die von Bord kam. Diana nahm verschwommen wahr, daß sie einen grauen Pullover trug, dazu eine schlicht geschnittene, dunkelblaue Jacke; dann fand sie sich in Lanes Armen wieder.
"Auf Flughäfen umarmt man sich immer," flüsterte ihr Lane ins Ohr, "aber normalerweise nicht so lange."
Sie lösten sich voneinander; Lane trat einen Schritt zurück.
"Hallo," sagte sie.
"Hallo." Diana blickte sie an, war noch ganz betäubt vom Duft ihres Parfums. "Du . . . siehst wunderschön aus."
"Und du erst. Mir gefällt . . . dein Kleid."
Diana trug ein weißes Kleid aus leichter Angorawolle, dazu das silberne Kreuz. "Ich hatte gedacht, ich könnte zur Abwechslung mal eins anziehen." Sie wollte es ganz leichthin sagen, merkte aber, daß sie sehr befangen war.
"Es gefällt mir . . . sehr." Lanes Augen waren tiefblau und blickten scheu. "Komm, schnell weg von diesen Menschenmengen hier."
Sie gingen durch die langen Hallen des Flughafengebäudes. Diana fragte zerstreut, "Hattest du einen guten Flug?"
Lane zuckte die Achseln und berührte sie leicht am Arm. "Ja, ja, es war schön. Lang."

"Was ist mit . . . hast du Gepäck dabei?"
"Ich habe eine Zahnbürste in der Handtasche. Meinen Pyjama habe ich, glaub' ich, vergessen."
"Irgendwie werden wir dich schon warmhalten," murmelte Diana.
Lane sagte lachend, "Ich muß morgen früh zurück; muß vormittags bei Gericht sein. Um sieben Uhr geht ein Flugzeug. Ich werd' ein Taxi nehmen."
"Das wirst du selbsverständlich nicht tun. Ich freu mich so wahnsinnig, daß du hier bist. Mir würde es nichts ausmachen, dich morgens um drei zurückzubringen."
Sie stiegen in Dianas Wagen. "Du hast abgenommen," sagte Lane. "Erst dachte ich, es wäre nur das Kleid."
"Ich hab' aufgehört, die Pille zu nehmen. Zum Teil hängt es wohl damit zusammen."
Lane beugte sich zu ihr hinüber und streichelte ihr Haar. "Ich bin froh . . . du siehst gut aus. - Sag mal, kannst du am Wochenende nach San Francisco kommen?"
"Ja, wenn es dir recht ist," antwortete Diana mit flackerndem Herzen. Am Wochenende? Meinte sie wirklich nur das Wochenende?
"Es ist mir sehr recht. Könntest du morgen abend kommen? Wir hätten dann Freitag, Samstag und Sonntagnacht für uns. Ich würde dich Montag früh zum Flughafen bringen. Was hältst du davon?"
"Gut," sagte Diana. Hatte sie das im Sinn? Wollte sie eine Wochenendbeziehung?
"Ich hab' eine Flugkarte für dich."
"Du hast ja alles perfekt geplant," sagte Diana ungewollt heftig. "Du mußt dir sehr sicher gewesen sein, daß ich anrufe."
Lane lachte, ironisch seufzend. "Schön wär's. Aber ich hab' den Monat nur überlebt, weil ich mir immerzu eingeredet habe, du würdest anrufen - und hab' dann einfach alles geplant, so getan als ob. Den Gedanken, daß du nicht anrufen würdest, hab' ich ausgesperrt. Schließlich habe ich jahrelange Übung darin, Gedanken wegzustecken, denen ich mich nicht gewachsen fühle."
"Hast du schon zu Abend gegessen?" fragte Diana besänftigt und ließ die Antwort noch in sich nachklingen.
"Nein, ich war zu - ist hier vielleicht ein McDonald in der Nähe?"
"Überall, wo du auch hinschaust. Aber ich würde lieber was kochen, wenn du magst."
"Ja, sehr gern."

Diana schloß die Wohnungstür und verriegelte sie. Lane zog die Jacke aus und warf sie mit Schwung über einen Stuhl; Diana mochte diese Geste sehr. Sie sahen sich an und gingen aufeinander zu.

Lane streichelte Dianas Gesicht, betrachtete sie lange; ihr Gesicht war angespannt und verschlossen. Dann ergriff sie Dianas Schulter, ließ ihre Hand über ihre Brüste gleiten. Sie zog Diana fest an sich; ihr Mund war einen Augenblick unendlich zart, wurde dann heftig und besitzergreifend; Diana schlang ihre Arme um sie, und es verging eine lange Zeit. Schließlich murmelte Diana und streichelte dabei zärtlich Lanes Schulter, "Du mußt mir jetzt erlauben, daß ich dir was zu essen mache."

"Ist gut. Aber nur etwas Leichtes, bitte. Aber zuerst möchte ich deine Wohnung sehen."

Arm in Arm schlenderten sie durch die Räume. Lane betrachtete die Bilder an den Wänden, sah sich die Bücher an, die Glasskulpturen im Regal, eine schöne alte Uhr, die Diana von ihrem Vater bekommen hatte. Als sie das Schlafzimmer betraten, sagte Lane, "Du hast es sehr gut beschrieben."

Diana hatte sofort die Situation wieder vor Augen, wurde unruhig und verlegen und bemerkte, daß ihre Wangen glühten. Lane lachte zärtlich, neckend; sie nahm Diana wieder in die Arme. Und erst einige Zeit später, mit den Lippen tief im Ausschnitt von Dianas Kleid, flüsterte sie, "Ich glaube, ich brauche nichts zum Abendbrot."

Diana hatte die Augen geschlossen, war angenehm erregt. "Das kommt gar nicht in Frage," brachte sie mühsam hervor und entschlüpfte Lanes Armen. Sie strich Lanes Pullover glatt, zog ihn zurecht; ihre Hände waren darunter gewesen. "Du mußt groß und stark werden."

"Wirklich?" fragte Lane und nahm sie bei der Hand. "Hast du etwa vor, mich wieder die ganze Nacht wachzuhalten?"

"Ach! Ich bin das also?"

Sie gingen Hand in Hand in die Küche. Diana dachte: Sie kann doch nicht im Ernst wollen, daß wir nur Freizeitliebende werden, - das kann nicht sein. Sie sagte, "Es ist so schön zu wissen, daß wir nicht nur heute nacht haben, sondern morgen, übermorgen, viele, viele andere Nächte, findest du nicht auch?"

"Ja, das finde ich auch."

Diana schenkte zwei Gläser Wein ein. "Hast du Lust auf ein Sandwich? Einen Hamburger? Eier mit Speck? Suppe?" Sie lächelte. "Alles zusammen?"

"Hast du Hühnersuppe?"

Diana sah sie zärtlich an. "Du bist wie ein kleines Kind mit deinen Eßgewohnheiten. Möchtest du gern einen Hamburger zur Suppe?"
Lane grinste. "Das klingt fantastisch."
Diana bereitete das Essen zu, und Lane saß an der Frühstückstheke, nippte an dem Wein und sah ihr zu. "Komm, du mußt auch etwas essen," sagte Lane. "Ein Schüsselchen Suppe wird dir nichts schaden, auch wenn du keinen Hunger hast. Nur um mir Gesellschaft zu leisten."
"Ist gut," sagte Diana. "Wie geht's den Leuten aus unserer Hüttengruppe? Gibt's was Neues?"
"Ja, laß mal überlegen. Madge und Arthur sind noch zusammen soweit ich weiß. Madge spricht nicht darüber - ich glaube, sie ist noch dabei, Mut zu sammeln. Millie ist immer noch Millie. Chris empfängt in letzter Zeit öfter einen Mann in ihrer Wohnung. Wie ich von Madge hörte, ist Liz empört darüber, daß er vierzig ist und sie fünfundvierzig. Kein Wunder, daß Chris nie geheiratet hat - erst die strenge Mutter, und dann diese unterdrückerische jüngere Schwester. Aber die interessanteste Neuigkeit ist wohl Georges blonde Geliebte." Lane grinste. "Sie hat ihm den Laufpaß gegeben."
"Nein, sag bloß! Hat er Liz schon angerufen?"
"Bis jetzt noch nicht. Ich glaube, sein Stolz läßt es noch nicht ganz zu. Aber er nähert sich auf andere Weise an - läßt immer über die beiden Jungen ausrichten, wie toll es war, als er noch mit Liz verheiratet war." Lane kicherte. "Ich glaub', die beiden finden wieder zusammen, wenn noch ein bißchen Zeit vergangen ist." Sie probierte die Suppe, biß in den Hamburger. "Mmm, das schmeckt unwahrscheinlich gut, Diana."
Sie saßen nebeneinander an der Frühstückstheke; Diana aß ab und zu einen Löffel Suppe und sah voller Freude Lane beim Essen zu. Sie nahm die Flugkarte in die Hand, die Lane auf die Theke gelegt hatte. "Ich hab' mich noch gar nicht dafür bedankt," sagte sie. "Ich glaub', ich hab's noch gar nicht ganz - " Sie sah die Karte genauer an und sagte überrascht, "Es ist erster Klasse."
"Stimmt."
"Nach San Francisco?"
"Ich weiß, daß es nicht weit ist, aber ich wollte einfach, daß du's gemütlich hast," sagte Lane verteidigend.
"Du bist vollkommen verrückt," sagte Diana und schüttelte erfreut den Kopf. "Aber furchtbar nett."
"In meiner Wohnung warten die merkwürdigsten Dinge auf dich. Jedesmal wenn ich einen Angstanfall hatte, bin ich einkau-

fen gegangen, hab' irgendwas geholt für dich und hab' dabei fest daran geglaubt, daß du anrufen würdest. Es sind komische Sachen dabei herausgekommen: vier Pullover, alle Arten von Schmuck, ein silberner Füller und ein T-Shirt, auf dem steht: 'Ich hab' mein Herz in San Francisco verloren' - "

Diana lachte. "Frau, du spinnst! Allerdings muß ich zugeben, daß ich für dich auch etwas habe. Aber nur eine Sache."

"Was denn?"

"Wart's ab. - Ich hab' nur einmal während dieses langen Monats etwas wirklich Verrücktes gemacht. Es war an einem Samstag; ich bin zu Bullock gegangen und hab' jede einzelne Flasche durchgeschnüffelt, um dein Parfum zu finden. Keine Ahnung, was die von mir gedacht haben. Ich war nur plötzlich besessen davon, mußte unbedingt wissen, was es war."

"Und? Hast du's gefunden?"

"Nina Ricci."

"Wahnsinn," sagte Lane lachend. "Es stimmt. Sowas Verrücktes. Komisch - den Duft, den ich mit dir verbinde, gibt's nicht in Flaschen zu kaufen." Sie sah Diana mit funkelnden Augen an. "Ich zeige dir ganz San Francisco. In Sausalito gibt's ein Restaurant ... wirst du dieses Kleid anziehen?"

"Wenn du möchtest, gern. Aber ich hab' auch noch andere, die dir vielleicht gefallen."

Lane hatte ihre Mahlzeit beendet und seufzte zufrieden. Sie sah Diana mit glänzenden blauen Augen an. "Weißt du was? Ich würde furchtbar gern wissen, was du für mich gekauft hast. Kannst du mir's geben? Jetzt?"

"Aber mit Vergnügen," sagte Diana lächelnd und von Zärtlichkeit überwältigt. Sie verschwand im Schlafzimmer und kam mit einem kleinen Päckchen zurück.

Lane knüpfte die Schleife auf und öffnete vorsichtig das Seidenpapier, mit der Vorfreude eines Kindes. "Oh," sagte sie und nahm aus den Papierhüllen eine Ausgabe mit Gedichten von Emily Dickinson, die in dunkelbraunes Maroquinleder gebunden war. Der Titel war in Goldbuchstaben eingraviert, und in der unteren Ecke des Buchdeckels stand in winziger Goldschrift LANE CHRISTIANSON.

"Ich hab's für dich anfertigen lassen," sagte Diana.

"Nach einer Buchklubausgabe sieht es wirklich nicht aus," erwiderte Lane lächelnd; ihre Hände strichen sanft über den ledernen Einband. "Oh, es ist wunderschön. Ich danke dir, Diana. Es ist das schönste Buch der Welt."

"Es hat mir Spaß gemacht, es für dich auszusuchen."

"Ich hab' mir schon Dinge ausgedacht, die wir in San Francisco zusammen unternehmen können . . . andererseits sehe ich schon kommen, daß ich dich nicht aus dem Bett lassen werde. Du mußt mir versprechen, dafür zu sorgen, daß ich dich nicht nur die ganze Zeit in den Armen halte."

Diana hörte ihr zu, spürte ganz stark, welche Verletzbarkeit aus diesen Worten sprach. Sie sagte sanft, "Das wird leider nicht gehen. Ich werde dich auch die ganze Zeit in den Armen halten wollen."

Ihr Blicke trafen sich, hielten einen Moment inne; dann lächelte Lane. Diana fiel wieder ein, wie sie vor einiger Zeit in einem Kombiwagen auf einer Gebirgsstraße eine Gedichtzeile zitiert hatte; damals hatte sich Lane mit demselben Lächeln zu ihr gewandt; es hatte sie durchdrungen, war unendlich vertraut und liebevoll gewesen.

Lane sagte, "Von meiner Wohnung aus sieht man direkt auf die Bucht. Nachts steigt der Nebel auf; es ist wunderschön, Diana. Ich habe das Gefühl, daß du dich in diese Stadt auch verlieben könntest."

"Das Gefühl habe ich auch." - Frag' mich doch, ob ich da wohnen will, dachte sie. Sag mir, ob du das willst, und dann frage mich.

Lane sagte, "Ich würde gern ein bißchen Musik hören. Sollen wir was raussuchen?"

Sie setzten sich auf den Fußboden im Wohnzimmer. Lane sah sich die Schallplattensammlung an. "Wir müssen jetzt 'Pretty Eyes' hören," sagte sie und zog die Platte heraus. "Sag mal, könntest du dir vorstellen, in San Francisco zu leben?"

"Ich glaube, es würde mir dort gut gefallen." Sie war überrascht, wie ruhig sie das sagte.

"Es ist dort kälter als hier; du wärst das nicht gewöhnt. Aber in den Nächten könnte ich dich ja zur Entschädigung warm halten."

"Ist das ein Versprechen?" Sie sagte es leichthin, warf Lane einen kurzen Blick zu; ihr Herz klopfte.

"Eine Garantie." Lane sah weiter die Platten durch. "Wenn du in San Francisco leben wolltest . . . wir müßten nicht zusammenwohnen, wenn das . . .wenn das besser wäre. Aber du müßtest nicht - du müßtest nicht arbeiten. Ich würde gern für dich sorgen."

"Mir wäre es wesentlich lieber, wenn wir füreinander sorgen könnten," sagte Lane langsam; sie war völlig verblüfft und erschrocken. "Lane, hast du vor, den Mann zu spielen?"

Lane ließ ihre Hände auf den Schallplatten ruhen und sah

zu Boden. "Es sieht fast so aus. Du bist immer mit Männern zusammengewesen. Du bist daran gewöhnt."

"Aber du doch auch."

"Das stimmt, aber erst jetzt weiß ich, was ich wirklich will. Vergiß nicht - vergiß nicht, daß auch ich einen Monat zum Nachdenken hatte. Und ich will nur . . . will dir alles geben, was ein Mann dir auch geben würde."

Warum sagst du mir nicht, was für G e f ü h l e du für mich hast, dachte Diana. "Lane, was hat mir denn deiner Ansicht nach ein Mann je geben können? Was soll so wunderbar gewesen sein?"

"Einmal das Offensichtliche."

"Darf ich davon ausgehen, daß du von der biologischen Ausstattung sprichst? Du weißt doch, was ich mit dir zusammen fühle."

"Aber der Reiz des Neuen könnte vorübergehen."

"Der Reiz des Neuen?" Diana konnte nur mühsam ihren Zorn zurückhalten und sagte ruhig, "Meine Gefühle sind anders, haben überhaupt nichts mit dem Reiz des Neuen zu tun. Und was die Sexualität anbetrifft - ich habe mit einem Mann nie so viel empfunden wie mit dir."

"Und was ist mit den Kindern? Von mir könntest du nie ein Kind haben."

"Lane, ich bin vierunddreißig. Ich habe zwei langjährige Männerbeziehungen hinter mir. Wenn ich wirklich Kinder wollte, hätte ich längst welche."

"Aber die Stärke eines Mannes, sein Schutz - "

"Für mich bist du stark genug. Ich fühle mich viel freier dabei, kann viel mehr ich selbst sein. Mit dir zusammen fühl' ich mich geschützter als je zuvor mit irgend jemand anders." Heftig und mit unverhohlenem Zorn sagte sie, "Ich entschuldige mich bei dir nicht dafür, daß ich eine Frau bin. Tu du das bitte auch nicht. Wenn du mich in der Zeit getroffen hättest, als du mit Mark zusammen warst, hättest du da eine Beziehung mit mir angefangen?"

Nach einer langen Pause antwortete Lane, "Es ist sehr wahrscheinlich, daß ich es gewollt hätte, aber es ist schwer zu sagen. Ich glaube, ich hätte mich von Mark getrennt, aber ich weiß es nicht genau. Dazu kommt, daß mein Vater damals noch lebte. Und um meinen Mut war's ja ziemlich kläglich bestellt."

"Wenn ich d i r früher begegnet wäre - ich glaube, es hätte keinen Mann gegeben, den ich um deinetwillen nicht verlassen hätte."

"Eigentlich kennst du mich gar nicht richtig. Ich weiß nicht, ob ich für dich sorgen kann . . . ob ich dir genug bin, alle deine Bedürfnisse erfüllen kann."

Diana dachte: Für mich sorgen? Mir genug sein? Warum sagt sie mir nicht, daß sie mich liebt? Das zu hören würde mir vollkommen genügen. Sie sagte, "Wer kennt einen anderen denn richtig? Ich kenne dich gut genug. Alles, was von Bedeutung ist. Kann ein Mensch einem anderen die Garantie für irgend etwas geben?. Eine Lebensversicherung? Ich kann dir nichts anderes geben als das, was ich bin. Und ich möchte nicht, daß du etwas anderes sein willst als die Person, die du bist."

Lane starrte schweigend zu Boden; Diana seufzte und ballte enttäuscht und wütend ihre Hände zusammen. "Wenn mir was an männlichen Frauen läge, hätte ich mich in Liz verliebt. Sie ist wirklich rauh und männlich. Aber du . . . dich liebe ich in Jeans und einem Hemd, aber genauso in einem Kleid mit Stöckelschuhen und Ohrringen. Jedenfalls kann ich mir das gut vorstellen. Ich liebe beide Vorstellungen."

"An jedem Morgen dieses Monats," sagte Lane abwesend, "bin ich aufgewacht und dachte, ich hätte alles nur geträumt - daß du eine Frau aus meinen Träumen wärst und gar nicht wirklich existiertest . . ."

Diana sagte zornig und äußerst verletzt, "Weißt du was ich glaube? Du machst dir im Grunde genommen überhaupt nichts aus mir. Du möchtest für mich ein Mann sein? Du b i s t wie ein Mann, und zwar einer von der schlimmsten Sorte. Ich bin für dich ein weiblicher Körper, das ist alles. Eine Gestalt aus deinen Träumen, die Frau ohne Gesicht. Vielleicht bin ich Carol. Vielleicht stehe ich nur als Symbol für die Frau, mit der du eigentlich ins Bett gehen willst."

Lane sah sie erschrocken an. "Das ist nicht wahr." Sie sagte heiser und voller Angst, "Nein, das ist wirklich nicht wahr. Verglichen mit uns waren Carol und ich wie Kinder. Ich habe solche Angst, Diana. Schreckliche Angst vor meinen Gefühlen zu dir." Sie flüsterte kaum noch hörbar. Ihre Lippen zitterten. "Ich weiß nicht was ich tun werde, wenn du mich verletzt."

"Lane, sieh mich an." Diana berührte sie, nahm ihr Gesicht in beide Hände. Lanes Augen waren fest geschlossen. "Lane, sieh mich an."

Ein graublaues Augenpaar, tränennaß, sah sie hilflos an. Diana sagte aus tiefstem Herzen, "Ich werde dich nie verletzen. Niemals."

Lane flüsterte, "Ich liebe dich. Ich liebe dich so sehr. Schon unendlich oft wollte ich dir das sagen. Ich liebte dich, als ich dir bei den Encounterspielen zum ersten Mal in die Augen sah. Als du, so wie jetzt, mein Gesicht in deinen Händen hieltest. Du bist so zärtlich, so offen zu mir, strahlst soviel Wärme aus. Und als du in meinen Armen weintest, hatte ich nur den einen Wunsch, alles für dich wieder gut zu machen, deinen Schmerz aufzulösen. Immer wenn wir uns berührten, liebte ich dich. Ich hatte Angst davor, dich zu sehr zu bedrängen - und konnte es dir nicht sagen. Ich konnte es einfach nicht. Ich war sehr, sehr nahe daran in unserer letzten Nacht, als du erzähltest und ich dich streichelte und liebte . . . und als wir telefonierten, hätte ich es beinahe gesagt . . . oh Diana, Diana. Ich liebe dich so sehr."

Diana sagte mit brüchiger Stimme, "Ich liebe dich. Ich möchte mit dir zusammen sein, mit dir - das ist meine sehnlichster Wunsch."

Einige Zeit später, eng an Lane geschmiegt, sagte Diana mit einer Stimme, die immer noch etwas brüchig klang und durch Lanes Pullover gedämpft war, "Ich hatte auch Angst . . Angst davor, daß du mich nicht liebst."

"Und ich habe befürchtet, einfach zu viel zu wollen . . . habe mich nicht getraut, dir zu sagen, was ich wirklich will - ich will mit dir zusammen sein, immer."

Sie küßten sich wieder, vergaßen alle Sanftheit. Nach einer Weile sagte Lane, "Komm, laß uns Musik hören, bei der wir uns lieben. Ich möchte dich jetzt lieben, lieben, sonst gar nichts."

"Du möchtest mich lieben, aber ich dich auch. Können wir es denn nicht zusammen machen?" Diana hatte ihren Kopf an Lanes Schulter gelegt, fühlte sich warm und gut in ihren Armen und sagte zärtlich, "Bei einem Paar ohne Rollenverteilung sind beide Menschen gleichgestellt; sie lieben sich gemeinsam, es ist nichts, was nur eine mit der anderen macht. Ob ich dir das wohl je beibringen kann?"

"Vielleicht, aber heute nacht bestimmt nicht. Ich möchte heute nacht nicht gleichgestellt sein. Du wirst nicht die geringste Chance haben."

Diana küßte sacht Lanes Ohr und fühlte sie erschauern. "Ich habe fast das Gefühl, daß du deine Meinung noch ändern wirst," sagte sie lächelnd und legte ihren Kopf wieder an Lanes Schulter. Sie seufzte und nahm sie fest in die Arme. "Es ist wirklich unmöglich: wenn du eine Frau liebst, taucht ein Problem nach dem anderen auf. Da zum Beispiel: Lippenstift auf deinem Pullover!"

"Die Stewardess morgen früh wird vor Schreck umfallen," murmelte Lane. "Könntest du nicht morgen mit mir zurückfliegen? Dir den Tag frei nehmen und . . . in meiner Nähe sein?"

"Eine gute Idee. Ich glaube sowieso, daß ich dort bald kündige."

Lane streichelte Dianas Haar. "Ich kann meinen Beruf überall ausüben . . . überall, wo wir leben wollen. Wenn du lieber - "

"Ich kann meinen Beruf auch überall ausüben. San Francisco wäre sehr schön; ich würde gern dort mit dir zusammen leben."

"Seit wann weißt du es?"

"Daß ich dich liebe? Das Gefühl war von Anfang an da, wurde immer stärker. Aber so richtig bewußt ist es mir in dem Motel geworden. Da wußte ich auf einmal, daß ich am liebsten jeden Morgen meines Lebens mit dir zusammen aufwachen würde."

"Es ging alles so schnell, Diana - so schnell, daß wir doch noch gar nicht wissen können . . . wir werden sicher auch Konflikte haben, Diana, wenn wir zusammenleben."

"Sicher. Aber wir werden zusammen sein. Als wir zum ersten Mal zusammen schliefen, hast du mich gefragt, woher ich denn wußte, wie ich dich berühren sollte, und ich sagte dir, daß ich es einfach wußte. Und auch das andere - weiß ich." Diana zitierte,

> "The Soul selects her own Society -
> Then - shuts the door . . . "*

"Ich liebe dich," sagte Lane.

Diana wagte zum ersten Mal die Worte und genoß es, sie auszusprechen, "Meine Liebste . . . "

ENDE

* "Die Seele wählt ihre eigene Gesellschaft -
   Dann - schließt sie die Tür . . . "